幻視の国家

透谷・啄木・介山、それぞれの〈居場所探し〉

小寺正敏 著

萌書房

凡　例

一、本書の対象としている北村透谷、石川啄木、中里介山のテクストからの引用については、原則として次の各全集を使用した。

『透谷全集』全三巻、岩波書店、一九五五年

『石川啄木全集』全八巻、筑摩書房、一九七九年

『中里介山全集』全二〇巻、筑摩書房、一九七〇年

二、引用の表記は、例えば第二巻の一二三頁からの引用である場合は、本文中の引用箇所の後に（二：一二三）と略記する。透谷（第一―三章）、啄木（第四・五章）、介山（第六・七章）を対象とした章においては、全集に各人の名を表示していない。

三、透谷、啄木、介山のテクストを含め、資料を引用する場合は、原則として現行の常用漢字を使用し、平仮名の旧仮名遣いはそのまま引用した。傍点は原則として省略し、ルビは必要に応じて原文から取捨選択した。

まえがき

本書は北村透谷（一八六八（明治元）―一八九四（明治二七））・石川啄木（一八八五（明治一八）―一九一二（明治四五））・中里介山（一八八五（明治一八）―一九四四（昭和一九））という、一見非政治的な人物たちを対象としているが、筆者の意図では日本政治思想史の領域に属する研究書である。透谷・啄木・介山はいずれも詩歌や小説などの文学の領域ではよく知られた人物たちであり、政治的な発言をした評論もあるものの、本格的な政治思想家というわけではない。その意味では、政治思想史の研究としては奇異であるという印象を免れない。

筆者の関心は、彼らの文学上の仕事の中に、政治の営為をいかに位置づけたのかということにある。政治と文学はしばしば対立的な関係にあるものとして捉えられる。透谷の表現を借用するならば、実世界と想世界との対比に等しく、その社会的有為性に大きな落差が存在した。政治は天下国家を論じ行動することとして理解されたが、文学は近代以降では、天下国家とは無縁の傍観的行為以外の何物でもなく、果ては実社会から逸脱した無用者の所業とも見られるようになったことは否めない。

しかし、文学に人間や社会に直接向き合おうとする姿勢があったことは確かである。透谷・啄木・介山たちは、いずれも彼ら自身のスタイルでの社会参加を実現しようとする生き方を模索した。彼らの文学はそのような内面的苦闘から紡ぎ出されたものであったが、彼らの歴史的環境を反映して、彼らの文学的言説に政治を投入せざるを得なくなった。歴史的環境としては、透谷の場合ならば明治ナショナリズムの高揚期、啄木の場合ならば明治末期の閉塞状況、介山の場合ならば大正デモクラシーが超国家主義的潮流へと暗転する段階ということになるであろう。いずれの時期においても、国家の存在が個人の上に大きく覆いかぶさっていた。彼らが真摯に生き方を模索するとき、国家の問題を避けて通ることができなかったのである。

もし、文学が私小説のように個人の身辺を描くだけで終わるものならば、その批判もやむを得ず、少なくとも思想史の対象とはなり得ないであろう。しかし、本書で取り上げた人々にとって、文学は自らの存在理由を問うに等しい営みであり、そこに展開された苦闘は、透谷や介山にとっては一度は絶縁し、啄木にとっては新たに浮上してきた政治との関係を、それぞれの立場において内面化することであった。筆者はその過程を、彼らの思想形成の主体性に視点を定めて、自己探求という観念で把握している。

彼らの自己探求から紡ぎ出された文学に思想史的考察の光を照射したのは、彼らの自己探求が現実社会における自らの「居場所」探しであり、その知的営為の果てに政治との折り合う地点を模索することが、歴史的文脈の中では一種の政治思想としての意味を持つものとして把握できると考えたからである。政治と折り合う地点に結晶すべきものが、彼らにとっての理想とする国家であった。すなわち、それが彼らの自己探求の果てに発見する安住の場となるべきものにほかならなかった。

筆者の透谷・啄木・介山との出会いの機会は決して一様ではなかった。透谷については、筆者の学生時代には、恋愛至上主義や理想と現実のギャップに苦悩したなどの教科書的記述程度の知識はあったが、彼の詩を読んだときには、一言で言えば、ただ暗いという印象が残っただけであった。しかし、自由民権運動との関わりと離脱の過程を深く知ることによって、彼の生き方や文学に深く関心を抱くようになった。今にして思えば、筆者自身の歴史的環境として、大学紛争後の一九七〇年代初頭の時期における大衆社会的状況の中で、自らの生き方を模索していたことの影響であったかも知れない。

介山に深く関心を持つようになった契機は、やはり学生時代に、彼の代表作『大菩薩峠』において、無明の闇をさまよう剣士机竜之助に強烈なインパクトを受けたことであった。偶然古い映画を見る機会があり、さらにそれを受けて『大菩薩峠』全編を読み通した。そのときに、映画と原作との間には大きな差異があることを感じた。映画は大衆向けという意味で、勧善懲悪的な構成の中に整然と収まっていた。しかし、原作は映画での結末部分を超えて、きわめて冗長な構成を取っている。そこに非体系的に展開された宗教的世界観や歴史観・政治思想などを、思想としての『大菩薩峠』の本領が発揮されているものと理解することによって、介山の思想を解読することに関心を向けるようになった。この頃の筆者はニヒリズム問題に関心を持っていたので、その内面的文脈の中に介山に接近する契機があったと言える。

啄木については、中高生の頃以来愛唱した短歌が何首かあったが、その生き方には理解しがたいものがあり、長く関心は薄いままであった。しかし、明治末期の知的状況に関心を持つようになって、筆者自身の中で啄木の思想家としての側面がクローズアップされるようになった。文学の世界に韜晦しつつ破綻していく生活の中で時代認識を深め、現実社会との接点を取り戻そうとする試みに注目するようになった。

こうして、筆者は政治思想史研究の立場から、彼らに共通する思想的課題として、自己探求として文学活動を通じて現実社会との接点を回復し、それを起点として同時代の国家的課題に相渉ろうとしたことに考察の対象を焦点化していった。透谷は自由民権運動凋落後に確立された明治国家を支える国民の形成であった。啄木は日露戦争後の「一等国」意識を超克したところに求められる国民の理想であった。介山は「草莽」に自らの「居場所」を定めつつ、反近代主義的な国家像に理想を求めた。いずれもが近代の薄明の部分に佇みながら、光明に溢れたユートピアの到来を待望する姿に似ていた。

介山が「草莽」の中に没して約二〇年後、日本では空前の高度経済成長の下で大衆消費文明が広く行き渡っていた。このような世に、物的な享楽の生活をよそに、渋面を作って求道的な自己探求をすることは、あたかも桜花爛漫の春を見捨てて冬の枯野を旅するようなものであった。超越的価値の権威が失われ、生きる意味を探求することが軽視されるようになった。

その後、一九八〇年代後半のバブル経済の狂奔と、その破綻の後の閉塞状況の進行にもかかわらず、生き方への問いかけはますます不毛状態となり、ポストモダン的な迷妄はいよいよ深まっていった。このような歴史的環境の中で、時代の薄明の中で自らの生き方を問い続けた思想家の軌跡を考察することから、何が見えてくるのであろうか。

「世運傾頽」(透谷)、「時代閉塞」(啄木)、「無明」(介山)など、彼らが体験した同時代の暗転を各々のキーワードで表現したが、彼らのいずれもが時代の薄明を突き抜けて光明の世界に至ることはなかった。透谷は日清戦争開戦前夜に夭折したが、その後の明治国家は「一等国」に向かって膨張していった。啄木は「一等国」意識が幻想として剥離する実感を抱きつつ、社会主義に理想を求める過程で夭折した。介山は大正デモクラシーの暗転過程において大乗的菩薩思想を体現すべき国家を模索したが、彼の晩年に出現した国家体制はファシズムであった。

近代日本において、個人と国家の関わりをめぐる言説が描き出した思想的軌跡は、決して単純なものではなかった。国家の存在は重く、個人が安心立命を得ることができる「居場所」の構築が決して容易ではないことを、透谷・啄木・介山はいずれも身をもって示している。それがニヒリズムと隣合せの生き方なのである。

ポストモダンの軽い風潮の中に浸り切った現代では、存在の背後における超越的世界を喪失したが故にニヒリズムの中にいるとも言えるであろう。その中で、喪失した存在の根拠を埋めるものとして、ネット上の仮想空間が「居場所」として増幅されているのであろうか。しかし、人間存在も国家も現実はそれほど軽々しいものではない。先人たちの真摯な自己探求と政治をめぐる知的営為を歴史的文脈の中で辿ることで、ポストモダン的安逸の眠りから覚醒せしめ人生の行人たることを知らしめるメッセージを聞くことができれば何よりのことである。

本書は二〇一二年一〇月に、大阪大学大学院国際公共政策研究科に提出した博士論文「近代日本における自己探求と国家意識——北村透谷・石川啄木・中里介山——」に基づいて加筆補正したものである。主査を務めていただいた大阪大学（当時）の米原謙先生には、特に心から感謝申し上げたい。先生のご指導を受けるようになったきっかけは、二〇〇四年二月より「丸山眞男を読む会」に参加させていただいたことであった。自由な雰囲気の中で、日本政治思想史に関する読書に基づいて議論が展開されるこの会は、筆者にとっては研究を深めていく上で非常に有意義な場となった。さらに、読書会を契機として、筆者の研究テーマに対する数々の貴重な示唆を受けながら、米原先生から論文提出にご了解をいただいた次第である。論文執筆の過程では、先生には公務ご多忙にもかかわらず、草稿を読んでいただき懇切丁寧なご意見ご指導を賜ったことに幾重にも感謝申し上げたい。

思えば、このささやかな研究の背景に、ご理解とご指導を賜ることになった多くの方々の存在があったことを痛感する。京都大学の小野紀明先生には、以前から政治思想と文学を取り上げる研究に対して、貴重なご意見と激励をいただく機会があった。また、関西大学の土倉莞爾先生には、近代思想研究会で中里介山論を発表する機会を設けていただき、さらに、筆者に「丸山眞男を読む会」に参加するきっかけを作って下さった。この研究が結実する過程でお世話になったことに、感謝と敬意を込めてお礼を申し上げたい。

また、筆者の神戸大学大学院法学研究科在学中の指導教授であった故・西川知一先生からは西欧カトリシズムの政治史的研究を専門とされる視点から、思想家と現実政治との関わりを深く掘り下げることを、折に触れてご指導いただいていた。研究者自身の問題意識を原点として、洗練された社会科学的な分析力を駆使することを説かれた先生からご覧になれば、筆者は文字通り不肖の弟子であったかも知れない。しかも、研究の歩みがあまりにも遅いために、この研究結果を先生にご報告する機会を逸してしまったが、ここに先生のご霊前に感謝の意を込めてご報告したい。

その他、お名前は省略させていただくが、「丸山眞男を読む会」のメンバーの方々を始めとして、筆者の大学院時代の学友諸氏で、専門領域を超えて後々までも筆者の研究を激励して下さった方々、教員の研究会の会員諸氏で筆者の研究活動をご支援下さった方々に対しても、言葉足らずながら、この場を借りて感謝の意を表明したい。教員の研究会では、その機関誌に北村透谷論や中里介山論を発表させていただくことができた。いずれも小さな論文であったが、筆者の問題意識を整理する上で大きな意義があったことを併せて感謝申し上げたい。
そして、最後になったが、本書の出版について、ひとかたならぬご尽力を賜った萌書房の白石徳浩氏に心からの感謝の言葉を述べたい。白石氏とは「丸山眞男を読む会」を通じて相知ることになった間柄である。筆者の遅い執筆作業に根気よく付き合って下さり、的確なアドバイスを頂戴したことへの謝意を含めて、謹んで感謝の意を表明したい。

二〇一四年三月

小寺 正敏

目次

幻視の国家

——透谷・啄木・介山、それぞれの〈居場所探し〉——

序章

一　近代人の「居場所」喪失と自己探求

政治哲学者ハンナ・アレントによれば、人間存在は誕生を起点とし死を終点として地上的な世界に帰属する世界性（worldliness）を本質とするものと理解される。彼女は世界内の実存を原点として展開される人間の営みを、労働（labor）、仕事（work）、活動（action）の三つの面から捉える。労働とは「生命過程の中で生みだされ消費される生活の必要物[1]」を獲得する行動であり、生物的存在にとって必然的な行動である。仕事とは「すべての自然環境とは際立って異なる物の「人工的」世界を作り出す[2]」営みであって、芸術の創造のように高い精神を反映させることによって、時間を超えた永続性を持つことができる。しかし、「労働」は生物的側面の強調に留まり、「仕事」の世界は非日常的である。

アレントにとって人間の本来的なあり方とは、人間の複数性（plurality）を前提として「物あるいは事柄の仲介なしに直接人と人との間で行われる[3]」営みとしての「活動」（action）である。人間が活動を通じて自らを現わし、生きている限りは他者とともにあり続ける世界が開かれた空間として「公的なもの」であり、アレントはその形態に「政治的なもの」の本質を見出すのである。アレントの政治観は「極めて独特かつ論争的なものである[4]」とされるユニーク性を持っているが、一方で現代的危機に対応するニヒリズム的な思想性も持っている。近代化以後、人間は存在の根拠を喪失して現象世界を漂流する世界疎外（world alienation）の状況に陥った。彼女自身はユダヤ人として極限的状況を体験したが、個人体験のレベルを超えて近代化の陥穽への提言をしていると思われる。

近代社会においては、活動の主体として世界内で他者と向き合うためには、個人は自由で独立した存在であることを前提とする。自由かつ独立した個人として「活動」を全うするためには、近代人としての行動の原理が内面化されることが理想である。

近世日本の場合ならば、例えば、石田梅岩が「五倫の道を教（をしへ）、天の命ぜる職分を知（しら）せ、力行（つとめをこなふ）ときは身脩（をさまつ）て家斉（とゝのひ）、国治（をさまり）て天下平（たひらか）なり」[5]（『都鄙問答』）と述べたように、超越的な天の観念が身分制的職分の根拠であった。従って、天命を自覚して各々の職分に精励することが、近世的意味での公的領域における「活動」であった。外在的超越的な権威及びそれを根拠とする身分秩序に拘束される限りでは、近代的精神としての自由と独立の観念はあり得なかった。

近代的精神の確立のためには、前近代的な身分制的職分の桎梏（しっこく）から解放されていなければならないのである。近代人は合理的思考の発達によって超越的根拠の観念を失った。しかし、その代償として、世界内存在の意味付与を自らが果たさなければならなくなったのである。それは、あたかも故郷喪失者が安住の地を求めて漂泊するかのように、人は自己の存在理由を模索する自己探求の旅に出立することを余儀なくされることになる。

自己探求は「私はいかに生きるべきか」という問いに集約される。「いかに生きるべきか」という問いは、人間存在に常に付きまといつつ、しばしば喧騒と虚飾に満ちた日常生活に対して、あたかも迷夢から覚醒させるかのように迫る重みを持っている。その問いの根底には、「人はなぜ生きるか」という問いが存在する。「なぜ」は普遍的な人間存在の問題として、人生の有限性そのものの意味を問うものである。「なぜ」は超越的価値を求めて自己の内面的深奥に向かって発せられる。

それに対して、「いかに」は存在主体の個別性を前提とした上で、有限なる人生をいかに有意義に送るかという問題に重点が置かれている。「いかに」は内面に向かいながらも、他者との関わりを必然とする公的領域における具体的な生き方へと還流していく。「なぜ」は宗教的な安心立命の境地を志向する往相の問題であり、「いかに」は倫理の実践的主体を確立しようとする還相の問題でもあるとも言うことができる。自己探求は世界内存在を自明の前提とした上で、自己の存在理由を確立し公的領域における定位置を確立しようとするものである。

しかし、人間存在に関する根源的な問いかけによって、常に現実との間に安定した調和が得られるわけではない。いかに真摯に探求しても、究極の答えが開示されない状況がある。人間存在の根源を喪失した状況はニヒリズムと呼ばれる。この精神状況を西洋哲学に現われた「神の死」と解する限り、非キリスト教文化圏である日本に対して、ニヒリズムの観念を援用することの妥当性に批判はあろう[6]。しかし、ここでは人間存在の根源的価値を宗教上の超越的権威に限定することなく、地上的世界内の実在としての人生の意味付与と指針を示す倫理と考えたい。その意味では、「私たちの行為・行動の拠点として、将来への具体的な展望・見通しを持たせるもの[7]」としての「居場所」が、自己探求の究極的対象と考えることができる。この場合の「居場所」とは純粋の実存を意味するものではなく、歴史的現実の中で社会との調和を維持できる原点である。従って、近代日本のニヒリズム状況は、「居場所」での「安住」を保障する超越的根拠の喪失と言うことができる。

近世日本における自己探求の本質は、「五倫の道」を規範として自己を身分制的職分にふさわしい人格に陶冶することであった。それに対して、近代的自我の絶対化ないし肥大化は、「五倫の道」に代位すべき規範を内面化しない限り、底深いニヒリズムに沈み込むことになる。しかし、すべての近代人において自己探求が深く行われるわけではない。近代人にとって、ニヒリズムは宿命的に内在する「心の闇」であるが、すべての人に自覚されているわけではない。何らかの事情で人生の不連続面が露呈することによって、ニヒリズムに類する状況に陥り「居場所」喪失意識が深刻に自覚されたときに、「心の闇」が実感として現われる。それを契機として、「自前の存在根拠[8]」を探求しそれを地上的世界に定着させようとするとき、自己探求が思想的深みをもって始まることになる。

二　自己探求としての文学

本書では、近代日本において「居場所」喪失意識から自己探求に出立し、その果てにニヒリズムの翳りを帯びた個人主義を突き抜けて、国家を至高の「居場所」として受容しようとした思想家として、北村透谷・石川啄木・中里介山の三名を対象としている。彼らは各々の事情によって公的領域からの疎外を余儀なくされ、表面上は政治権力の世界に背を向けることによって内面的世界に韜晦(とうかい)した。彼らにとって、文学は内面において自らと対話する領域であった。しかし、彼らは内面的世界に沈潜しながら、逆説的に国家を肯定し、あるいは少なくともその可能性に向かって反転したのである。

彼らはいずれも思想を表明した評論活動をしているが、文学上の固有の創造的領域としては、透谷は詩、啄木は短歌と詩、介山は小説である。各々はその固有の領域では文学史上確定的な評価を得ている。透谷はロマン主義的詩人、啄木は生活派・社会派的歌人、介山は大衆文学の先駆者という評価が一般的であるが、ここでは彼ら特有の文学表現形態は問題ではない。むしろ、その形態で紡ぎ出された思想の質こそが考察の対象とされなければならない。

では、なぜ文学なのか。それを考えるために、まず近代日本における文学の歴史的性格を明確にしておきたい。

前近代の儒学的伝統によれば、文学は「古先聖王の時代の文書典籍」[9]の学びと漢詩文の制作をその内容としていた。例えば、中江藤樹は「文」の本質を「天下国家をよくおさめて、五倫のみちをたゞしうする」[10]（『翁問答』）と説明している。

文学を学問自体とする観念は儒学に限られたものではなかった。高野長英はイギリスの国勢について、「好で文学を勤め、工技を研究し、武術を煉磨し、民を富し、国を強くするを先務と仕候」[11]（『戊戌夢物語』）と述べているが、これは富国強兵の論理であって、ここに言う「文学」は「工技」と呼ばれる工業技術と併置される自然科学を意味するものであろう。近世洋学は一名蘭学と呼ばれるように、オランダ語書籍を読むことが中心であった。従って、自然科学・医学の分野でも本質的には書物の読解に重点を置いたところから、文学と称したのであろう。

文明開化期における文学の観念も、学問と理解する点では変わらなかった。福澤諭吉が「学問とは、ただむつかしき字を知り、解し難き古文を読み、和歌を楽しみ、詩を作るなど、世上に実なき文学を言ふにあらず」[12]（『学問のすゝめ』）と述べて批判した文学は、伝統的な学問と詩歌であって、文学そのものを否定したわけではなかった。彼は

「人間一日も文学なかるべからず[13]」（「学校の説」）と述べているが、ここに言う文学とは人生に不可欠の実用的な学問であった。しかも、「智識を開くには必ず西洋の書を読まざるべからず[14]」（松山棟庵宛一八六九年二月二〇日付書簡）と述べているように、開化の要請に対応した西洋の実学を学ぶことを主張する。

文学が言語表現の芸術としての意味を持って社会に受容されていくのは、明治後期以降のこととされる[15]。そこに至る過程には、従来の文学観念の組み換えがあった。一八七七（明治一〇）年に創設された東京大学に文学部が設置されたことが示すように、文学の意味は学問全体のことではなく、人文学を指すものとなった。さらに、帝国大学としての改組における学科編成では、狭義の文学が哲学・史学と並ぶ人文学のサブカテゴリーとして制度的に位置づけられることになった[16]。その一方で、坪内逍遥の文学改良の主張が、文学の言語表現の芸術としての意味を確立する契機となった。逍遥は戯作の効用主義的な勧善懲悪思想を排除し、「人情世態[17]」（『小説神髄』）を写すことで、文学の範疇から排除されていた小説の芸術性を高めようとしたのである[18]。

以上で見たように、日本に小説を含めて近代文学が成立したということは、新たに思想表現の可能性を拡大したことを意味し、文学は経世論的学問としての権威的地位から撤退する代わりに、個人の内面を自由に表現する可能性を獲得したのである。

左に掲げる、大江健三郎が示した文学の意義は、近代文学に当てはまるであろう。

言葉によって、ひとりの個としての自分の人間的な根源にいたり、そのように人間であることを綜合的、全体的に把握するために、人間は文学をつくり出す。このようにして個の深みにおりてゆく作業が、そのままかれをふくみこむ共通の人間としてのありようにかれをみちびく、そのような自己認識のために人間は文学をつくり出す。その個としての人間が、社会・世界・宇宙の全体的な構造のなかで、暗黒から生まれ、暗黒に向かって死んでゆく人間としての自分の根本的な意味を把握する行為である。そのために人間は文学をつくり出す[19]。（「なぜ人間は文学をつくりだすか」）

大江の文学観によれば、人間が言葉を駆使し想像力を操ることによって、個としての存在理由や世界との関わりを含めた人間的営みを開示したところに文学が成立する。従って、文学は太古より存在するが、近代では自我の覚醒によって共同体の制約を離れ、個の内面の深みから紡ぎ出された個性的な、自己探求の文学が成立することになる。すなわち、自らの内面世界に深く沈潜し、自己との対話を持続しつつ生き方を探ろうとする試みが、文学の原基的形態である。

三　透谷・啄木・介山における文学と政治

自己探求が個人の内面的営為に留まるという意味では、それは非政治的領域に属する問題である。近代日本の青年類型区分においては、「国家意志の決定に参与する政治的能動者としての我の自覚」[20]に向かった政治青年に対して、国家的価値を捨象したところに自我の存在理由を見出そうとして文学を志向した文学青年が対置される。しかし、幕末維新以来の近代国家創出の激動を背景として、志士的な政治青年が輩出することになった。

文学青年は、政治的激動の季節が過ぎて国家的状況の固定化が進行するとともに、自我と国家との乖離を契機として出現した。彼らは自我を拡充するために普遍的なものを求め、天下国家の問題に背を向けて文学の世界に没入しようとした。文学観念の組み換えと近代化過程の進行によって、文学に生きることは社会的には無用者となることになった。文士という呼び方には、そのようなニュアンスさえ感じられた。

本書の対象とする透谷・啄木・介山は、非政治的な文学によって内面のニヒリズムを超えようとして、国家との関係を探る言説を紡ぎ出そうとすることになった文学者たちである。彼らの間に現実的な人間関係は存在しない。それぞれの在世期間の一部が形式的に重なる程度である。透谷と介山は自由民権運動にゆかりの三多摩の地に関わりを持ったこと（透谷は運動に関与し、介山は生地であり運動の影響を自覚する）、啄木と介山は同世代で（啄木は一八八六年生まれ、介山は一八八五年生まれ）、ともに社会主義に傾倒した経験があること、透谷と啄木はロマン主義体験を持つこと（透谷は到達点、啄木は出発点として）、三人とも若い時期に実生活上の苦労を体験していること（介山以外は「若い時期」しか存在しない）、などが指摘できるであろう。そして、この最後の事実は彼らが近代国家における「立身出世」の階梯を上ることができなかったことを意味するものである。そして、この事実は彼らの個別的な「故郷喪失」と関連してデラシネ意識の背景となっている。

透谷・啄木・介山は、いずれも状況は異なるが、共通にデラシネ意識を内面に屈折させている。透谷は経世意識の挫折から精神の奈落に陥った。啄木の場合は文字通り故郷喪失と社会からの逸脱を体験することになった。介山も貧困故の一家離散を体験した。この視点から言えば、彼らはともにニヒリズム的なデラシネ意識からの再生を図った苦闘が文学的営為であり、「心の闇」を突き破ろうとする道筋の彼方に国家を発見したのである。

彼らにおいて、国家を至高の「居場所」として受容することは、決してストレートな必然的帰結でもなければ、苦渋に満ちた不本意な妥協でもなかった。国家主義は上からの強権発動によって、国家的価値を強制する運動であるかのように受け取られやすい。特に、ファシズムのような極端な国家主義が公権的暴力装置を駆使することによって、国家への忠誠を人民に強要したことは歴史が証言するところである。しかし、ここでは国家の強権的機能の発動よりも、むしろ国家的価値の内面化が個人の「居場所」志向と関連して内発的に進行した過程に注目したい。

透谷は、一般には近代的自我の思想的先駆者として理解され、晩年に「国民の元気」が発揚する道を探ったが、それも「国民の元気」を担うべき人間像の模索という面が強かった。結局はそれを具現する国家像を探し当てることなく斃（たお）れたために、彼の経世の志の再生としての文学の試みも挫折した。しかし、彼の自由民権運動への関与が文学に与えた影響と、山路愛山との文学の事業性をめぐる論争は、透谷の思想史的把握のためには軽視できない問題となっている。

第一章では、透谷文学の思想的原点となる「居場所」喪失の原体験を考察し、第二章では、『楚囚之詩』の心象世界を「居場所」回復の自己探求の観点から読み解くことを目的とする。第三章では、山路愛山との文学人生相渉論争を通じて、精神の自由を確立した国民像を構築する思索の過程を考察の対象とする。

啄木の場合はロマン主義的な自我の主張が文学の出発点であった。彼の個性と父の失職が原因となって生活の破綻に追い込まれたことは、彼の文学生活の岐路に関わることであった。彼は文学を捨てて堅実な生活人を目指すことをせず、貧困のどん底から文学に向かった。彼の社会に対する視野は、前期のロマン主義段階に比べて、後期の貧困の中で社会主義に近づいた段階では先鋭さが加わったが、彼なりの経世観に立脚した文学の創造を果たすことなく、貧困のうちに病死した。

第四章では、啄木の文学活動が国家主義の膨張の中で自己探求として始まったことを、第五章では、日露戦争後の「一等国」への懐疑を経て、時代閉塞意識を深めつつ国家の意義を発見する過程を、それぞれ考察の対象とする。

介山は貧困生活と社会主義の経験を持ったことで、啄木と思想的には共有する部分がある。しかし、啄木が明治末期に社会主義に接近した段階で夭折したのに対して、介山は社会主義を離脱した後、大衆文学の領域を開拓して文壇での成功を収めることになった。彼自身は大衆作家と見られることを拒否し、『大菩薩峠』で大乗的菩薩思想に基づく現世の楽土たる国家像を描くことを試みた。彼の国家像は現実の超国家主義運動に重なりを見せつつ、敗戦直前に死去した。

第六章では、介山の文学が政治や社会の問題への開眼と自らの「居場所」喪失との関連の下で始まったことを考察し、第七章では、彼の大作『大菩薩峠』の世界観を読み解く作業を通じて、彼の自己探求が仏教的世界観に依拠しつつ、地上の楽土としての国家幻想に至る過程を考察する。

透谷・啄木・介山の文学の原点は、彼ら自身を内部から突き動かすエクリチュールの衝動が、文学に生きることの意味付与を突きつけられるところにあった。「国民の元気」、社会主義、大乗的楽土としての国家などは、いずれも彼らが自己探求の果てに探し当てた「居場所」の表現であった。無論、彼らにとってその「居場所」が完璧なまでの安心立命の境地ではなかったことは確かであった。

彼らの同時代を合わせると、明治国家の成立期から大日本帝国の崩壊前夜に至るまでの時期に相当する。本書は明治国家が大正デモクラシーを経て超国家主義に転換する時代を背景として、デラシネ意識から出発した自己探求の文学が、現世のニヒリズムを突き抜けて国家に回帰する道筋を描き出したことを考察することを課題としている。

注

(1) H. Arendt. *The Human Condition*, Chicago. 1952, p.7. 志水速雄訳『人間の条件』ちくま学芸文庫、一九九四年、一九頁。
(2) *Ibid*. 速水訳、一九―二〇頁。
(3) *Ibid*. 速水訳、二〇頁。
(4) 川崎修「ハンナ・アレントの政治思想㈡」『国家学会雑誌』第九八巻第三・四号、一九八五年、二一七頁。
(5) 石田梅岩『都鄙問答』岩波文庫、一九三五年、一〇頁。
(6) 西洋的なニヒリズムの概念を日本に適用できるかを論じることは、ここでは避けたいが、橋川文三が示した定義は参考に値する。橋川はニヒリズムを「人間がなんらかの意味での世界崩壊を経験し、それとともに人間存在の根源的無意味さを知った状況のもとに生まれる思想の一つ」と説明している（「ニヒリズムに関する連想と断片――近代日本を中心に――」『理想』第四六二号、一九七一年、八二頁）。ニヒリズムは思想というよりは、むしろ意識ないしは感覚に類するものとする方が妥当であるかも知れないが、存在の意味喪失的状況を端的に説明していると思われる。
(7) 佐久間隆史『昭和の詩精神と居場所の喪失』土曜美術社販売、二〇〇三年、二〇頁。
(8) 竹内整一『自己認識の思想――近代日本のニヒリズム――』ぺりかん社、一九八八年、三頁。
(9) 野口武彦『江戸思想史の地形』ぺりかん社、一九九三年、一一頁。
(10) 『藤樹先生全集』第三巻、弘文堂書店、一九七六年、一一六頁。
(11) 『崋山・長英論集』岩波文庫、一九七八年、二〇一頁。
(12) 『福沢諭吉全集』第三巻、岩波書店、一九五九年、三〇頁。以下、引用に当たっては『福沢全集』と略記する。
(13) 『福沢全集』第一九巻、三七七頁。

(14) 『福沢全集』第一七巻、六五頁。
(15) 鈴木貞美『「日本文学」の成立』作品社、二〇〇九年、九二頁。
(16) 同上書、五六頁。
(17) 坪内逍遥『小説神髄』岩波文庫、一九三六年、三一頁。
(18) 十川信介「近代文学の成立」『岩波講座　日本文学史』第一一巻、一九九六年、二四七頁以下。
(19) 『岩波講座　文学二』所収、岩波書店、一九七四年、六三―六四頁。
(20) 内田義彦『日本資本主義の思想像』岩波書店、一九六七年、一五〇―一五一頁。

第一章　北村透谷における経世的意識の挫折とその意義

第一節　透谷の政治体験について

一　問題の所在

一般に、ある人物の思想を解明しようとすれば、その人間形成過程の考察は避けて通れない問題である。北村透谷の場合、人間形成過程が日本の近代化過程に相当するために、彼がいかに日本の近代化をめぐる課題と対決し内面化し得たかが問われることになる。それは透谷の思想における近代性の質を問うことになり、さらに日本の近代化過程において、彼の知的営為がいかなる意義を持つかを問うことにもなるであろう。

透谷は明治維新の時代に生まれ、藩閥政府と自由民権運動が相対立する激動期に青年期を迎えた。上からの立憲君主制国家が樹立された時期に文筆活動を始め、あたかも駆け抜けるかのように二七歳（数え年、満年齢では二五歳）の若さをもって自殺し悲劇的な生涯を閉じた。その間に自由民権運動に参加した政治体験と、それからの離脱後に石阪ミナ(1)との熱烈な恋愛と結婚という実生活上の体験を持っている。その波乱に富んだ生涯を賭けて、彼独自の文学上の課題と対決したことがその魅力の源泉になっているのである。あるいは、その課題の中に近代的価値観を模索した思想的先駆性もまた、透谷の魅力の一つと言えるであろう。いずれにせよ彼の言説の歴史的文脈における特性の故に、論者の関心を喚起し続けたのである。

透谷の思想を考察するには、主として評論活動を通じて提示された思想的言説を分析すべきことは当然であるが、それに加えて、文学という表現形態を選び取ったことの意義、換言すれば、透谷にとって文学とは何であったかという問題に留意しなければならない。

桶谷秀昭は透谷を文学に駆り立てたものを「生きる動機[2]」と捉えたが、透谷の内面的課題を端的に表現していると思われる。「生きる」ということは多義的に解釈できるが、桶谷の視点によれば、文芸における虚構性の自立に対して、透谷は自己の生き方を表現行為を通じて模索し続けたと言えるであろう。その核心的意味は、自由民権運動からの離脱の後、経世の観念、すなわちこの研究の立場で言えば、「居場所」をいかに回復するかということにあった。その意味では、透谷にとっての文学的営為の本質は求道的な「自己探求」の試みであった。では当時の日本において、求道的な文学は可能であったであろうか。

透谷の同時代は日本の近代化の急速な展開期であった。立憲体制の枠組みは漸く整いつつあった。しかし、国家的要請が何物にもまして優先されたこの時代において、文学の社会的地位は低かった。序章に述べた福澤諭吉の文学無用論だけでなく、文学関係者さえもが文学に従事することに卑下の感情を吐露していた。例えば、政治小説の矢野竜渓は、「稗史小説」は「尋常遊戯ノ具ニ過キサル[3]」（『経国美談』自序）と述べていた。幸田露伴は、坪内逍遥が西洋的文学理論を掲げて、勧善懲悪主義の戯作を批判した頃でも、「文学を以て身を立てようの、詩を以て一生の仕事としようのという者もなく、文学はいわば余興的余技的のもののように一切の人々から思われていた[4]」と述べている。そのような時代に、自由民権運動に関わった透谷が、無用視された文学に自らの道を見出す生き方を敢えて選択する過程で、どのような事情が影響したかを考察することが本章の課題である。

二　透谷の政治的原体験について

透谷の生涯において、最初でかつ最後の政治体験は自由民権運動への関与であった。しかし、その事実を裏づける史料はきわめて少ない。まず、透谷自身が運動に関わっていた頃に書いたものとしては、「哀願書」と「冨士山遊びの記憶」のみである。色川大吉は前者の執筆を「十七年の九月以降、十一月十五日までの間」[5]と推定している。すなわち、加波山事件と秩父事件に相当する時期である。自由民権運動の凋落に直面して、彼自身の内面を吐露したものであろうが、具体的な事実に触れた記述はない。後者は一八八五（明治一八）年に発表され、前年の富士登山を書いた紀行文である。自由民権運動に直接言及したものではない。運動に言及したものとしては、一八八七（明治二〇）年八月一八日付の石阪ミナ宛書簡と、一八九一（明治二四）年に発表した『三日幻境』があるが、いずれも時を経た後の回顧であるために、執筆段階での彼の考えによって修正が加えられたと考えられ、史料としては制約がある。

後年、色川大吉ら自由民権運動の研究者たちが精力的に史料発掘を行った成果として、三多摩自由民権運動の実態が大きく解明された。民撰議院設立の建白から自由党結成へと進む土佐系の士族民権や、初期ブルジョアジーの勢力に支持された立憲改進党を中心とする都市民権とは別に、在地の民衆たちの中から台頭した豪農民権の姿に光が当てられることになった。三多摩地方に限って見れば、各地でさまざまな規模の政社が叢生し、いわゆる「五日市憲法」のような私擬憲法を創造するほどに自由民権志向が高揚していた。その中から、透谷に所縁（ゆかり）のある人物たち、例えば後の岳父石阪昌孝、その息子公歴、運動の同志として関わった大矢正夫、大矢とともに寄寓した先の秋山国三郎、石阪ミナの許婚であった平野友輔など、多様な在地活動家たちの足跡がかなり解明された。

それとともに、透谷の運動に関与した頃の足跡もある程度明らかになった。これによって、透谷の自由民権運動への関わりが証明されることになった点でも、色川の研究の意義は大きい。しかし、透谷自身の書いたものは、依然として運動関与の段階では上記のものしか残されていない。従って、民権期における透谷の政治思想を把握するには、断片的な言説を批判的に読む方法によらざるを得ない。透谷自身の関与は民権運動におけるきわめてマージナルな部分でしかなく、運動の行方を左右するものではなかった。しかも、彼は運動離脱後には現実政治と関わることはなかった。政治思想史研究が透谷への関心を惹かなかったのも、このような事情を考慮すれば当然であった。

透谷を政治思想史研究の立場から論及したものはまず皆無と言ってよい。その中で、早い段階で透谷の政治思想にアプローチを示したのは文学研究の側であった。

透谷の生涯に「戦い」を見た解釈はかなり古い。一九二一(大正一〇)年に、島崎藤村が「北村透谷二十七回忌を迎へし時に」において、「惨憺とした戦ひの跡には拾つても〳〵尽きないやうな光つた形見が残つた[6]」と述べ、透谷の生涯を失敗に終わった戦いと把握した上で賛辞を送った。しかし、藤村においては、透谷の「戦ひ」が何であったかは明確ではなかった。詩人として近代文学樹立のための先駆的苦闘と解することは可能であるが、政治闘争を示しているとは考え難い。

透谷が戦いの果てに敗北した相手を資本主義としたのは中野重治であった。中野は透谷の「観念論的理想主義」と山路愛山の「小ぎたない実証主義」との対立という図式を設定し、愛山の「実証主義」を資本主義の代弁者としたのである[7]。資本主義との闘争の果てに敗北した透谷のイメージが、昭和初期のプロレタリア文学の自画像を投影していることは否定できない。プロレタリア文学はそれまでの教養主義的文学とは異なり、階級闘争の一環として政治的に闘う文学であった。その悲壮感が透谷の「戦い」に投影されたのである。

戦後の透谷研究は政治闘争的透谷観の継承から始まった観がある。その代表的研究者である小田切秀雄は、透谷が生涯をかけた思想的課題を政治から文学へ移行させたと理解した。小田切は、自由民権運動の「民主主義的要求[8]」を、運動の敗北によって文学の世界に確立すべく、活動する世界を転じたとするのである。透谷は個人の解放を目指して自由民権運動に関与したが、次第に激化していく運動から遠ざかり、運動では果たし得なかった個人の解放という課題を持って文学に挺身したと理解するのである。すなわち、透谷の思想的課題は一貫性を持っており、ただ思想的苦闘の場が政治運動から文学に転じただけであるとする、いわゆる文学転戦論である。しかし、文学に転じ「想世界」

に依拠するようになったとき、透谷の人民からの遊離は決定的であった。透谷が孤高の道を歩むことにより、逆説的に問題の深刻さを示している。

小田切の文学転戦論については、中野重治の場合と同様に、彼自身の体験が濃厚に影を落としたきわめて恣意的な理解であるとする批判が出されている。その最も厳しいものが桶谷秀昭の次のような批判である。

わたしは、小田切秀雄が昭和七、八年のプロレタリア革命運動への参加と転向の体験に固執し、透谷を主体的に理解しようとする態度を是認することができる。しかし、小田切がじぶんの体験を正当化しようとして、透谷の「転向」を意義づけ、透谷を「進歩的」文学者に仕立てあげるモチーフも評価も容認することができない。(9)

小田切の提示した透谷像が、自らの「転向」を正当化するために作り上げた、きわめて恣意的なものであると決めつけることは慎みたい。しかし、小田切自身は次のように述べている。

後年、プロレタリア文学の転向後の時代に青年期に入り学生運動から敗退して文学に近づいたわたしが、透谷に熱中したのも、その〝政治から文学へ〟の道につまされての共感と歴史的な〝先例〟とを受けとったためにほかならぬ。(10)

これによれば、小田切自身の敗北意識が透谷の姿にオーバーラップされていることは否定できない。しかし、小田切理論の問題点は彼の自己弁明の是非よりも、むしろ「政治と文学」の理論的枠組み自体にあった。ここで、日本近代文学の軌跡を略述する余裕はないが、概ね文学は非政治的傾向、すなわち現実の政治問題に関心を示さないか、あるいは政治に背を向ける傾向を持っていた。その中で、プロレタリア文学は異質であった。しかし、非妥協的なイデオロギー闘争を持ち込むことによって、文学の画一化をもたらし、「作品の質からいうと、かえって「自然生長」の時代に劣るものが多い(11)」という結果を露呈しているのである。そのような負の側面にもかかわらず、プロレタリア文学は闘うことに存在理由を求めたのである。

文学的才能を持った闘士としての透谷のイメージは、マルクス主義運動家にとっては、政治と文学の交渉という課題を共有する魅力ある先達と映じたであろう。透谷が明治国家確立期の社会的現実の中で、一種の苦闘を強いられたのは事実である。しかし、それはイデオロギー闘争ではなく、政治から文学に移行せざるを得なかったことによる心の闇を透過しようとする苦悩であったことを、文学転戦論者は見落としているのである。

三　民権壮士としての透谷

透谷の政治思想の近代的性格を評価することには批判があるとしても、自由民権運動の要求には国会開設や言論集会の自由など、近代自由主義的な性格が見られることは事実である。しかし、その観点だけから捉えて、運動の近代的性格を強調するのは一面的である。現在では、自由民権運動と伝統的な思想との関わりに注目する見解も出されている。例えば、新井勝紘は民権結社の名称や組織に伝統的な生活意識が反映されているとし、運動の激化事件についても近世以来の「義民伝承」との関連性を重視している(12)。自由民権運動における伝統的要素の残存は、決して運動の停滞的性格を示すものではない。民衆レベルから自由民権運動を見た場合、進歩的な民主主義的闘争とは異なった次元での近代化志向を垣間見ることができる。そのような運動の性格によれば、透谷が関わった事実のみをもって、民主主義的思想を持っていたと結論づけることはできない。

上述のように、色川大吉の実証的研究により、自由民権期における透谷の歩みの空白はかなり埋められたが、その結果小田切の見解とは異質の透谷像が示されることになった。小田切はしばしば「民主主義的な要求」という表現を使ったが、色川によれば、透谷の運動への参加のスタイルは、むしろ前近代的な「志士仁人」的意識によるものであった。[13]「志士仁人」とは上に述べたような「義民」や幕末志士に代表される人間像である。「志士仁人」の場合は、「自己献身的公共的精神」[14]が行動の原動力である。

透谷の世代としては、「志士仁人」的行動様式で政治に関与することは、むしろ自然である。今では、透谷の民権運動参加が志士的信念によるものであったとすることは、通説的見解である。では、運動からの離脱によって、彼の政治思想がどのように変容したのかについては、深く追求した研究はほとんど見当たらない。政治との絶縁がクローズアップされているからであろう。その中で、色川の研究は透谷の政治への関心の持続を指摘している。色川は多摩の民権政治家吉野泰三との交友を示す書簡に基づいて、透谷が運動離脱後も現実政治への関心を持続させていたとするが、[15]吉野との交流によって政治の世界に引き戻されたわけではない。行動としては政治とは絶縁しながらも、関心を持続させたのならば、彼の言説の中に政治がいかに捉えられているかを見ることができる。

四　「国民に賭ける」試みについて

平岡敏夫が提示した国民像の構築を志向したとする透谷論は、政治思想史的考察の一つと考えることができる。平岡は小田切が透谷の苦闘を、明治絶対主義の現実に対して近代的自我を掲げて挑んだ絶望的な戦いと捉え、近代主義の敗北者としての透谷像を形成したことを批判する。平岡は透谷を悲劇的な孤高の敗北者と決めつけるのではなく、彼の中に勝利の可能性を見出すべきであるとする。

小田切氏は「国民大衆からの孤立ということは基本的には一貫していた」と言うが、逆に透谷ほど現実に強い関心を示しつつ、民衆に自己をかけることで生きようとした文学者はいなかったとも言い得るのではないか。私は小田切氏等へアンチテーゼを提出しようとしているのではない。「国民大衆からの孤立」ということは「基本的には」言い得ることを認める。と同時に逆に透谷にあっては国民大衆に自己をかけることで自己の主体的な真実を守りぬいたとも言えるので、こういう存在であったからこそ、民権運動敗退後の明治二十年代にきわめて独自な活動を展開し得たのだと思う[16]。

平岡は透谷の自由民権運動からの離脱の後の精神状況を「他者とのつながりを完全に欠いていた[17]」孤独と捉え、その苦悩は政治への壮士的関与の全面否定に対する代価であったとする。透谷の内心では現実政治への視線が維持されていたが、自己定立のためには壮士の現実を否定しなければならず、その矛盾を克服するために国民像の構築を追求したとする。確かに、民権壮士たちは政治的理想を失い、民衆は政治から疎外され、困民党のように極限状況において実力行使をするしかない無力な被治者であった。平岡は透谷が民衆のためを思わない壮士・政治家を否定することと、自らの民衆把握を再生することとは表裏一体のものと理解する。これを、「透谷における国民を考える場合の出発点[18]」であるとする。しかし、彼の国民観は観念的なものに留まり、現実変革のエネルギーを持ち得なかった。平岡はその観念性にもかかわらず、「勝利の可能性」を見出そうとするのは、「国民」を発見しようとする試み自体を評価するからであろう。

五　透谷の政治思想史的研究の課題

透谷における政治と文学の間には、運動からの離脱に起因する苦悩という内面的な要因が大きく介在することは、今や自明のことである。その上で、心の奈落を越えて超越的世界観を志向したことを透谷の思想的特質として把握しようとする研究が、主流的傾向を持つようになった。

中山和子は、政治から文学への過程における透谷の内面に、「自己の青春を喪失したものの暗い精神の奈落と、怒涛のような恋愛に結びつく入信[19]」の介在を指摘する。中山は小田切の文学転戦論が、透谷の内面的深淵を看過していることを批判し、彼が精神的な喪失体験を経ることによってキリスト教信仰を受容し、そのことが思想的転回を可能にしたと考える。キリスト教信仰の介在を主張する点では、笹淵友一も同じであるが、中山は笹淵が透谷のキリスト教受容を、啓蒙的合理主義思想を基盤としたと解することについて批判している。笹淵は透谷にとって、運動からの離脱によって傷ついたのは気質であって人格ではなかったとする。[20]気質とは壮士的気質であり、人格とは民権運動に培われた近代的人間としての価値意識と考えられる。キリスト教の入信も近代人的人格を基盤に可能となったと考えるため、透谷の思想の総体としては変化はなく、回心も大きな意味を持たないことになる。笹淵の見解では、透谷の志士的「気質」の解体は大きな問題ではなくなり、自由民権運動からの離脱の苦悩も過小評価されることになる。

桶谷秀昭は透谷が政治活動からの離脱により、「狂するか白痴になるかという精神の崩壊の奈落」[21]に陥った危機の体験を指摘する。桶谷は、透谷が終生「精神の奈落」を内面に抱え込み、それと真摯に向き合うことが文学活動の原点となっていたと理解する。北川透は透谷が「この世の全敗の地点、地上的なものすべてを失う地点」[22]に立ちすくんだ状況を契機として、彼が超越志向の思想的営為にシフトしたと理解する。

小田切の「文学転戦」論を批判する透谷理解は、その内面における喪失体験の重要性を指摘することで共通している。そして、自由民権運動からの離脱の段階における思想の理解については、「志士仁人」的意識を持って自由民権運動にコミットしたこと、及び運動からの離脱により実存的苦悩を経験したことで共通している。現在では、自己の存在意義の喪失状況が、精神的に再生した透谷の文学・思想活動の前提と理解され、透谷を政治と文学の交渉という図式の下において把握することの意味が失われたようにも見える。

確かに、現在の透谷論から「闘う透谷」のイメージは払拭されている。しかし、日本の近代文学の樹立に尽力した詩人という評価で留まってもいないようである。新保祐司は透谷研究の新たな方向性に課題を求めている。

狭い意味での文学研究を超えて、（中略）明治精神史、幕末からの精神史の中での透谷をとらえる研究、あるいは神の言との関係で透谷をとらえる聖書的研究などの、良い意味でもっと広い研究になるべきではないか、と思います。[23]

すなわち、透谷を文学批評の領域に留めることなく、思想史研究の対象として視角を改めることの提言である。「聖書的研究」のような神学思想としての研究を示唆しているように、近年では「政治と文学」理論ではなく、「宗教と文学」理論の枠組みで捉える研究も少なくない。[24] しかし、透谷は明治立憲主義体制の形成期の状況を目の当たりにして、超越的思想の言説を紡ぎ出すことで、文学の使命のあり方に満足していたのであろうか。たとえ「聖書的研究」であっても、現実に対していかなるスタンスを持っていたかを無視できないのではないかと考えられる。新保の表現を借用すれば、「明治精神史、幕末からの精神史」を国家的課題の達成をめぐる思想的ダイナミズムとして捉え、その中に透谷を置いて考察することが求められるのではないか。その場合、民主主義革命のために闘う透谷とは異なった、「居場所」を探求して苦闘する透谷像が描けるのではないであろうか。

「居場所」とは、序章で述べたように、自らの社会的な存在理由が現実との調和を獲得し得た境位を意味するものである。透谷は表面的には政治とは絶縁しているが、エクリチュールにおいて明治国家を射程に置き続けていた。その課題はついに達成されることはなかった。その意味では、彼にとってのエクリチュールは、「居場所」を希求し続ける限り永久的な自己変革の営為であった。しかし、それは明治国家の革命的変革を求めるものではなく、自らの内面において明治国家との折り合いを付けるべき自己変革であった。

第二節　歴史的環境としての北村家

一　明治維新期の北村家

ここでは、北村透谷の政治思想の本質を解明する作業のために、彼が政治に関するに至った歴史的環境の解明を進めることにする。彼の生涯が明治国家形成期とほぼ一致しているために、彼の家庭が明治国家の中でどのような位置にあったかを考察することは、彼の精神形成の特質を理解する上で重要な意味を持つ。ここでは彼の幼少期を回顧した有名な石阪ミナ宛書簡を批判的に読むことを中心に、彼の家庭環境の歴史的意義を考察する。

透谷は一八六八（明治元）年一二月二九日（太陽暦では一二月一六日）に小田原に生まれた。透谷の本名は門太郎であるが、この研究では一貫して透谷という号で呼ぶことにする。北村家は譜代大名大久保氏を藩主とする小田原藩に仕えた御抱医師の家柄であった。透谷が生まれた頃は戊辰戦争の最中であった。当時の戦局は新政府の側に有利に傾き、五稜郭に拠る榎本武揚の旧幕府勢力を残すのみで、全国はほぼ新政府の下に制圧された。小田原藩では藩主大久保忠礼のとき、新政府への忠誠と徳川譜代の意識の板挟みとなって時流に乗り遅れた上に、江戸開城後に一時は旧幕府遊撃隊の反新政府の挙兵に加担した。そのために一八六八（明治元）年九月、「朝敵」藩に対する処分として忠礼は隠居及び永蟄居を命じられ、藩は減封処分を受けた。

北村家では当時の当主である北村玄快（透谷の祖父）は藩医としてよく精励した。透谷の父北村快蔵は、一八六九（明治二）年に妻ユキと生まれたばかりの透谷を残して、単身上京し昌平学校に学んだ。透谷は父のことを、「封建制度の下にありて、厳格なる式礼の間に成長したる人にはあらず」（石阪ミナ宛一八八七（明治二〇）年八月一八日付書簡〔三：一六二〕と述べている。若いために、新しい時流への適応力があったのであろう。また、小田原藩の減封処分が快蔵の転身を促す契機となったことも考えられる。一旦は朝敵となった譜代大名家中の出身の下級武士身分にとって、新時代に対応した生き方としては思い切った選択であったとも言えよう。

昌平学校は、新政府が江戸接収の後に旧幕府の昌平坂学問所を復興したものである。それと並行して、旧幕府の開成所及び医学所も新政府の管轄下に置かれ、それぞれ開成学校及び医学所（同名で継承、後に医学校と改称）として復興された。昌平学校は一八六九（明治二）年六月に大学校と改称され、同年末にはさらに大学と改称された。この大学は、開成学校を大学南校、医学校を大学東校とし、昌平学校系の大学本校に統括される制度であった。大学としての制度化の目指すところは、五箇条誓文の趣旨に則り「天下国家ニ実用ヲ奏スル[25]」人材の育成にあった。しかし、藩閥政府の下では、「朝敵」藩の出身者が大学を卒業しても、高官に上る保障はほとんど皆無であったであろう。その大学に、快蔵は敢えて妻子を郷里に置いて学んだのである。

大学本校は一八七〇（明治三）年に閉鎖されることになる。大学本校は当初は平田国学派が主流を占めていたが、漢学派との対立が激化したことを契機として、政府は大学を時代錯誤的な無用の長物と見て閉鎖することになった。それに伴って、大学本校の学生全員は退学処置となり、新たに洋学系の大学南校に諸藩からの秀才が貢進生として送り込まれることになった。

当時の日本の近代化路線の推進という観点から見れば、国学や漢学の社会的機能が西洋の科学技術に代位されていくことは、当然の時代の趨勢であった。その結果として、快蔵も退学組の一人となったのである。彼は退学後帰郷し、足柄県の官吏となった。一八七一（明治四）年玄快は隠居し、快蔵が北村家の家督を継承した。快蔵の運命の変転とともに、藩体制も版籍奉還から廃藩置県へと消滅への道程を確実に辿ったのである。まだ幼児にすぎない透谷が、この維新の変革を内面化できるはずはなかったが、北村家の維新過程におけるこのような位置の確定が、透谷の人間形成過程において、間接的ながらその内面に歴史的位相を刻印していくことになるのである。

二　少年期における透谷の人間形成

透谷未亡人北村ミナの直話によれば、快蔵の妻ユキは幼子を抱えて、内職をしながら夫の留守を守ったという[26]。ユキは小田原藩士大河内宇左衛門の娘であった。大河内家は二〇〇石の家格であり、北村家よりもかなり上位であった。透谷は後年母のことを、「生の母は最も甚しき神経質の恐るべき人間なり、一家を修むるにも唯、己の画き出せる小さき模範の通りに、配下の者共を処理せんとする六づかしき将軍なり」（同上）（三：一六一）と述べ、母の「神経質」が同書簡に何度も出て来るほど強調されている。しかし、この書簡は、透谷が青年期において自らの幼少期を回顧して書かれたもので、自我意識に覚醒した段階での母への評価であるという点を考慮に入れるべきであろう。武家に生まれ武家に嫁した女性としては、夫の家を守り、やがて家を継ぐべき息子を養育することが当然の務めと考えられていた時代である。まして、新時代に向けて東京に遊学した夫を支えるほどの女性であるから、彼女は気丈な人柄であったのであろう。維新の潮流の中で、「朝敵」藩出身という社会的ハンディとして背負って生きるのであるから、時代の重みに圧倒されまいとする心意気は必要であったであろう。その気丈さを、透谷は後年になって暴君的なものとして理解したのである。また、母の目指した理想に背いた地点に立った新時代の青年として、権威主義的な母への批判の意識が働いていたことも考えられる。

快蔵が一八七三（明治六）年に大蔵省出仕のため夫婦で上京したために、透谷は祖父母の膝下で養育されることになった。彼は祖父のことを「世にめづらしき厳格の人にして、活発に飛はねる事を好む少年をこらすの術に苦しみたる」（同上）〔三：一六二〕と述べている。玄快は一八一五（文化一二）年生まれであるから、透谷を養育していた時期は六〇歳前後に当たる。たとえ健康であるとしても、元気のいい腕白な孫を持て余し気味であったのかも知れない。彼は一八七五（明治八）年に小学校建設のために一〇円を寄付するなど、教育に関心を持っていたので、透谷の教育にも熱心であったと思われる。あるいは、この年に透谷が小学校に進むので、寄付はその関係であった可能性もある(27)が、それも教育熱心の現われと考えるべきであろう。

そのように考えると、城攻めの遊びを「祖父に対する不平を癒す可き単なる快楽」（同上）〔三：一六三〕と述べていることも、特に祖父への悪意と取るよりも、その口喧しさを適当に聞き流すような雰囲気を示すものであったとも理解される。祖母については、継祖母であったために「生に取りて余り利益を能へしとは覚えず」（同上）〔三：一六二〕と述べている。透谷は祖父母に対して良い印象を持たなかったように理解されるが、この淡々とした筆致から大きな悪意は感じられない。透谷の人間形成の上で暗い影を落とすほどのことでもなかったと考えてよい。年を取って時代の転換期に遭遇したために、息子の東京遊学の間、老体に鞭打って孫を預からざるを得なかったが、体が付いて来ないという様子であろうか。玄快の気難しさには、そのような苛立ちの影響があったのかも知れない。

一八七八（明治一一）年、祖父玄快が病気で倒れたために、父母は帰郷し、快蔵は足柄上郡郡役所に勤務することになった。このときから、母の直接の教育が始まるが、透谷の回想によれば、「毎夜十二時頃までも、窮屈なる書机に向はしめ、母自身は是れが看守人たり、又た母は婦女子の性として活発なる挙動遊戯を好まずして、生を束縛して殆んど諸ろの頑童等との交通を絶しめたり」（同上）（三：一六四）というようなものであった。彼はこのような母の厳しい教育を、彼女の「普通のアンビシヨン」（同上）（三：一六三）、すなわち透谷の立身出世を願う世間一般の願望に基づくものと考えた。彼はここでも母に対して批判的であるが、前述のごとく、北村家の行く末を案ずる気丈なユキにとっては、透谷が大きく期待される存在であったとされるのも決して無理ではない。一八八〇（明治一三）年快蔵は大蔵省に復職するが、平岡敏夫によれば、一八八一（明治一四）年段階で快蔵の官等が十二等であるのに対して、この年東京大学医学部を卒業して陸軍軍医となった森鷗外の官等は八等であった[28]。二〇歳年下の東大卒の青年官吏に対して官等が低いという、当時の官僚制度の実態の中に生きた非エリート北村快蔵の妻の心情が、透谷の回想に中に垣間見えるであろう。

明治維新の終期を西南戦争あたりと考えると、透谷が多感な少年期を送った頃に、西郷隆盛、木戸孝允、大久保利通など維新の功労者たちが相次いで世を去り、一つの激動の時代は確実に終焉に到達したのである。維新の終焉は志士の終焉でもあった。青年層が志を担って流動的な政治状況に参加する機会はすでに失われていた。透谷は明治維新に参加するにはあまりにも生まれ遅れ過ぎていた。明治国家形成期において次第に定着していく秩序の片隅で、権力機構の末端近くで小官吏として汲々として生きる父と、わが子の立身出世の「アンビシヨン」を願う母とによって特徴づけられた北村家は、小市民的な生き方を肯定するものであっても、志士的な生き方を肯定する環境ではなかった。少年期の透谷にとって、「いかに生きるべきか」という課題は未だ深刻ではなかったであろうが、問うべき時期は自由民権運動とともに到来しようとしていた。

第三節　自由民権期における透谷の思想と行動

一 「志士仁人」の原型

先述のごとく、色川大吉の緻密な研究が明らかにした自由民権運動における透谷の足取りを通じて、透谷理解は一層深まった。彼の関与の仕方は、神奈川県議会の臨時書記となったことから三多摩自由党のメンバーと知り合い、「土岐運来」（ときめぐりきたる＝時運来の当て字）の文字を染め出した法被（はっぴ）を着て行商をしながら、運動の普及に尽力するというようなものであった[29]。

自由民権運動は全国的に高揚した頃は、透谷は小学生であった。一八八一（明治一四）年、快蔵の大蔵省復職とともに一家は東京に転住し、透谷は東京の泰明小学校に転校した。小学校を卒業したのは一八八二（明治一五）年のことであった。

小学校の生徒が自由民権運動の思想を深く理解したとは考え難い。しかし、若者の政治との出会いというものは、思想よりもむしろ情熱の面で起こりがちである。彼の少年期の気質は、彼自身の語るところによれば次のようなものであった。彼は少年の頃、母の厳格な教育にもかかわらず、「生の読書、就中（なかんずく）歴史小説を好むや、英雄豪傑の気風を欽慕して、寝ても起きても其事ばかり思ひ続けて、いつも己れの一身を是等の英雄の地位に置かん事を望み居けり」（同上）〔三：一六四〕というような子どもであった。彼は同書簡の他の箇所で「生の最も好みたる小説は楠公三代記、漢楚軍談、三国志、等にして、日夜是等の小説を手離す事能はざりし程なりき」（同上）〔三：一六二〕と述べている。「漢楚軍談、三国志」はそれぞれ『通俗漢楚軍談』及び『通俗三国志』であろう。いずれも江戸中期に成立した文字通り通俗的な読物で、教育熱心な母としては我が子が読み耽ることを望まなかったであろう。「楠公三代記」は不明であるが、通俗的軍記物であったのは確かであろう。

透谷はこれらの読書体験と並行して、「多数の少児を集めて軍事をまねる事」（同上）〔三：一六二〕を好んだ。彼はその遊びの際には軍師を演ずるのが好きであったというから、彼が演じた軍師のイメージは、その出所が読書体験ならば楠木正成や諸葛孔明のような古典的な人物だったのであろう。前節で触れた攻城遊びもこれに関係があったと考えられる。英雄豪傑への憧れは、少年にとって特に珍しいものではなかった。正成や孔明も、知仁勇を兼備し志操を貫いた生涯の故に、少年たちの心を引きつけたのである。いかに英雄豪傑への憧憬が醸成されたとはいえ、正成・孔明のような軍師と自由民権運動の政治的理想との間にはなおもギャップがある。民権壮士がむしろ近世義民に近い人間像であったと考えられるのは、第一節で触れた通りであるが、それは志に殉じる生き方という共通性に留まっている。従って、古典的軍師タイプの英雄豪傑像が自由民権運動の活動家として転生するためには、殉じるべき志操の対象が、時代に相応した政治的課題に置換されなければならなかったのである。

二　政治への開眼

一八八一（明治一四）年は、開拓使官有物の払い下げ問題をめぐって、自由民権運動が政府を攻撃しその余波がいわゆる明治十四年の政変となり、あるいは自由党が結成されるなど、運動が大いに高揚した時期であった。透谷は「此年は国内政治思想の最も燃え盛りたる時なりければ、生も亦風潮に激発せられて、政治家たらんと目的を定むるに至り、奮つて自由の犠牲にもならんと思ひ起こせり」（同上）〔三：一六五〕と回想している。「自由の犠牲」という志の対象も現われている。しかし、政治家志向の直接的契機が何であったかは明確ではない。

これは政治における挫折を体験してからの回想であるから、一つのサイクルが終わったところから整理したものとして、現実よりもかなりすっきりした形になっているとも考えられる。従って、彼の政治との関わりの原初的形態は、政治の出会いの起点を、契機は不明確ではあるが一八八一（明治一四）年と考え、時代の雰囲気の中で次第に深く傾斜していったことが真相に近いのではないかと考えられる。

透谷は小学校を卒業した後、綏猷堂、蒙軒学舎、共慣義塾などの私塾を転々としている。これらの私塾はいずれも上級学校の受験準備を目的とするものであった。従って、これらの私塾に学んだのは、当然上級学校への進学準備のためであり、それは母の「普通のアンビシヨン」に従ったものであろう。[30] 彼は一八八二（明治一五）年を「生をして殆ど困死せしむべき程の一年なり」（同上）（三：一六六）と述べ、その理由として、透谷が敬愛の念を持っていた泰明小学校の谷口和敬校長の北海道転任、綏猷堂が不快であったこと、「青年党の面々」が離散したこと、「政府の挙動」がおかしくなったこと、母の圧迫の五点を挙げている。第三点の「青年党」とは、決して実体的な組織として存在したものではなく、単に仲の良い少年たちのグループに過ぎなかったであろう。卒業すれば同級生の離散は当然のことであろうし、教師の転任とともに、世事一般のこととしてとりわけ珍しいことでもない。別離に一抹の寂しさはあっても、彼の懊悩の本質的部分であったとは考えられない。

綏猷堂のどこが不快であったのかは述べていないが、共慣義塾も不快であったと同書簡にあるところから、不快の原因が個々の私塾にあったというよりは、むしろ母の「普通のアンビシヨン」に従わざるを得なかった勉学を不快に感じたと考えるべきであろう。高揚する時代の雰囲気をよそ目に見て、勉学を強いられることが不快であったのではないであろうか。あるいは、功利的でかつ無味乾燥の受験勉強に、敢えて取り組むことの意義をなかなか見出せなかったのかも知れない。私塾をたびたび変わっていることから考えると、ただちに上級学校受験の意思を放棄したのではなく、転校を重ねることによって、次第に自分が受験勉強に耐え難いことを認識していったのではあるまいか。私塾の転校が透谷自身あるいは母のいずれの希望によるものかは不明であるが、その過程で母の説得と説教を聞かざるを得なかったであろう。彼の懊悩の本質的原因は、そのような母との軋轢にあったと言えるであろう。

彼にとって、母の「普通のアンビシヨン」は圧迫と映じたが、母の立場からすれば、「普通のアンビシヨン」こそが我が子を栄達の道に導くべきものであり、ひいては北村家の安泰を保証するものであった。属吏として低迷する夫の事情を知ればこその願いでもあったであろう。しかし、透谷が母の「アンビシヨン」に結果的には背くことになったとしても、それをもって彼の明確な姿勢が一貫していたとは言えない。透谷は結局立身出世の道を選択しなかったが、それが結果として自由民権運動への関わりとなっていったのであろう。

おかしいと見る「政府の挙動」については、具体的にはどのような事情を指すのかは判然としない。この年にこだわるならば福島事件が思い浮かぶが、「政府の挙動」に直接関係はないけれども、板垣退助遭難の岐阜事件が少年の心を揺さぶったこともあり得たのではないか。一八八二（明治一五）年四月、自由党総理板垣退助が、岐阜で遊説中に襲撃され負傷する事件が発生した。そのとき、板垣は負傷しながら、刺客を睥睨（へいげい）して「板垣死すとも自由は死せず」と叫んだと伝えられる。凶変に憤激した自由党有志が多数武器を携帯して結集し、「光景恰も戦場の如く、人心恟々、変乱の兆朕既に萌せり[31]」（『自由党史』）というような有様であったという。騒然とした時勢の緊迫感が、少年の心に志に生きることの魅力を雰囲気的に感じさせたのかも知れない。もしそうであるならば、彼の英雄豪傑を渇仰する気質を示しているであろう。

三　自由民権運動高揚期の透谷の行動

透谷は一八八三（明治一六）年に東京専門学校政治科に入学する。自由民権運動に参加するのは入学と前後する時期であるが、正確な日付や参加の直接的な動機は不明である。一八八五（明治一八）年に運動から離脱するまでの間が、彼の民権壮士として活動した時期である。運動参加を示す行動としては、前述した通り「土岐運来」の法被を着てオルグ活動をする程度のことであったが、それが彼の経世の志を高揚させた姿であった。色川大吉は、透谷の自由民権運動への参加の年齢が低すぎ、一八八三―八五年は政府の攻勢の下に運動は激化しつつ退潮に向かっていたことが、彼の「民権運動家としての性格を特徴づけた[32]」としている。それは、彼は自由民権運動の思想を内面化するゆとりを持ち得なかったことを意味している。それは思想としての成熟を見せなかったということで、感性の次元で把握するのとはまた別である。

透谷が東京専門学校時代の回想として、「生は常に学問の仕方は自ら修め自ら窮むる禅宗臭い説を持ち居けり。左れば学校に在りても教科書をしらべんよりは数多の書史に渉猟するこそ面白し」（同上）〔三：一六七〕と述べている。それは単に知識を集積することに満足せず、自らの生き方の方向性を探ろうとする求道的姿勢によるものであったと思われる。彼が東京の静修館に入ったのはこの頃である。静修館は神奈川県人学生のための寄宿舎として設立されたが[33]、多摩民権運動関係者の在京拠点としての機能も持っていた。従って、雰囲気としては必ずしも内省的な自己探求の精神にはそぐわなかったかも知れないが、「人生意気に感ず」の思いで経世の志を語り合い、志士的気概を高めるにはふさわしい環境であった。このような行動が母の期待に沿うものとは思われず、何らかの摩擦が発生した可能性は十分に考えられるが不明である。

透谷が自由民権運動への参加した頃は、運動の流れが転換期に来ていた。一八八二（明治一五）年の福島事件や集会条例の改定など、政府との対決姿勢を強める契機はますます高まっていたが、自由党内部にも分裂の危機が現われていた。この年の末に、板垣退助と後藤象二郎が外遊にすることに対して党内から批判が起こり、立憲改進党からも非難が投げかけられた。馬場辰猪や大石正巳ら結党以来の幹部までもが離党する事態となった。これに対して、自由党は立憲改進党と三菱会社との癒着を反撃の材料とし、「偽党撲滅の已むべからざるを感じ、藩閥掃蕩と併せて独力天下の廓清を決心する」[34]（『自由党史』）ことを決意した。一八八三（明治一六）年四月、自由党は党大会を開き、組織の改編を決議するとともに、新たに常議員を選出した。その中には、西多摩の自由民権運動の担い手の一人で、後に透谷の岳父となる石阪昌孝や、後に透谷と書簡を往復させる吉野泰三も含まれていた。

一八八三（明治一六）年六月、板垣・後藤が外遊から帰国した。彼らの留守中に自由党の危機が進行していた。すなわち、「党中往往地方に偏局して単独軽挙を事とする者を生じ、協同一致、旅進旅退の目的を誤らんとする傾向に陥れり」[35]（同上）という有様であった。この背景には、政府の政党への攻勢や立憲改進党との軋轢も影響したが、板垣ら党の指導層が大切な時期に外遊していたことは軽からぬ要因であった。危機感を抱いた党指導層は、一一月に臨時大会を開いて活動のための募金を呼びかけ、さらに党存立のための結束の強化を痛感して、翌一八八四（明治一七）年三月に春季大会を開いて党組織の改革などを決議した。この両大会の出席者の中に、石阪昌孝・吉野泰三がともに名を連ねている。

この頃の透谷の様子を示すものとしては、右にも引用した一八八七（明治二〇）年八月一八日付のミナ宛書簡がある。ここでは、同年のこととして「怯懦なる畏懼心を脱却して、再びアンビシヨンの少年火を燃え盛らしむるの歳」（同上）〔三：一六七〕と述べ、それもかつての心境とは異なり、世俗の名利を求めるものではないとしている。彼は新たな「アンビシヨン」を、「憐む可き東洋の衰運を恢復す可き一個の大政治家となりて、己れの一身を苦しめ、万民の為めに大に計る所あらん。己れの身を宗教上のキリストの如くに政治上に尽力せんと望めり」（同上）〔三：一六七―一六八〕と述べている。格調の高さを示すような文飾を除外すると、「アンビシヨン」の核心は志士的であると言えよう。

その中で大きな役割を演じたのが大矢正夫であった。大矢と関係は大阪事件との関連において後述するが、この関係は透谷の政治的傾向の水準を計る手がかりとなる。大矢正夫に関しては、色川大吉の精力的な資料発掘と研究によって、「大矢正夫自徐（ママ）伝」を通じてその足跡を明らかにしている。[36] それによると、透谷が大矢と出会ったのは静修館であったが、親交を深めることになった場は川口村であった。川口村での出会いは、一八八四（明治一七）年の夏のことで、群馬事件と加波山事件との間の時期となる。川口村のことも後述する。この頃は、自由党に対する政府の攻勢が厳しく、「自由党員も亦反動の極、専ら革命論に傾き、人々切歯扼腕、以て最後の運動に出でんことを思ふ」[37]（同上）という状況になっていた。ついに、九月に加波山事件が起こり自由党は追い詰められる結果となって、一〇月に秋季大会を開き解党を決定した。

大矢正夫は、加波山事件で敗れる富松正安と知り合い、さらに大阪事件に加担する行動主義に進んでいった。このような志士タイプの人物と肝胆相照らす間柄となったことは、透谷にも同じような性向があったからである。七月に富士登山を敢行したときに吐露した志士雲井龍雄への共感とともに、「柔しき心の志士どもが今やつのらば残忍なる血の雨降らす不幸にも、出合わぬ者にもあらぬかし」（「富士山遊びの記憶」）〔三：一四二―四三〕と述べていることは、その性向をよく表わしている。

四 「哀願書」の思想的底流

自由党解体の危機的状況の段階における透谷の行動として、確認できることは読書会への参加である。この読書会は、石阪公歴（昌孝の長男でミナの弟、後に透谷の義弟となる）と若林美之助（自由党員）が主宰したものである。同会規則によれば、「政治法律経済哲学等ニ関スル諸書ヲ講読シ以テ各科ノ学理ヲ討究スルモノトス」[38]と定められているが、具体的に示された書名リストには、哲学及び社会科学分野以外に東洋古典、仏典、日本古典も含まれている。会の発足は一八八四（明治一七）年一〇月一八日で、一二月六日まで八回の読書会を行っている。参加者名簿に記録されている限りでは、透谷は第五回目（一一月一五日）しか参加していない。このときは、石阪、岩田雅正、堀江壮太郎、水島丑之助が講読を担当している。会員の担当書物リストでは、透谷と神原某（名の部分が空白）の担当書名が空白になっている。

読書会の会員は二〇名が名を連ねているが、各回の参加者は八名が最大で、最少は二名であった。全回出席したのは石阪公歴一人で、中には出席回数ゼロも数名いる。一回のみの出席者は透谷を含めて六名であった。透谷だけが特に不熱心であったわけではないが、彼が会の活動にのめり込まなかったことも事実である。会の発足は加波山事件の鎮圧より約一か月後のことである。彼の唯一の会参加は、秩父困民党の武装蜂起が鎮圧された直後の時期である。会では緊迫する時局について議論されたと想像されるが、透谷はこの時勢に書物の講読に集中することができなかったのではあるまいか。

石阪公歴の日記「天縦私記」によれば、公歴は一八八五（明治一八）年六月に大学予備門を受験して失敗し、九月に再受験したがやはり失敗に終わった。それ以前の記録には、英語参考書の購入や私塾成立学舎への月謝の支払いなどが見えるので、彼が受験勉強に専念していたことがうかがわれる。そのような環境での読書会が、石阪にとって自由民権運動との関わりにおいてどれほどの意義を持ち得たのであろうか。色川が指摘するように、「大学受験や仲間だけの小集会」に関心が集中している読書会に、透谷は失望感を覚えたと思われるのである。[39] 読書会の担当書名が空白であることも、興味のあるものがなかったのかも知れないが、むしろ読書会自体のあり方に疑問を覚えたことによると考えた方が妥当かと思われる。

透谷が自由民権運動からの挫折意識を表明した「哀願書」を、色川が加波山事件及び秩父事件の頃に書かれたものと推定したのは先述の通りである。ここで、透谷は自らの志を次のように述べている。

曽テ経国ノ志ヲ抱イテヨリ日夜寝食ヲ安フセズ。単ヘニ三千五百万ノ同胞及ビ連聯皇統ノ安危ヲ以テ一身ノ任トナシ、且ツヤ、又タ世界ノ大道ヲ看破スルニ、弱肉強食ノ状ヲ憂ヒテ、此弊根ヲ掃除スルヲ以テ男子ノ事業ト定メタリキ。〔三：一三五〕

ここに示されている基本姿勢は、「経国ノ志」や「男子ノ事業」のような志士的観念に支えられた公共意識である。「同胞」及び「皇統」の安全を「一身ノ任」とするという表現があるが、尊王論イデオロギーを特に強く掲げているわけではない。世界情勢について指摘する「弱肉強食ノ状」は、帝国主義の世界分割競争をイメージしているようにも取れるが、それよりもむしろアヘン戦争以来の西欧列強のアジア進出を総括的に表現していると見る方が妥当かも知れない。

そうであっても、彼は何をするつもりであったかは不明である。世界情勢の「弊根ヲ掃除スル」という主張を、反帝国主義、あるいは反戦思想の表明と解することも飛躍があり過ぎる。具体的な情勢分析がまったく示されることなく、抽象的な語句がちりばめられているに過ぎないために、この言説から彼の思想を抽出することは困難である。「弱肉強食ノ状」を批判する姿勢には、言葉足らずながら「万国対峙」志向の観念を見ることができる。「世界ノ大道」は「万国公法」の精神と考えられるであろう。国家的自立の観念は幕末以来の日本の切実な課題として、ナショナリズムの精神的基底をなしていた。しかし、透谷はナショナリズムを根底に持ちながらも、文明論として発展させることができず、英雄豪傑的な民権壮士の域で屈折してしまっているのである。彼が自由民権運動に本格的に没入する以前に、国家的秩序が着実に立憲体制樹立に向かっていた。志士としての気概は強くとも、時局へのコミットメントの余地は、幕末期に比べて相対的に制限されることを余儀なくされた。

彼は「哀願書」において、上の文章に続けて、次のように絶望感を表明している。

然ルニ世運遂ニ傾頽シ、惜ヒ乎、人心未ダ以テ吾生ノ志業ヲ成スニ当ラザルヲ感ズル矣。嗚呼本邦ノ中央盲目ノ輩ニ向ツテ、咄々又タ何ヲカ説カンヤ。(三：一三五)

彼は志が成就しないのは、「世運傾頽」の故であると認識する。ここに言う「世運」とは何か、また何をもって「傾頽」したと言うか。彼は加波山事件の直接行動に参加していないが、オルグ活動を通じて自由民権運動の一翼を担ったという意識はあったはずである。ただ、民権壮士の心情への共感はあっても、人民から遊離して激化の一途を辿る行動には同調しなかったのであろう。すなわち、「哀願書」から翌年の盟友大矢正夫との訣別までの間に、とりわけ発展も後退も見られないのである。結局、透谷は「奈何ナル豪傑丈夫ノ士ト雖、何ゾ能ク世運ノ二字ニ、(以下欠)」(「哀願書」)(三：一三五)と述べ、時勢に巡り会わねば、大志も如何ともなし難いと告白しているのである。彼の「志業」にふさわしい「世運」がどのようなものであるかは明確ではない。彼の自由民権運動理解が心情レベルに留まっている限り、「世運」の思想的把捉の深化することはない。自由民権運動から離脱するまで、透谷にとっての政治の質は志士的・壮士的な心情への共感に留まったのである。

第四節　民権壮士としての挫折

一　精神的故郷としての川口村

色川の見解に従って「哀願書」の執筆を一八八四（明治一七）年秋の頃と仮定した場合、『三日幻境』に述べられたような運動からの離脱までの過程で、どのような思想を持ち、行動を取ったのであろうか。『三日幻境』は後年に執筆されたものであるから、内面の整理ができた段階での記述であることを前提とした上で、朝鮮革命運動に関係する直接行動に接近したことが認められる。その傾斜に大きな影響を与えたのが大矢正夫である。

透谷は『三日幻境』において、生まれ故郷は「追懐」の地であるが、「「希望」は我に他の故郷を強ゆる如し」〔二：三八九〕として、かつて自由民権運動に関わった思い出の地川口村を、「希望」を育んだ「故郷」として受け止めている。大矢が川口村の民権運動家秋山国三郎邸に、脚気療養のために寄留していたために、ここを訪れた透谷と盟友としての関係を深めることになったのである。川口村を心の故郷と捉えたのは、壮士として人間形成を果たした精神的原郷の意味であったが、同時に自分の生き方を最初に発見したという自覚の現われでもあると考えられる。しかし、秋山の農民として地に足を着けた堅実な生活に包まれることで、一種の安らぎを感じ取ることができた一面も考えてよいのではないか。

秋山国三郎については、小沢勝美の実証的な研究が明らかにしているが、それによれば、秋山家は農業経営のほか「炭焼き、養蚕、織物、茶の栽培、桑の仲買」[40]などを手広く行い、国三郎自身も若いときから俳諧や天然理心流の剣道を学び、さらに義太夫節を修行して江戸で義太夫語りをしていたこともあった。透谷と大矢正夫との交友に関連して、秋山の仲介的存在が注目されているが、むしろ秋山本人の透谷への影響を評価すべきではないかと考える。秋山は一八二八（文政一一）年生まれであるから、幕末維新期に活動した志士世代の年長グループに相当する。一歳上に西郷隆盛、二歳下に吉田松陰や大久保利通がいる。志士層が激動の政治情勢の中を奔走していた時期に、秋山は江戸で義太夫語りをしていたと推測される。志士たちのような派手な活動ではないが、民衆芸能を通じて庶民との接点を形成したことが、自由民権運動期において在地から運動を支える役割を果たしたのではないかと考えられる[41]。

小沢は秋山国三郎が自由民権運動にコミットした背景として、「生活に密着したところからくるやむにやまれぬ世直しの発想」と捉え、「困民党を結成した農民に近いもの」と考えている[42]。彼の旧幕時代の放浪体験はともかくとして、中年以降は堅実な生産活動と多趣味を持って地に足を着けた生活人という印象が強い。しかし、心の故郷のような共同生活から、大矢の行動主義が突出するほど、時代は切迫していた。秋山自身は年齢的なこともあり、生活を守ることもあって動けなかったと考えられるが、「自村の興廃に関るべき大事に眉をひそむる」（『三日幻境』）（一：三九〇）として、時代状況に対する視線を定めている。具体的には川口村からの困民党運動の関与者に対する判決が下りたことを指している。志士の心情がいかに行動へと現われるかということが問われるようになっていたのである。透谷は考えた末に直接行動のラインから離脱することを選択したのである。小沢は、透谷が自分たちの「切迫した感情にそのまま同調しない国三郎に対する不平、不満[43]」を感じていたとするが、むしろ、透谷は生活人としての秋山の下での安らかさと、大矢の行動志向との間で揺れ動いていたのではないかと考えられる。すなわち、生活人となるには志士的であり、直接行動するには内省的であるような煮え切らないメンタリティであったと思われるのである。

その意味では、民権壮士としては不徹底な姿が浮かび上がってくる。世代的に運動をリードする政治家像を求めるのは無理であるにしても、その予備軍としての資格を認めるには、現実的なタイプではない。一方、冒険主義的に直接行動に踏み切るには、あまりに分別があり過ぎた。それだけ、彼は「文」の人、ないしは思想家としての資質が大きかったのかも知れない。

二　透谷の挫折と喪失意識

透谷が「哀願書」において「世運傾頽」を告白した頃、自由民権運動は一種の末期的状況を呈するに至っていた。一八八四（明治一七）年末に発覚した飯田事件は、政府転覆のための挙兵を企図するものであった。しかし、秩父事件の後の、「人心復た沈降して同志の敢て動んとする者少し。勢去て奈何ともすべからず[44]」（『自由党史』）という現実の前に、挙兵計画は中止され、しかも謀議発覚により関係者は捕縛されるのである。

さらに、同年の秋から年末にかけて発生した名古屋事件では、政府転覆の軍費調達のための強盗に成り下がってしまった。透谷にとっての「世運」とは、「人心未ダ以テ吾生ノ志業ヲ成スニ当ラザルヲ感ズル」と述べているように、「革命」の成就を左右する民心を言うものと理解すれば、強盗行為を突出させる行動は、いかに「革命」の大義を主張しても、民心を糾合することは困難であったであろう。自由民権運動の指導層にとっては、「世運傾頽」的事態は憂慮すべきであったが、一方では、それ故にこそ状況打破のために一層激化する動向も進行するのである。

透谷はこのような状況の下で、憂慮の故の自重路線、あるいは状況打破の激化路線のいずれにより近かったかについては、正確なところは裏づける史料がないために不明である。色川大吉は、石阪昌孝宛書簡に透谷が急進派壮士武藤角之助を訪問したことを記していることをもって、一応は仮説としてではあるが、「透谷が今知られている以上に実際はもっと運動に深入りしていたのかもしれない」と推測している[45]。武藤は後述する朝鮮改革運動を図る壮士群に加わった一人で、事件発覚により長崎で逮捕された人物である。このときの訪問の事実から、ただちに人間関係の深さを推測することはできないが、大矢との親交は一八八五（明治一八）年に入ってからも続いているので、急進的な壮士たちのネットワークに中に身を置く限り、激化路線に対するスタンスも大きな変化がなかったのではないかとも推測される。

一八八五（明治一八）年の春、大矢は「大井（憲太郎）、小林（樟雄）、磯山（清兵衛）の陰謀[46]」（「大矢自伝」）に加担することを決意した。その概要は、政府要人を暗殺した後、朝鮮に渡航して金玉均ら「開化党」政権を樹立するとともに、国内では立憲体制を確立することであった。しかし、事情が変わって、まず朝鮮で変革を断行し、東アジアの混乱に乗じて国内で革命を起こす計画に変更された。そのための軍資金確保が問題となり、大矢、山崎重五郎及び内藤六四郎は、ついに「強盗何かあらん、殺人何かあらん、要は一身を捨て丶、国家に貢献するあるのみ」(47)（「大矢自伝」）と決意して強盗の実行に踏み切った。そして、一〇月二二日夜、大矢ら四名が座間村役場に侵入し現金千余円を強奪した。その後、彼らは大阪を経て長崎に入ったが、捜査当局はすでに情報を得ていたので、長崎で逮捕された。強盗決行よりちょうど一か月後の一一月二二日のことであった。

　透谷が大矢を訪ねて、「朝鮮の挙」への加盟を断ったのは座間村役場強盗事件の前とされる(48)。大矢は盟友と信じた透谷に、朝鮮の変革支援の軍資金を調達するために強盗参加を求めたが、彼はそれを拒絶し自由民権運動から離脱した(49)。『三日幻境』によれば、彼は髪を剃り杖を突いた姿で、「政界の醜状を悪くむの念漸く専らにして、利剣を把つて義友と事を共にするの志よりも、静かに白雲を趁ふて千峰万峰を攀づるの談興に耽るの思望大なり」〔一：三九〇〕という思いで大矢を訪ねて不加盟の意思を伝えたところ、ついに加盟を迫ることはなかったという。

　しかし、この記述は後年の回想であって、ある程度の心境の整理がなされた時点からの軌道修正が加わったもので、そのままを当時の透谷の真意と理解することはできない。髪を剃り杖を突いた姿は事実であったとしても、そのときの心境は決して隠者のような平静なものはなかったはずである。強盗の善悪の判断は当然できたが、同志を裏切ることには堪え難かったであろう。この倫理観における相克に、「志士仁人」としての自らの行き方が根底から動揺することを感じたであろう。従って、隠者の姿はこの世との絆を切るという悲壮な意味であり、岡部隆志はこれを「疑似的な死」を表現していたとする(50)。比喩的に言えば、志の死であり、「志士仁人」の死であった。

三　苦悩と意識転換のはざまで

透谷は経世意識の挫折を体験することにより、深刻な苦悩に捕われることになった。盟友に対する裏切りによる罪の意識、自分の志に殉じられなかった自信喪失感などが、心の底に深く沈澱したのである。例のミナ宛書簡では、一八八五（明治一八）年には、「全く失望落胆し、遂に脳病の為めに大に困惑するに至れり」（三：一六八）と述べている。「脳病」とは心の問題に起因した一種のストレスであろう。漸く回復すると、「従来の妄想の非なるを悟り、小説家たらんとの望を起しけり、然れども未だ美術家たらんと企てざりし、希くは仏のヒューゴ其人の如く、政治上の運動を織々たる筆の力を以て支配せん」（前掲書簡）（三：一六八）ことを望んだと記している。

この書簡では心の変化を表面的に記述するに留まり、その原因は述べられていない。「失望落胆」、「妄想の非なる」の自覚、「小説家」志望の一連の流れの記述に続いて、「此年の暮、生は全くアンビシヨンの梯子より落ちて、是より気楽な生活を得たり」（同上）（三：一六八）と記されていることより、志の挫折までがその年の状況であることがわかる。「アンビシヨンの梯子」からの転落が「朝鮮の挙」からの離脱を意味していることは確実であるが、大矢に対して、年末近くに漸く強盗参加を断ったほどであるから、その年の間は壮士意識が持続していたと考えるべきではないであろうか。「失望落胆」が「世運傾頽」の意識の延長にあったとしても、決して壮士意識が否定されたわけではない。

その意味では、この段階で「小説家」志望が強く自覚されていたことは、かなり疑問であろう。従って、妄想と断じたことも、割り引いて考えるべきではないか。しかし、ユゴーを評価したことは、当時の事情からあり得ることである。ユゴーは一八八五年三月に死去し、国民的詩人として国葬が行われた。彼は自由主義の立場から、ナポレオン三世の第二帝政に抵抗したため亡命せざるを得なかったが、帝政崩壊とともに民衆から歓呼の声をもって迎えられた。(51)

ユゴーが日本に紹介されることになった契機は、皮肉なことに、自由党にとって打撃となった板垣外遊であった。板垣がユゴーを訪問したのは一八八三（明治一六）年で、日本の自由民権思想の普及について助言を求めたところ、彼は小説を薦め、その例として自作の『九十三年』（*Quatrevingt Treize*）を挙げたという。(52) この作品は板垣の帰国後、坂崎紫瀾によって「仏国革命　修羅の衢」という題で翻訳され『自由新聞』に連載された。従って、ユゴーの名は自由党の活動とともに流布し、折からのユゴーの死去と国葬が一層その名を高めることによって、透谷の関心を喚起させたと考えられる。

しかし、この書簡の記述をもって、透谷の政治から文学への移行を説明することはできない。「小説家」志望もそれほど大きなものではなかったかも知れない。しかし、少なくとも『楚囚之詩』制作以前に、「「美術家」ではない「小説家」」という範疇と区別して、それがユゴーに代表されるような、政治運動に関わる文学活動に関心を持ったことは注目される。この場合、「美術家」とは芸術家と同義で、「美術家」としての小説家とは文芸作家のことと解される。この観念は、透谷の後の文学観にも現われるものである。

彼が横浜で生糸相場に手を出して失敗したのもこの頃である。この投機的行為の実態は不明であるが、政治思想の観点からは大きな意味を持つものではなかったと言ってよいであろう。彼は一八八七（明治二〇）年八月下旬父北村快蔵宛書簡において、「生は元より商業と見込を立てし訳にはあらず」（三：一七六）と述べている。相場参入の意図について、相場師が「全敗」の後に「非常の大胆を以て大合戦を試みる」（前掲父宛書簡）（三：一七六）ことを実地に試したくて商業に入ったと説明しているが、一八八六（明治一九）年に、父快蔵が非職扱いになっているので、生計を補う必要性からの行為であった可能性もある(53)。しかし、常識的には堅実とは言えない選択である。

投機的活動は失敗に終わり、透谷はさらに挫折感を深めた。石阪ミナとの邂逅はこのような失意の日々でのことであった。石阪昌孝は東京の別邸慶令居を神奈川の自由党員に開放していた。透谷は自由民権運動からは離脱したが、石阪公歴との交友関係は続いていたために、石阪邸に出入りしていたのであろう。公歴は一八八六（明治一九）年末に渡米し、ミナとの恋愛が発生するのはその後のことである。透谷が石阪邸に出入りしていた頃、ミナにはすでに平野友輔という許婚があった。彼は東京大学医学部在学中に自由民権運動に関わりを持ち、卒業後は八王子で開業医をしながら政治活動を継続した。彼は政治家として石阪昌孝から嘱望されたからこそ婿に望まれたのであろうが、そこに透谷が割り込み結果的にミナを奪うことになる。

そこに至るまでに、透谷には「《北村門太郎の》一生中最も惨憺たる一週間」に言う「ラブの餓鬼道」〔三：一七〇〕という苦悩があった。この手記において、彼は「嬢は栄誉ある一婦人なり、余は敗余の一兵卒のみ」〔三：一七二〕として、ミナへの恋愛の情を断念しようとする苦衷を告白している。ミナへの愛を自覚しながら断念を決意し、しかもそれができずに彼女の前に現われる彼の姿は、中途半端なひとり相撲のようなもどかしさを感じさせる。結果的には、一八八八（明治二一）年一一月三日、二人は結婚したのであるから、透谷は「ラブの餓鬼道」から救われたことになる。

しかし、従来の透谷研究ではミナの心の動きを十分が把握されていないとして、彼女自身が平野との許婚関係を解消し、透谷との結婚に積極的な決意をしたとする見解が出されている[54]。色川は、従来は透谷の代作または創作と考えられていた「絶情」を、ミナの清書を透谷が筆写したものと考え、「人或は妾を呼んで狂愛の奴隷なりと譏れども、妾は唯だ神を畏れ、神を敬ひて、彼人を愛し、又愛さる、なり」〔三：一九三〕と述べた心境を、ミナ自身の堅い決意と理解している。しかし、いずれにせよ、当然ながら社会的な波風が起こった。石阪家にとっては、透谷の出現は面白くない結果になったのは事実である。婚約を破棄するのであるから、平野の面目を潰したことになる。平野は結局身を引くことになったが、透谷とミナの結婚がただちに祝福されたものとはならなかったのはやむを得ないことであった。しかし、この新生活こそが透谷にとって、新たな思想の再生の機会でもあった。

四　挫折の思想史的意義

自由民権運動の季節は、透谷にとっては結果的には挫折と喪失の季節であった。挫折と喪失は透谷に限らず、時代の趨勢の中で民権壮士たちが程度の差はあれ、共通に体験したことであった。しかし、彼らの挫折と喪失は志に生きた結果としてのものであった。その意味では、彼らが駆け抜けたのは志の季節であったとも言える。その行動の先駆的人物群は幕末期の志士に遡ることになるであろう。志士の季節は、「内憂外患」による幕藩体制の危機から明治立憲国家の確立に至るまでの、過渡的な激動期に相当するものである。

幕末志士層の特徴は「処士横議」と呼ばれるように、幕藩制的身分を構成原理とする既存の秩序を跳び出して、志を原動力とする行動形態を取った。それは「脱藩」という身の処し方として現われた。例えば、吉田松陰は自らの脱藩行動を「僕の家国に背く、其の罪固より大なり[55]」（小田村伊之助・林寿之進宛書簡）と自覚した上で、「孔門の教」を信奉することでより高い大義に殉じることを選び、脱藩の志からの理由づけを行っている。その背景には、「内憂外患」以来の体制の在り方に対する危機意識が伏流として自覚されていた。

このような志士たちの行動を内面から支えるものが、文字通り志であった。志の対象は、松陰が「武士たる所は国の為めに命を惜まぬことなり[56]」（『講孟余話』）と述べたような、生命までも捧げる覚悟を自覚した「国」の存在であった。彼にとっての「国」とは、藩を超えた天皇中心の日本であった。従って、彼においては、「僕は毛利家の臣なり。故に日夜毛利に奉公することを錬磨するなり。毛利家は天子の臣なり。故に日夜天子に奉公するなり。吾等国主に忠勤するは即ち天子に忠勤するなり[57]」（松本黙霖宛書簡）とする忠誠対象を、秩序の上層へと段階的に上昇させる論理を持っていた。「天朝」への忠誠転移は、藩の存在理由を無化する危うさを内包していたが、藩への帰属意識が危機を回避していた。

しかし、結果的には転移された忠誠を貫くことは、既存の秩序への反逆となることは必至であった。反逆意識を内面から支えていたものは、「天命」の観念を根拠とする「大義」の思想と志の実践を合致させた倫理であった[58]。松陰のように途上で斃（たお）れた場合もあるが、維新の激動を超えて生き延びた志士たちは、新秩序の建設者となり「明治の元勲」の栄誉を獲得する出世の階梯を昇ることになった。世代論的には、彼らは後続の政治青年たちから渇仰されるとともに、さらに後続の世代からは、「天保ノ老人」（徳富蘇峰）として、時代遅れの存在と認識されることになったが、この現象の根底には、志士のイメージを世代を超えて転移させる意識の働きが存在した[59]。

しかし、文字通り「志」は重視されるものの、時代の特性に応じた思考と行動への要請は、すでに文明開化期に現われていた。福澤諭吉は忠誠を奉じて自己の身命を捨てる「忠臣義士」の「マルチルドム」は、行動に一種の美意識は感じられても世に対して無益であり、「今文明の大義を以てこれを論ずれば、是等の人は未だ命のすてどころを知らざる者と云ふ可し[60]」(『学問のすゝめ』)と一蹴する。従って、福澤は自由民権運動に対しても、「今の民権論の特に喧しきは、特に不学者流に多きが故なりと云はざるを得ず[61]」(「経世の学、また講究すべし」)と批判する。

同じことは、かつて志士に憧れた中江兆民も、立憲体制成立前夜の段階では、「一時慷慨悲憤したる丈けにては多数人の心を服して政治家の名号を得ることは決して出来可きに非ざるなり[62]」(「士族諸君に告ぐ」)という認識を示していた。兆民の主張するところは、悲憤慷慨する気概そのものを否定するのではなく、「義烈の心性に沿ふに学術を以てして道徳的並に智識的の動物と成られんこと[63]」(同上)、すなわち経世の志を掲げて時代に即応した政治行動を取るべきことであった。その意味では、当然に大矢正夫らの強盗計画は評価される行動ではなかった。

松陰の時代は伝統的秩序の矛盾が顕在化しながらも、それに替わる新秩序構想は明確ではなかった。過渡期であるが故に、志をストレートに出した行動も可能であった。しかし、明治一〇年代では、秩序構想は立憲体制に収斂されつつ、立憲構想の差異と秩序確立のヘゲモニー闘争が自由民権運動として顕在化していたのである。「義烈の心性」は是認されても、「邦国を経綸し組織するの財料[64]」(同上)を学ばなければ、所詮(しょせん)は無用の壮士として時代から取り残されていくのである。強盗計画のような反社会的行為はそれ以前の問題であり、それを選択する決断自体に運動の末期的状況が見えていた。

透谷の自由民権運動離脱から結婚による新生活の開始までの間に、思想的変化を示すようなものは見当たらない。もちろん、実生活に対する姿勢は必要に迫られて変わらざるを得なかった。しかし、「志士仁人」の倫理、すなわち「義烈の心性」は必ずしも失われていたわけではなかった。彼の志は青年期特有の観念論的性格を多分に持っていたが、身軽に行動できる間は彼にとって内面的支えとなっていた。それが絶たれたとき、「志士仁人」の意識は空転し、倫理はますます観念化していったのである。

しかし、透谷は福澤や兆民のような、新時代に即応した「経世」の学によって行動の原理を確立しようとはしなかった。「東洋の衰運」に立ち向かう政治家になることも、「政治上の運動」を文筆で担う小説家になることも、「志士仁人」的公共倫理の空虚化を、思想的再生によって克服し得た結果生まれた意思ではない。行動を閉ざされた志士的意識の空転は、夢想された観念を肥大化することで存在理由を示そうとする。それがさらに現実との乖離を明らかにしていく。こうして、志士的意識を持って拠って立つ場の喪失が、彼にとっての「居場所」喪失体験であった。この問題が新たな思想的課題として現われるのである。

注

(1) 「石坂」と表記される場合が多いが、江刺昭子によれば、江戸時代までは「石坂」であったが、明治になってからは「石阪」と改められ、戸籍上も「石阪」となっているという。しかし、変更当時の当主石阪昌孝（ミナの父）自身もしばしば混同して使用している。江刺昭子『透谷の妻――石阪美那子の生涯――』日本エディタースクール出版部、一九九五年、一〇頁。ミナの名については、やはり江刺によれば、戸籍上は「みな」「ミナ」「美奈子」となっているが、本人は「美那」「美那子」「ミナ」を使用していたという。同上書、一八頁。ここでは、姓の表記は江刺氏に従い、名は戸籍と本人通用に共通して見られる「ミナ」を採用して、「石阪ミナ」に統一しておきたい。

(2) 座談会「北村透谷――この時代を撃つ力」における桶谷秀昭の発言（北村透谷研究会『北村透谷とは何か』笠間書院、二〇〇四年、二一一頁）。

(3) 『矢野龍溪集』〈明治文学全集一八〉筑摩書房、一九七六年、四頁。

(4) 幸田露伴「明治二十年前後の二文星」（十川伸介編『明治文学回想集（上）』岩波文庫、一九九八年、二七二頁）。

(5) 色川大吉『新編　明治精神史』中央公論社、一九七三年、六〇頁。

(6) 「飯倉だより」『藤村全集』第九巻、筑摩書房、一九六七年、四三頁。

(7) 中野重治「芸術に関する走り書き的覚書」『中野重治全集』第九巻、筑摩書房、一九七七年、一〇四頁。

(8) 小田切秀雄『北村透谷論』八木書店、一九七〇年、九九頁。

(9) 桶谷秀昭『改訂版　近代の奈落』国文社、一九八四年、一三―一四頁。

(10) 小田切前掲書、九九頁。

（11）中村光夫『日本の現代小説』岩波新書、一九六八年、五六頁。
（12）結社の名称や組織の分析については、新井勝紘「自由民権と近代社会」『日本の時代史二二』吉川弘文館、二〇〇四年、五一頁以下。運動と「義民伝承」との関係については、同七三頁以下。
（13）色川大吉は透谷の志士的精神について、彼自身は後年それを否定したにもかかわらず、彼の内面的核心に残っていたとする（色川前掲書、四四三頁）。
（14）松本三之介『明治の精神』岩波書店、一九九三年、二五頁。
（15）色川大吉「透谷と政治――透谷の新史料紹介に当って――」『文学』第四巻第三号、一九九三年、一〇九頁。
（16）平岡敏夫『北村透谷研究』有精堂、一九六七年、七頁。
（17）同上書、一〇頁。
（18）同上書、一七頁。
（19）中山和子『差異の近代――透谷・啄木・プロレタリア文学――』翰林書房、二〇〇四年、六頁。
（20）笹淵友一『「文学界」とその時代（上）』明治書院、一九五九年、一〇四頁。
（21）桶谷前掲書、二〇頁。
（22）北川透『〈幻境〉への旅――北村透谷　試論Ⅰ――』冬樹社、一九七四年、八八頁。
（23）（2）の座談会での新保祐司の発言（北村透谷研究会編前掲書、五〇頁）。
（24）永渕朋枝によれば、透谷におけるキリスト教信仰と文学の関わりを深く掘り下げた研究が、十分ではなかったと指摘する（『北村透谷「文学」・恋愛・キリスト教』和泉書院、二〇〇二年、二二一頁）。従来では、クェーカリズムの影響を指摘する笹淵友一（（20）前掲書）、土着的エトスとの矛盾的共存を主張する佐藤泰正（「透谷とキリスト教――評論におけるキリスト教に関する一試論――」日本文学研究資料刊行会編『日本文学研究資料叢書　北村透谷』有精堂、一九七二年）など、透谷における信仰の思想的位置づけを論じる研究はあった。近年では、永渕や尾西康充など、透谷文学におけるキリスト教の意義を大きく評価する研究が注目される（永渕前掲書、尾西『北村透谷研究――〈内部生命〉と近代日本キリスト教――』双文社出版、二〇〇六年）。
（25）『東京大学百年史　資料二』東京大学出版会、一九八四年、二二頁。
（26）勝本清一郎編の透谷の年譜による。同年譜は『透谷全集』第三巻所収。同書五八〇頁。以下、同年譜から引用する場合は、単に「年譜」と表現する。
（27）平岡敏夫『北村透谷研究　評伝』有精堂、一九九五年、四〇頁。
（28）平岡敏夫「ある属吏の命運――北村快蔵の非職と透谷――」（前掲『北村透谷研究　第四』所収、七五頁）。
（29）この頃、透谷は母方の遠縁で神奈川県官吏吉田良信宅に寄寓しながら、県議会の臨時書記を務めた（「年譜」『透谷全集』第一巻、五八五頁）。但し、民権運動家と相知ることになる具体的な契機は不明である。行商については、ミナの証言による（神崎清「北村美那子覚書」『透谷全集』第一巻、付録八頁）。

(30) 平岡敏夫は、透谷が小学校卒業後に中学校受験に失敗したのではないかと推測している（平岡前掲『評伝』八二頁以下）。当時は、東京府第一中学校・同第二中学校があったが、透谷がそのいずれかを受験し失敗したことを裏づける史料は存在しない。もし、彼の受験失敗が事実であれば、これらの諸塾について抱いた不快感は、単なる受験勉強の重圧よるものだけでなく、失敗による失意も加わっていたとも考えられる。

(31)『自由党史（中）』岩波文庫、一九五八年、一四二頁。

(32) 色川大吉『北村透谷』東京大学出版会、一九九四年、七一頁。

(33) 静修館が設立されたのは一八八三（明治一六）年一月である。その発起人の中には、透谷の岳父となる石阪昌孝や、後に親交を持つことになる吉野泰三の名がある。「静修館規則」は色川大吉編『三多摩自由民権史料集』上巻、大和書房、一九七九年、三六六頁による。以下、同史料集からの引用に当たっては『民権史料集』と略記する。

(34)『自由党史（中）』二三五頁。

(35)『自由党史（中）』三四〇頁。

(36) 色川前掲『北村透谷』七四頁以下。大矢の行動については、(33)の『民権史料集』下巻に所収の「大矢正夫自徐伝」による（「徐」は原文のまま）。なお、引用する場合は「大矢自伝」と略記する。

(37)『自由党史（下）』岩波文庫、一九五八年、四一―四二頁。

(38)『民権史料集』上巻、三六九頁。

(39) 色川前掲『北村透谷』七六頁。

(40) 小沢勝美『北村透谷――原像と水脈』勁草書房、一九八二年、一〇一頁。

(41) 同上書、一一七頁。

(42) 同上書、一一九―一二〇頁。

(43) 同上書、一二二頁。

(44)『自由党史（下）』一一一頁。

(45) 色川前掲『北村透谷』九五頁。

(46)『民権資料集』下巻、九三三頁。

(47)『民権資料集』下巻、九三四頁。

(48) 色川前掲『北村透谷』一〇三頁。

(49) ミナの証言によれば、透谷は大矢の勧誘に対して、「俺は卑怯な人間だから、命はまだとっておく」と言ったという（前掲「北村美那子覚書」九頁）。但し、これは後になって彼がミナに語ったものであるから、醒めた自嘲を交えるほどの心の余裕があったとも考えられる。おそらくは、岡部隆志が言うように、「冷静に判断できる思想」による拒否ではなく、大矢は志のために「生活者としての倫理」を超える決意をしたが、透谷にはそれができなかったとするのが真意であろう（『北村透谷の回復　憑依と覚醒』三一書房、一九九二年、七九頁）。
(50) 岡部前掲書、八一頁。
(51) 木村毅「日本翻訳史概説」『明治翻訳文学集』〈明治文学全集七〉筑摩書房、一九七二年、所収、三九〇頁。
(52) 『自由党史』は、板垣はヨーロッパ歴訪中に「クレマンソー、ヴイクトル ユーゴ、アコラス、スペンサー等の政治家、碩学の士」と会見し（『自由党史（中）』三〇六頁）、その著書を持ち帰ったこと（同、三一〇頁）を記している。
(53) 快蔵の非職扱いについては、平岡『評伝』一三〇頁。快蔵は一八八六（明治一九）年一月一八日付で大蔵省を非職となっている。非職とは三年を限度として、官には留めるが職務に従事しない扱いで、俸給は減額され三年経てば免官となるシステムである。
(54) 色川前掲『北村透谷』一二〇頁以下。
(55) 『吉田松陰全集』第九巻、大和書房、一九七四年、一九〇頁。以下、引用に当たっては『松陰全集』と略記する。
(56) 『松陰全集』第三巻、二七四―二七五頁。
(57) 『松陰全集』第七巻、四四二頁。
(58) 丸山眞男は、「反逆」を正当化する論理は、伝統思想においては「天道の観念以外にはなかった」とする。丸山「反逆と忠誠」『丸山眞男集』第八巻、岩波書店、一九九六年、一八二頁。
(59) 岡和田常忠「青年論と世代論――明治期におけるその政治的特質――」『思想』第五一四号、一九六七年、五二頁。
(60) 『福沢諭吉全集』第三巻、岩波書店、一九五九年、七五頁。以下、引用に当たっては『福沢全集』と略記する。
(61) 『福沢全集』第八巻、五六頁。
(62) 『中江兆民全集』第一一巻、岩波書店、一九八四年、九三頁。以下、引用に当たっては『兆民全集』と略記する。
(63) 『兆民全集』第一一巻、九四頁。
(64) 『兆民全集』第一一巻、九三頁。

第二章　『楚囚之詩』における政治意識の変容

第一節　『楚囚之詩』の成立

一　『楚囚之詩』の成立

北村透谷の思想の解明において、詩人としての彼の仕事はいかに位置づけられるであろうか。特に詩を余技としていたわけではないが、詩の作品は決して多いとは言えない。勝本清一郎編の『透谷全集』に集録されている詩は、長編は『楚囚之詩』と『蓬莱曲』の二篇のみで、他にはいわゆる新体詩風の短詩が二〇篇程度である。彼の人生の短さにもよるが、評論に比べて、詩作活動にそれほど多く時間を割く遑（いとま）がなかったのかも知れない。しかも、すべての詩が深い思想を語っているとは限らない。その意味では、数少ない詩作のうち、『楚囚之詩』と『蓬莱曲』は透谷の思想を考察する上で重要な意義を持つ作品である。特に、『楚囚之詩』は透谷の文学活動の出発点として、また従来の形式とは異なる詩作の試みとして、透谷研究において注目されてきた(1)。しかし、本書で注目するのはこの作品の文芸的評価ではなく、透谷の思想的転換がいかに読み取れるかということである。すなわち、前章で考察したような経世意識の挫折から公共的精神の再生への反転が、この作品にいかに投影されているかということである。

『楚囚之詩』は政治犯を主人公とするところから、透谷の自由民権運動体験が投影されているものと理解されてきた。[2]すなわち、政治との関わりを清算した結果として、彼の思想的文脈において政治と文学の分岐点に位置するものとする理解である。しかし、実際にはこの詩の制作の動機は明確ではない。制作に至る過程を示す史料が存在せず、モチーフに関わる言説も残されていないからである。[3]事実としては、彼の行動が政治から文学にシフトした時期に成立したことは間違いない。より正確には、政治行動から離脱して、文筆活動に集中するまでの空白期に相当するものである。従って、政治と文学の分岐点に相当すると言っても、表面上はそのように解せられる位置にあることを示すだけで、彼の分岐に関わる心の深奥を傍証するものは存在しないのである。

『楚囚之詩』を政治思想史的の観点から考察しようとするとき、透谷における政治と文学の分岐のあり方が当然問題となる。彼が『楚囚之詩』を発表したのは一八八九（明治二二）年四月であった。当時の日本では、序章で述べたように文学観念の変化が進行し、言語表現芸術としての近代文学の創造がようやく緒についたところであった。坪内逍遥の『小説神髄』は日本最初の文学理論書であるが、この刊行が一八八五（明治一八）年であった。詩の分野では、一八八二（明治一五）年に『新体詩抄』が刊行された。これまでは、詩と言えば漢詩を意味していたが、この事業は定型で雅語によりながらも、新たな詩の形態を打ち出したという文学史的意義を持っていた。しかし、編訳者の外山正一・井上哲次郎・矢田部良吉はいずれも詩を専門としない東京大学の学者たちであった。西洋の詩を日本語による新しい形式で紹介するという以上に積極的意義を持つものではなく、表現の点からも文芸として完成度の高いものとは言えなかった。[4]

漢詩とは別のいわゆる新体詩が、当時の文学的潮流としてはいまだ試行の段階であったことを考えると、その時期に従来とは異なった形式の詩を発表することについて、新しい文学活動に挺身する決意なしには着手し得なかったであろう。いつ頃から、詩作に従事することを考えていたかはわからない。しかし、彼は「熟考するに大胆に過ぎたるを慚愧したれば」（「透谷子漫録摘集」）〔三：二三四〕として、出版元に駆けつけて本を裁断してしまったのである。何が問題であると考えたかは不明である。但し、彼が参考のために手元に一冊残したことから、作品の内容が伝えられたのである。さらに、数冊が流布したことが確認されている。(5)

二 『楚囚之詩』のモチーフについて

『楚囚之詩』についての以下に掲げる二つの点は、従来の研究において作品成立に関わる議論の前提として了解されている。しかし、詩の解釈をめぐっては諸説が対立している。基本的な争点は、詩の舞台が牢獄に設定され、しかも政治犯であるにもかかわらず、獄中の煩悶の中心は「花嫁」への慕情であり、大赦によって感激して出獄する結末となっていることを、透谷の内面的状況といかに関連させて読み取るかということに尽きる。

第一に、牢獄の政治犯を主人公に設定したことについては、イギリスのロマン主義詩人ジョージ・バイロンの『シヨンの囚人』（*The Prisoner of Chillon*）の影響があること、特に詩想や素材に少なからぬ類似性のあることが認められる。

牢獄という舞台設定に影響は認められるが、決してバイロンの換骨奪胎ではない。陰鬱な獄舎の描写や主人公の悶々たる心境は似ている。しかし、決定的に異なるのは、主人公の投獄にまつわる事情に対する姿勢である。バイロンの場合、主人公は宗教迫害によって投獄されたが、信仰を守ったこと自体に後悔を表明していない。以下で述べるように透谷の場合は、主人公の「余」は罪を犯したことの悔恨の意識から始まっているのである。バイロンの場合、主人公は最後に解放されるが、解放の経緯を一切述べることなく、牢獄も「第二のわが家」（a second home）と感じられ、自由の身となっても「なほ悲哀はあるなり」（Regain'd my freedom with a sigh）と思うのである。(6)この点も、解放してくれた権力の大赦に感激する『楚囚之詩』との相違がある。

現実の中で、挫折と悔恨に閉ざされた心の闇を象徴するものとして、牢獄は格好の場である。透谷には、他に牢獄をモチーフとした作品に「我牢獄」があるが、そこでも彼自身の苦悩する内面を象徴している。さまざまな素材などは『シヨンの囚人』から刺激を受けているが、むしろ彼を『楚囚之詩』の創作に駆り立てた内面的必然性の方に、オリジナリティを見出すべきであろう。その視点からは、桶谷秀昭の「精神の奈落」に陥った暗黒の心境の象徴と見る理解[7]、中村完の、盟友大矢正夫を裏切ったとする自責の念に基づく自己処罰を潜在的契機とする自己監禁のイメージとする解釈[8]などが出されている。いずれの場合も、出獄という結末は心の問題の解決を意味することになる。中村の自己処罰観に対して、黒古一夫は大矢のことも含めて、自らの過去を克服し、「自己を再構築しようとする意志」[9]による自己処断を表現したものとする。しかし、自責から再生へという主題の設定については、特に中村・黒古両者の間に差異はない。

第二に、発表の前年の一一月に石阪ミナと結婚したことが、作品における「余」と「花嫁」との関係に投影されていると考えられる。

但し、論者によって結婚生活の投影の意味に差異が見られる。中山和子は、透谷がミナとの邂逅によって暗黒の精神的奈落から脱却できたことを重視し、「民権運動離脱以来の鬱積した苦悩を、恋愛と入信とによって自己革命的に超脱した透谷の、自己再生の歓びにあった[10]」と理解する。大赦による出獄は、ミナとの愛の成就よりも、むしろ信仰による救済を意味するものと理解されることになる。

平岡敏夫は「余」の「花嫁」への慕情をこの詩の中心テーマと考え、詩の性格を「花嫁、恋愛の讃美の詩、すなわち愛の詩」とする[11]。「愛の詩」という視点から見れば、詩の全編を覆う暗さは「花嫁」との間を引き裂かれて、獄中に悶々として「花嫁」を慕う「余」の心情を象徴しているということになろう。大赦による出獄によってハッピーエンドに向かって急旋回する結末の設定は、「花嫁」との再会に示されるように愛の成就と理解されることになる。

しかし、佐藤善也は逆に現実の結婚生活への失望をモチーフと考える[12]。牢獄とは北村家を象徴するものであり、花嫁の喪失は恋愛を通じてイメージされたミナの理想像が剥落するものと解せられる。すなわち、結婚を恋愛の喪失と考える、透谷の後の恋愛観の萌芽を見出すものである。結末の出獄は幻想のハッピーエンドであって、彼自身は「出獄させてくれるものがあれば、それは何であろうと感謝せずにはいられぬほど[13]」強烈な、牢獄としての結婚生活からの出獄願望と理解される。

恋愛と結婚の問題を基調とする解釈は、一様にこの詩の非政治的な性格を強調することになる。中山は透谷がこの段階では「もはや現実との通路を絶っていた[14]」ために、大赦を政治的・思想的に扱わなかったとし、平岡も詩の性格上「楚囚」を設定する内的必然性は乏しいとしている[15]。では、なぜ「余」は政治犯として設定されたのであろうか。主人公の位置づけは、詩全体の傾向を左右するものであるから、無意味な設定が行われるとは思われない。やはり彼自身の自由民権運動との関わりが前提となって、政治犯の設定があると考えるのが自然である。

この点に関しては、藪禎子は平岡の「愛の詩」論を批判しつつ、「余」の苦悩を国家から疎外された喪失感とし、この詩の根本テーマを「喪失の思いを、如何に、何によって克服するか[16]」という深刻な内面的課題であるとする。藪はその背景として、「国家との隔絶が明瞭になり、国家がもはや故郷たりえていない所にこそ、透谷の立った歴史的な地点があった[17]」とする。この詩を透谷の政治体験との関連によって捉え、国家からの疎外感の表現とする理解には興味深いものがある。彼はこの詩の制作によっても、またその後の歩みにおいても、ついに国家からの疎外感を克服することはできなかった。従って、藪はこの詩の結末についても、「大赦による融和など、作品収束のための仮初めの彌縫策でしかなかった[18]」とする。

第三に、詩の結末の大赦は、政治犯としての設定に関係があるか、あるいは当時実際に行われた大赦の情報が素材として扱われた可能性がある。

透谷自身は投獄された経験はないので、第一の点でも指摘した彼の内面的必然性と、運動弾圧に対する政治的スタンスとの関連において、見解に多様性が生じている。

『楚囚之詩』の制作に最も近接して行われた大赦は、一八八九（明治二二）年二月一一日の憲法公布によるものであった。大阪事件の関係者もこの大赦により出獄している。この事件は彼が運動からの離脱の契機であったために、彼にとってはひとしお感慨深いものがあったであろう。一つ間違えば彼も「楚囚」となった事件であっただけに、他人事ではないという思いから、この事件関係者の出獄に眼を向けたであろう。ただ、それを心から慶賀する気があったかと言えば、それは疑問である。盟友であった大矢正夫は併合罪として強盗罪があったために、大赦の恩典に与っていないからである。[19]透谷はこの段階で、大矢からの強盗参加の勧誘を拒絶したことを後悔してはいなかったであろう。しかし、大矢が出獄できないことを知りながら、釈放された「余」に投影することは、非礼としてなし得なかったのではないかと思われる。

「余」に投影された人物で、大矢以外としては、山陽自由党のメンバーで朝鮮渡航計画を支持した小林樟雄、[20]保安条例により追放された石阪昌孝、[21]土佐の立志社結成以来の民権運動の大物で保安条例違反により投獄された片岡健吉[22]など、多様な見解が提示されている。石阪の場合は、透谷との接点は明白であるが、他の人物たちは、間接的な接点が推定される程度である。接点があれば、彼らの大赦についての情報を入手した可能性はあるが、彼らのいずれもが詩に造形される積極的な理由は、透谷の内面的問題以上に重いとは考えがたい。

三　モチーフに関する基本的理解

『楚囚之詩』の場面を牢獄に設定したことには、『シヨンの囚人』の影響は否定できないが、それは内面の葛藤を表現する上で、できる限り夾雑物を排除した場面設定の示唆を得たという意味であると考えられる。しかし、「余」の苦悩はバイロンからの借り物ではない。透谷自身が抱えていた心の闇があるからこそ、獄中という環境設定が可能となったと考えるべきであろう。しかし、詩の舞台を監獄に設定する以上は、結末に解放を置かないと、全体に暗い雰囲気で統一されてしまう。藪の言う「作品収束のための仮初めの彌縫策」[23]という把握も決して無理のある見解ではない。それでも、彼自身の心の闇が一応は克服されたことで、解放の結末を内心の叫びとして描き得たのではないであろうか。その意味では、やはり彼の内面に何か吹っ切れるものがあったと考えて然るべきであろう。「一応」と限定したのは、彼自身の心の問題が完全に解決したわけではないことを意味するからである。

大赦による出獄と詩の発表とが非常に接近していることは、素材として借用した可能性を裏づけるものであるかも知れない。しかし、それは大赦の事実を借りたに過ぎず、大赦そのものに対して何らかの考えを表明したものとは思われない。彼の心の変化、すなわち壮士意識と訣別した心の解放感が大赦の結末を借りたと見る方が自然である。その主体を政治犯に設定したことには、彼には政治に対して何らかの思いがあったと考えるべきである。

結局は、『楚囚之詩』はさまざまな素材によって組み立てられたが、基本モチーフは彼の政治との関わりに由来する心の闇をいかに乗り越えるかという課題であった。彼が政治に関わる心の闇と対決したからと言っても、必ずしも政治との絶縁を意味するものでない。政治の意味転換を含めて考える必要がある。その観点から、本章は『楚囚之詩』のモチーフを政治思想として読み解くことを課題とする。

第二節　『楚囚之詩』制作期の政治意識

一　政治的関心の持続

『楚囚之詩』の発表は、大日本帝国憲法の公布の約二か月後のことであったが、彼の脳裏を占めていたものは、憲法よりもまもなく世に出ることになる詩についての期待と不安であったかも知れない。彼は憲法に言及することはなかったが、たとえ欽定憲法であっても、自由民権運動に関与した体験を持った身としては何らかの感慨はあったかも知れない。いわゆる「アンビシヨンの梯子」から転落したとする一八八五（明治一八）年から、すでに四年の歳月を経ている。この時期の透谷の内面を語る資料は、父快蔵及びミナなど石阪家の人々に宛てた一連の書簡のみである。それに新たに加えられたものが、多摩の民権政治家吉野泰三関係の文書から発見された書簡である。勝本編の『全集』には収録されていないので、以下ではこの書簡を「新書簡」と総称し、引用に当たっては色川大吉の論文「透谷と政治[24]に紹介されている全文によることとしたい。

「新書簡」には、透谷からの一八八八（明治二一）年一月二四日付石阪昌孝宛、透谷から吉野宛のものとして、一八九一（明治二四）年、一八九二（明治二五）年及び一八九三（明治二六）年の年賀状、一八九二年四月の旅行先からの葉書、吉野からのものとして、一八八八（明治二一）年一月二九日付石阪昌孝宛、一八九〇（明治二三）年一一月六日付透谷宛の各書簡が含まれている。これらのうち、葉書類は透谷と吉野との人間関係の存在を証明しているが、思想的に重要な内容は見られない。しかし、書簡類は、透谷の石阪家との交流が始まった頃から『楚囚之詩』の発表後までの時期に相当するので、その詩作の時期の政治意識を考察する上では無視できない資料となっている。

上に言う透谷からの石阪昌孝宛新書簡によれば、社会を「俗物」とも「くそ蝿」とも呼んで、「逃げたからとて山の奥までも谷之底までも追いかけて来る妙通力之あるもの[25]」として、社会に対する嫌悪感を露骨に述べている。この書簡の約一か月前の一八八七（明治二〇）年一二月二二日に、石阪昌孝のいわゆる「睾丸自傷事件」が発生した。この事件は横浜で同志の県議会議員と酒宴を催していた際の乱闘がきっかけである。一同はただちに警察に逮捕されたが、石阪が留置中に狂乱して自傷騒動を引き起こしたのである。新聞は「壮士の発狂」という見出しをつけて報道した[26]。世間の好奇心をくすぐるような報道のために、当時ミナと恋愛関係にあった透谷が社会の姿勢に怒りを覚えたのも当然である[27]。

事件の契機は取るに足りないことであったが、石阪を含めて壮士たちには時局柄鬱積するものがあったのであろう。透谷は一八八八（明治二一）年一月二一日付ミナ宛書簡において、石阪について、「氏は其生平の義心を以て誤つて、壮士の群に推されり、悲い乎無謀の輩に誘はれたり、却つて名望を落したり」（三：一九九）と述べている。彼にとっては、石阪は「義心」ある政治家であるが、そのスキャンダラスな事件は「無謀の輩」が原因であると言いたいのである。岳父になるかもしれない石阪の肩を持つのは当然であろうが、彼の多摩における政治的キャリアに泥を塗ってほしくないという思いが強かったのであろう。新聞報道では石阪は「壮士」と呼ばれているが、透谷としては石阪が

「義心」を持つことで、堕落した壮士とは一線を画してほしかったのであろう。透谷は批判する社会の「俗物」・「くそ蠅」に壮士も含めていると考えるのが妥当である。

その上で、世を渡るための姿勢として、「もぐらもちのする業」[28]（上記石阪昌孝宛新書簡）にならうこと、すなわち世の中を見ないようにして暮らすことであると言っている。ここまで現実を蔑視し逃避した姿勢からは、少なくとも表面的には、政治に積極的に関わろうとする意思は見出せない。しかし、彼の心の内奥においては、反政治的なシニシズムが決して安住の地ではないと思うものがあったのではないか。シニシズムはむしろ彼の現実志向の裏返しであったとも考えられるのである。

色川はこの書簡に見られる透谷の姿勢に、石阪昌孝に対するコンプレックスがあることを指摘している[29]。民権運動からの離脱と盟友のへの裏切りに苦悩する透谷にとって、多摩地方の民権運動の大物が眩しく映ることも無理ではない。まして、恋愛相手の父でもある。石阪昌孝の存在の重さが透谷にのしかかり、それが内向して屈折した社会観の表明となったものであろう。従って、社会を侮蔑するだけでは何の前進もないことはわかっていたはずであろうし、侮蔑も本音でなかったであろう。自由民権運動の敗北意識からの出口が見出せない苛立ちの表現であったと考えられるのである。

透谷がこの境地から反転を図るとすれば、見限った現実よりも高い次元から政治を捉え返すしかないであろう。彼は表面的には政治とは絶縁したが、それ故に政治への関心は内向し、決して本意ではないシニシズムをまとって突破口を模索していたと考えられる。よって、ここでは民権政治家吉野泰三との交流によって、透谷の政治意識がどのように持続されたかを考えることにする。

二　吉野泰三の政治行動

吉野泰三については、梅田定宏の実証的研究[30]が、その自由民権運動に関わる足跡を明らかにしている。吉野は一八七九（明治一二）年に開設された神奈川県議会の初の議員の一人として活動を始めて以来、一八八〇年代を中心に自由民権運動で活動した人物であった。一八八一（明治一四）年一月に、同志とともに「人民ノ自由権利ヲ拡張スル主義」を掲げて自治改進党を結成した[31]。このような政社が各地に成立し、自由民権運動は本格的な高揚に向かっていく。彼はその「副社長」に選任されている。一八八二（明治一五）七月、神奈川県の有志たちが自由党の中島信行を迎えて箱根で懇親会を実施しているが、このときに「自由党の事に就き種々協議」[32]があった。多摩の民権家たちはこの機会に自由党に入党したと思われ、吉野の入党もこの時期と考えられる。こうして、多摩地方にも自由党の勢力が急速に浸透していく。

しかし、その後自由民権運動は難しい局面に入っていく。中央の党の指導力が地方の意識高揚に大きく貢献したことは否めない。しかし、松方財政の影響は、農業経営者としての側面を持つ在村指導層を窮地に立たせることになった。経済的困窮は運動に階層分化を持ち込むことになった。自由党の執行部は政府の抑圧に対して、国会開設に向けて党勢を守ろうとし、負債地獄に陥った民衆たちは困民党活動に向かって激化していく。その状況の下で、在村指導層は党への期待と幻滅に引き裂かれていく。その中で、一八八四（明治一七）年秋に自由党は解散した。

この時期に、自由民権運動は激化し壮士たちの急進的な行動が顕著となるが、吉野は彼らとは一線を画そうとしていた。一八八六（明治一九）に、星亨らが大同団結を主張した。大同団結の主張に対して、北多摩郡では壮士たちを中心に、一八八七（明治二〇）年一〇月二七日に神奈川県有志懇親会が開催された。ところが、県会議員の出席が少なかったために、彼らを「軟弱議員」として、壮士たちによる辞職勧告が始まった。そして、一一月二五日の臨時県会で、第五回県会議員選挙の無効とやり直し動議を提出し否決されると、壮士たちは動議に反対した議員たちに対しても、「軟弱議員」として攻撃し選挙妨害を行った[33]。壮士たちの先頭に立ったのが石阪昌孝であった。先述の「峯丸自傷事件」もこの頃に起こっている。梅田はその頃から吉野が、自らの政治的地位を保つために、排除しようとした壮士たちとも妥協せざるを得なくなったとしている[34]。しかし、彼の妥協は消極的なもので、壮士たちと距離を置こうとする姿勢は一貫していたと考えてよい。

一八八八（明治二一）年一月一六日に、内務大臣より県会解散の命令が発せられたのは、彼らの議事妨害によるものなのであろう。二月二〇日の県会議員選挙では、吉野は第一位で当選している。以後の吉野の活動について、梅田の研究によれば、神奈川県議会では壮士の進出とともに、吉野の立場が少数派へと転落していく様子を指摘している。[35]

一八八九（明治二二）年九月、吉野は議員辞職を決意し、補欠選挙候補を立てるとともに「北多摩郡正義派」を立ち上げた。一〇日前に補欠選挙があり、壮士系の議員が当選したばかりであった。吉野には政界から身を引く気はなく、壮士とは一線を画した政治姿勢を貫こうとしたのであろう。その背景には壮士グループの進出に対する危機感があったのであろう。今度の補欠選挙では、正義派候補が壮士らの中克派候補を破って当選した。[36]

一八九〇（明治二三）年一月、帝国議会の開設に向けて自由党が再建された。吉野は二月に入党した。以後、多摩地方からの総選挙候補の決定について、水面下での対立と駆引きの結果、七月の第一回総選挙では石阪昌孝・瀬戸岡為一郎・吉野泰三の三名が立候補し、吉野が落選した。九月に自由党が再編成されて立憲自由党が結成されたとき、吉野も入党している。一一月には山際七司らが脱党して国民自由党を結成したとき、吉野もこれに加盟している。以後、国民協会、大日本協会と、その所属は変化したが、ついに総選挙で当選することなく、一八九六（明治二九）年に死去した。所属政党の転々とした変化は、吉野の主流からの転落を示すものであろう。

三　透谷と吉野泰三の関係

透谷が吉野と書簡を交わすようになったのは、石阪昌孝を介してであるが、その直接的契機も時期も不明である。吉野の一八九〇（明治二三）年一一月六日付透谷宛新書簡は、『楚囚之詩』の発表から約半年後に書かれたものである。透谷と吉野との交流の開始時期は明確ではない。先述の「くそ蝿」的社会観を述べた透谷の書簡は、石阪から吉野宛の書簡に同封されたものであるが、その段階では両者はまだ相知る関係ではなかった[37]。従って、透谷と吉野の交流はその書簡より後の一八八八（明治二一）年春以降のことである。ところが、吉野の一八九〇（明治二三）年一一月六日付透谷宛新書簡によれば、「石坂昌孝子ハ小生に於多年兄とし事え、主義を共にし、水魚ノ如く隔意なき交際なりしに何人の讒に離隔せらしや両三年来小生を疎んせらる[38]」と述べている。「両三年来」を文字通りに解して、疎遠の起点を三年前に遡らせると、先述の「軟弱議員」辞職勧告が始まった頃である。しかし、この頃に石阪との疎遠状態があったとすれば、一八八八（明治二一）年一月に、石阪が透谷からの書簡を吉野に提示した関係を説明できなくなる。

一八九〇（明治二三）年七月の第一回総選挙における石阪と吉野の間で明暗が分岐した時点を、「両三年」の開始と表現するのは無理がある。選挙での明暗の分岐は、むしろ疎遠の結果の現われであろう。一八八八（明治二一）年一月新書簡の段階では、少なくとも書簡の様子からは疎遠な状況は窺えないので、疎遠の起点をこれより後に置くのが妥当であろう。上述のように、石阪との協力関係の破綻が、吉野の北多摩郡正義派の旗揚げの前提となっているとすれば、石阪との疎遠は一八八八（明治二一）年春から一八八九（明治二二）年夏までの間に顕著となったと考えられる。その場合、「両三年」を「ここ二、三年のうち」というきわめて漠然とした期間を示す表現と理解すれば、決して不自然ではないかも知れない。

この時期における吉野の歩みについて、梅田が実証的に描き出したところによれば、石阪昌孝との差は歴然としている。石阪は多摩地方の壮士たちの活動に支えられながらも、中央の自由党の動きに巧みに乗りながら、衆議院議員へと脱皮していったのに対して、吉野は壮士たちと一線を画そうとしながら、国政に乗り出すための票田の開拓において、石阪たちに先を越されていたという感が強い。このような事情が両者の疎遠の背景であったと考えられる。

透谷の結婚が祝福されたものではなかったとはいえ、岳父と疎遠状態にあった吉野泰三と親交を持ったことは、どう解すべきであるか。色々と事情はあっても、透谷はやはり吉野の人柄や信念に信頼を覚えたのかも知れない。疎遠となった事情が政治的なものに限られていたのなら、透谷自身は政治活動をしていたわけではないので、親交を持つことにも特に問題はなかったかも知れない。しかし、かつては政治に関心を持った透谷にすれば、たとえローカルなレベルではあっても、政治に尽力する吉野に対して、一種の思い入れがあっても不思議ではない。

色川大吉によれば、吉野泰三という人物は誠実な人柄であったが、透谷が期待するほどの人物でもなかったという。[39] 透谷の期待に沿わないというのは、「憐む可き東洋の衰運を恢復す可き一個の大政治家」（一八八七〈明治二〇〉年八月一八日付石阪ミナ宛書簡）〔三：一六七〕を夢想した彼の野心のレベルから見ればということであろう。吉野は大言壮語を吐いて直接行動に走るタイプではなく、地域のために志を持って誠実に活動する政治家であったとするのが妥当ではないかと思われる。後述するように、透谷にとって壮士的人間像は克服すべきものであった。すでに知られている一八八八（明治二一）年三月二三日付石阪昌孝宛書簡では、「奴隷になるなら金の奴隷になれ、眼を開いた風をしていねむりをせよ、右の二個条は、方今の一人民が一般に取る所の主義なるべし、アナかしこ、つまらん社界」〔三：二〇八以下〕というような、屈折した社会観を戯作調の文体で述べている。盟友大矢正夫と訣別し、自由民権運動から脱落して以来の精神的創傷体験がいまだ癒されていないと思われる。同年一月二四日付石阪昌孝宛新書簡でも、同様に屈折した社会観がやはり戯作調で書かれていることは先述の通りである。その時期以降に吉野との交流が始まったとすれば、同年内に両者の往復書簡があってもおかしくはない。そこに屈折した社会観が変容する様を見ることができれば興味深いが、現在それを示す史料は未発見である。

限られた史料から透谷にとっての吉野の存在を過大評価することは慎まなければならないが、少なくとも透谷の政治への関心は吉野を通じて持続することができたのではないかと考えられる。吉野が透谷の『楚囚之詩』の創作に大きな影響を与えたと言うつもりはないが、この詩が透谷の政治への関心が持続しながらも、その関心の質が変化する過程で成立したことには注目しておく必要がある。

透谷が吉野との関係において、政治的な意見を表明したのは、吉野の「北多摩郡正義派」への「応援」を表明したことのみである。この透谷の姿勢は、吉野泰三の一八九〇（明治二三）年一一月六日付透谷宛新書簡に、「幸に貴兄応援を許さる、初めて我派二一の文学士を得るを喜べり[40]」と述べていることから推測されるものである。「文学士」はここでは文筆家、あるいは文人というほどの意味で使っているのであろう。その前に透谷が吉野に宛ててその政治活動に対して理解を示した書簡を送ったはずであるが、それは未発見である。従って、断定的なことは言えないが、透谷の吉野宛存在推定書簡の内容は、吉野の返事や以後の透谷の活動から考えて、正義派の趣旨に賛同し活躍を祈念する程度に留まるものであったと考えられる[41]。

透谷はすでに文学活動を始めていたから、政治運動に深入りする気がなかったのは当然である。しかも、この前年の一八八八（明治二一）年一〇月に、父快蔵の隠居により北村家の家督を相続し、一一月に石阪ミナと結婚しているから、実生活上の諸問題が重く降りかかってきたはずである[42]。吉野との邂逅や、キリスト教入信などによる内面的清算とは別に、生活上の自立の必要性が、彼を文学に駆り立てたと考えられる。

続く大作の詩劇『蓬莱曲』の出版は一八九一（明治二四）年五月であった。「透谷子漫録摘集」によれば、一八九〇（明治二三）年の九月二五日、一〇月一五日、同二〇日、一一月一一日に、『蓬莱曲』の構想に関する記述が見られる〔三：二四八―二四九〕。吉野からの書簡を受けた頃は、『蓬莱曲』の執筆に専念していたことがわかる。文学に転身した透谷にとっては、吉野の北多摩郡正義派への所感は儀礼的なものに過ぎなかったかも知れないが、吉野の行動に共感を抱いたことは否定できない。たとえローカルな政治活動とはいえ、壮士群とは一線を画した誠実な行動は理解できたのではないか。さらに、石阪昌孝と競合関係にあって、挫折を余儀なくされた吉野に対しては、自らの姿を重ねてしまう思い入れもあったのではないか。

以上で見たように、地方政治家吉野泰三と駆け出しの詩人透谷との交流は、明治国家確立期における政治と文学の関わりの一面を示すものと捉えることも可能である。地域の利益のために堅実な歩みを求める政治家と、内面に沈潜し世界観を造形しようとする詩人が、各々の自由民権運動に対するスタンスを通じて交流したことが、時代相を物語っている。さらに、静修館の発起人に吉野が名を連ねていることを付加しておこう。しかし、地方政治家の一人として名を貸した程度の発起人ならば、出会いがあったとも思えないし、現に相知る関係であったことを示す史料はまったくない。三多摩自由民権運動の歴史的舞台において、近似した位置で軌跡を描いた二人が、改めて政治に関して軌跡を交叉させたに留まるものであった。

確実に言えることは、一八八八（明治二一）年段階で「社会＝くそ蠅」観を吐露していた段階から、正義派への共感を表明する段階の間に、透谷に変化があったことである。そこに作用した契機として、キリスト教の入信や石阪ミナとの恋愛と結婚であると考えるのは間違いではないであろう。しかし、重要なのは内面的に変化した要因よりも、むしろ変化した結果である。結論的に言えば、彼が訣別したはずの政治との関係がどのように再生されたかである。そのような思想的文脈において、『楚囚之詩』がどのような意味を持つのかを考察しなければならない。

第三節　『楚囚之詩』における政治の位相㈠
――壮士との訣別――

一　壮士の挫折

この詩は、次のような句から始まる。「余」に投影された透谷の政治体験の挫折を語るものとして、しばしば論議の対象となる句である。

曽つて誤つて法を破り
政治の罪人（つみびと）として捕はれたり、（第一）〔一：五〕

もし彼の挫折が等身大的に表現されているとすれば、この句の中の「誤つて」という一語はまさに、透谷の政治的理想の敗北を宣言するものであるかのように理解されるのも無理はない。現に、彼の自由民権運動からの離脱を自己批判的に表現するものという解釈があった。末尾における大赦の喜びの表現に対応させると、国家権力に屈した卑屈な姿勢の表現と解されてしまう。

しかし、現実の透谷には、明治国家に対して過剰なまでに自己同定を図る理由は存在しなかった。前節で見たように、吉野泰三の政治活動に対する共感を持つ意識と、権力への卑屈な姿勢との間には大きな距離がある。さらに、権力への迎合を結末とする作品構成では、文芸的価値を高めることはできないであろう。

苦悩の果てに自由民権運動から離脱し、その後の精神的転生がこのような次元に留まるものとは考えがたい。この詩はもともと特定の政治思想の宣言や、その逆に排撃することを主題としたものではない。「余」の政治的位置は次のように語られる。

余と生死を誓ひし壮士等の
　数多あるうちに余は其首領なり、（第一）
　　曽つて世を動かす弁論をなせし此口も、
　　曽つて万古を通貫したるこの活眼も
はや今は口は廃れたる空気を呼吸し、（第二）

噫此は何の科（とが）ぞや？
　たゞ国の前途を計りてなり！
噫此は何の結果ぞや？

ここでは「余」は弁論と洞察力にすぐれ、「国の前途」を思い人民に奉仕すべく決起した「壮士」たちの首領として設定されている。これほど卓越した公共心を持った活動家が、いとも簡単に「誤って」と自己批判へと反転するのは、あまりにも短絡的な設定である。従って、「余」の苦悩の原点としては、国家と人民の前途を思う理想に誤りはないが、現実行動に誤りがあったことを自覚したところに設定されていると解すべきであろう。ここで連想されるのは、先述の石阪昌孝の「睾丸自傷事件」について、透谷が石阪を「義心」の人としつつ、「無謀の輩」のために行動を誤ったと慰めたことである。詩では、「余」が無謀な壮士に担がれたという設定ではないが、志と行動の乖離は自らの自由民権運動からの離脱と関連して、透谷にとって重大な問題であったのではないか。

「誤り」の意識は末尾の大赦の感激と呼応するものである。「余」は獄中における苦悶を通じて、「誤り」の意識に到達したのであるが、詩のほとんどの部分を占める彼の「花嫁」への慕情と別離の苦悩の叙述である。現実行動を具体的に省みる叙述がないので、壮士としての自己批判が明確になっていないのであるが、「花嫁」への思慕がその裏返しの表現となっていると考えられる。愛を絆とする生活を捨てて、国事優先のあまり非合法的な方法で政治運動に身を投じたことを「誤り」とする認識に至ったと考えられる。

しかし、どのような非合法活動をしたのかは述べられていない。当時の状況に照らし見れば、集会条例や保安条例などに抵触する言論活動もあれば、加波山事件や秩父事件のような実力行使もある。大阪事件における大矢正夫の場合のように、国事のためとはいえ、結局は破廉恥罪を犯したようなことも含まれるであろう。それを敢えて限定していないのは、壮士として突出した活動したこと自体を問題としているからであろう。彼らの行動に「民のため」という大義が存在しなかったというわけではない。しかし、意味あるのは、大義を掲げるだけでなく、現実にいかに関わるかということであった。従って、ここでは「此世の民」としての生活を見ようとしなかった壮士的政治行動への批判である。

「余」の人間像が透谷の内面を核心としつつ、現実の壮士たちの姿を重ねて構成されたものとすれば、ここに大矢の強盗行為に対する透谷の評価も含まれていると解されるであろう。大矢は神奈川県下の小学校に勤務していたときに結婚をしたが、まもなく家庭不和のために離婚し、一八八四（明治一七）年一月、「家を脱出せんと、始めて天下に為すあるの志を決したり」[43]（「大矢自伝」）という思いで上京した。強盗を企図した頃には子どもが生まれていたが、彼は「大義」を理由に家族への情愛を断ち切った。強盗の最初のターゲットとしたのは、彼にとっては恩義のある大矢弥市であった。大矢は同志に迫られて、家人を殺傷しないことを条件に実行を認めてしまうのである。但し、この強盗は実行されず、代わって座間村戸長役場が襲われたのは前章で触れた通りである。

透谷の詩想から見た場合、大矢の取った行動、すなわち「大義」を理由に家庭的幸福を捨て、恩義ある人に対しても私情を捨てて強盗を敢行することが、「誤り」であると言い切るだけの認識に到達したことになるであろう。

二　国事と恋愛の対比

「余」とともに獄舎に捕らわれているのは四人という設定である。四人のうち一人は女性で、彼女が彼の「花嫁」である。

　　四人の中にも、美くしき
　我花嫁……いと若かき
　　（中略）
彼は余と故郷を仝じうし、
　余と手を携へて都に上りにき――

京都に出でて琵琶を後（あと）にし（第四）〔一：九―一〇〕
あとの三個（みたり）は少年の壮士なり、
　或は東奥、或は中国より出でぬ、
彼等は壮士の中にも余が愛する
　真に勇豪なる少年にてありぬ（第五）〔一：一二〕

「花嫁」がいかなる政治的理念の下に「余」の同志となったかは表現されていない。同郷であり、ともに手を携えて上京したというものの、恋愛のために盲従したものか、あるいは政治思想を共有しての行動かは不明である。これは少年壮士たちも同じである。現実的には、政治思想をある程度自覚的に受け入れることが行動につながるのであるが、彼らの内面的な動向は一切表現されていない。

壮士たちの具体的な出身地が示されていることは、モデルがあったことを推測させる(44)。しかし、それは素材として借用したに過ぎず、モデルとなった人物が詩の中で大きなウェイトを占めているとは考えられない。従って、先にも述べたように、「余」のモデルを誰に考えても、詩の解釈に大きな差異が生じるわけではない。

愛といひ恋といふには科（しな）あれど、
　吾等双個（ふたり）の愛は精神（たま）にあり、
（中略）
梅が枝にさへずる鳥は多情なれ、
　吾が情はたゞ赤き心にあり、（第四）〔一：一〇〕

この詩句は「余」と「花嫁」が純粋の恋愛感情で結びつけられていることを示している。ここに言う「赤き心」も政治的信念への至誠の心ではなく、「花嫁」への一途な思いである。この限りでは、「余」を首領に戴くこのグループは、現実政治の中で苛酷な権力闘争を勝ち抜こうとするにはあまりにも純粋で観念的である。しかも、恋愛という二人だけの完結した世界を持つ者が、手に手を取って壮士として政治闘争に出て行く設定は、主題のウェイトを壮士の英雄的行動と恋愛の双方に分散する結果となり、作品の性格を曖昧なものにする結果となる。ここでは、作品は次第に恋愛のテーマに傾斜していくと解される。

吾が祖父は骨を戦野に暴(さら)せり、
吾が父も国の為めに生命(いのち)を捨てたり（第二）〔一・七〕

この詩句も具体性を欠くが、「余」の祖父も父もともに国事に奔走し斃(たお)れた志士と考えることはできる。先代たちの壮烈な死を設定することによって、「三代目」の今の悲惨さ際立たせる効果を与えるという解釈も可能である。しかし、一方で、それほどまでに国家的忠誠心を体現した功労の士の後継者が、いかに反政府的な政治活動に挺身していくようになったかという世代的差異についての説明がなされていない。明治日本の現実に照らせば、「維新の元勲」の息子が親の「有司専制」を批判するようなもので、世代間葛藤の過程には何らかのドラマ性があるが、これだけの表現では強烈なインパクトは感じられない。国事に殉じた世代と、恋愛の成就という個人主義的な選択をした世代との対比を淡々と描き出したのであろう。

三　壮士との訣別

透谷は「余」が投獄されるに至った刑事上の理由をまったく問題にしていない。この詩の中心主題は「余」の投獄の原因ではなく、獄中での心境にあったからである。彼は自分の政治行動について、「国の前途」を図り、「世の民」に尽くすという以外の弁明はない。しかも、きわめて抽象的な弁明に過ぎない。少なくとも自らの行動の動機について肯定的ではあるが、明確な政治思想を掲げているわけではない。

では、「余」は投獄されたこと自体に意味があって、投獄の原因はどうでもよいことかと言うと、決してそうではない。「余」はいわゆる破廉恥罪の犯人ではなく、やはり政治犯でなければならない。透谷の内面に政治という問題が重く沈澱していたからである。

すでに概観したように、この詩の背景に透谷自身の自由民権運動からの脱落の負い目があるということは定説的理解となっている。強盗行為に踏み切った大矢との間で将来の道は分岐したが、強盗から逮捕と懲役刑の服役へと社会的に転落して行く大矢の行動に、透谷が負い目を感じる必要はなかったはずである。それは大矢が自ら了解の上で選択した行動であった。その行動は、少年時代に政治に「アンビシヨン」を抱いた透谷にとっては、詩制作の段階では、志士仁人の道としての政治からの逸脱以外の何物でもなかった。彼の自由民権運動への参加は、多分に「アンビシヨン」に突き動かされた心情的動機が大きく、民権運動のイデオロギーや運動の戦略などは十分に内面化するには至っていなかったと考えられる。それ故にこそ、彼の純粋な心情が、大矢の行動への共感とともに、悪魔的になれなかったために、結果的には同調の歯止めともなったのである。従って、大矢の行動とその結末を知ったとき、透谷は友を失った寂寥感とともに、大矢のような政治的逸脱は決して肯定すべきものではないという思いが交錯していたと考えるべきである。

勿論、透谷も政治行動には、状況によっては非合法的な手段に訴えざるを得ないこともあることは承知していたであろう。しかし、加波山事件の非合法活動に「世運傾頽」を感じ取るほどの透谷であるから、やはり彼自身は非合法的手段に訴えてまで政治活動に挺身するほどの決意はなかったと言うべきである。

以上のように推測される透谷の心情から考えれば、『楚囚之詩』は彼の内面において、青年の志士仁人に対する純粋な憧れが中心となっていた、彼自身の生き方とも言うべき幹から、英雄豪傑的な侠気あるいは一途な直接行動論の枝葉が落ちる過程で成立したものと言える。その意味では、この作品において政治的なものが現われるのは、政治思想の論理の問題ではなく、政治に対する身の処し方なのである。

第四節　『楚囚之詩』における政治の位相(二)

――人間的幸福の志向――

一　「懐郷」の意義

前章で述べたように、「余」の心情は、現実主義的な政治闘争に挺身した人物とは思われぬほど純粋である。彼が獄窓に思うことは、娑婆に残して来たはずの闘争の行く末でもなければ、同志の進退でもない。姿の見えぬ「花嫁」への切ない慕情のみである。詩の後半では、「余」の内面が結末に向かってロマン的詩想にまとわれつつ叙述される。政治的には敗北者の弱さを如実に表現されるような印象を与えるが、壮士意識の残滓を払拭する過程の大詰めとしての意味を持っている。

斯く云ふ我が魂も獄中にはあらずして
　日々夜々軽るく獄窓を逃伸びつ
余が愛する少女の魂も跡を追ひ
　諸共に、昔の花園に舞ひ行きつ
塵なく汚なき地の上にはふバイヲレット
其名もゆかしきフォゲツトミイナツト

其他種々の花を優しく摘みつ
ひとふさは我胸にさしかざし
他のひとふさは我が愛に与へつ（第五）〔一：一三〕

明るい花園のイメージは、獄舎の暗い世界との際立ったコントラストをなしている。花園は「余」が政治に挺身することによって、訣別せざるを得なかった、あるいは失わざるを得なかった世界の象徴となっている。

余が代には楚囚となりて、
とこしなへに母に離るなり。（第二）〔一：七〕

想ひは奔る、往きし昔は日々に新なり
彼山、彼水、彼庭、彼花に余が心は残れり、
彼の花！　余と余が母と余が花嫁と
もろともに植ゑにし花にも別れてけり、（第八）〔一：一七〕

若き昔時……其の楽しき故郷！
暗らき中にも、回想の眼はいと明るく、
画と見えて画にはあらぬ我が故郷！
雪を戴きし冬の山、霞をこめし渓の水、
よも変らじ其美くしさは、昨日と今日、

——我身独りの行末が……如何に
浮世と共に変り果てんとも！（第十三）〔一：二六〕

花は「花嫁」と共有した幸福の象徴であるとともに、母と過ごした故郷の象徴ともなっている。平岡敏夫は「故郷」のイメージは三多摩であるとする。[45]前章でも述べたように、『三日幻境』では、多摩の川口村は透谷にとっての心の故郷であった。しかし、この詩に言う故郷には川口村の山野を連想させるものがあっても、川口村に限定する必要はない。彼が川口村を故郷と呼ぶ場合、壮士として志を育んだ心の故郷という意味を示している。その上で、懐郷の情を象徴的に捉えた場合でも、その核心を民権壮士としての自覚と解するか、あるいは「志士仁人」の理想と解するかによって、彼にとっての原郷の意味は異なる。壮士たることを否定するに至ったのであるから、「故郷」の語に川口村を重ねると、志士的気概そのものよりも、その気概で青春の血を滾らせた日々の記憶をイメージしたものと考えるのが妥当であろう。

しかし、ここでは「母」が介在している。透谷にとって、母は彼の「アンビシヨン」を抑圧する存在で、否定的なイメージであった。尾西康充は精神分析学の理論を援用して、抑圧的な母であるが故に、母の関心を引くために「母に処罰されたいという無意識の現れ[46]」と解している。

また、藪禎子は次の句をもって、「母」が国家を象徴するものと解している。[47]

余が代には楚囚となりて、
とこしなへに母に離るなり。（第二）〔一：七〕

しかし、「母」が現われるのはこの部分のみであり、故郷の美しい回想の表現の中に「母」は自然に収まっている。

従って、とりわけ「母」の語にのみ突出した解釈を下す理由がないと考える。すなわち、「母」は文字通りの故郷の母という解釈で問題はないであろう。透谷にとって、実母が負の価値を表わしていたのは事実であり、その意味では尾西の解釈のように、潜在意識としての母への憧れを込めて、「故郷」の原風景に「母」を加えたと考えることも可能であるが、この場合も、やはり「母」の存在を突出させる解釈の理由は乏しいと考える。

「母」がそれほど特別な意味を持つものなのであろうか。「余」の父はすでに「国の為めに生命を捨てた」ことになっている。故郷に残っているのは母のみであろう。母もいなければ、望郷の念は弱くなるであろう。ここでは、望郷の念を強く表現するために、「母」を介在させたと考えてよいのではないか。その故郷で過ごした「政治以前」の安らかな日々が、「余」の記憶の中でかすかな灯火のように揺らめくのである。彼が敢えて捨てることを決断したはずの世界が、記憶の深淵から蘇って彼を苦しめる場面である。

ここでは、「母」の語句は深い象徴的表現を示すものとは考えていないが、詩の精神的背景として国家からの疎外を考える先述の藪禎子の見解には、詩全体の底流の把握としては首肯できるものがある。「余」は志士としての気概を持ちながらも、壮士としての活動に「誤り」を認識したのである。心の「故郷」として抱いていた志を持って活動する場を失ったのである。「国家」を政治的忠誠の対象ではなく、志を現わす公的領域と解すれば、藪の言う喪失意識は理解されると思う。

もとより、志士仁人として政治に挺身することと、市井の民として恋人とともに安らかな生活を送ることとは必ずしも矛盾するものではない。しかし、人生経験の未熟で、しかも「英雄豪傑の気風を欽慕」（一八八七（明治二〇）年八月一八日付石阪ミナ宛書簡）（三：一六四）してやまない多感な少年時代から隔たること遠からぬ若者では、理想と現実の調和を模索するような思考を持つまでには成熟していないであろう。透谷は挫折を通じて、漸（ようや）くその調和を模索すべきことの認識に到達したのである。その結果として、政治を優先するあまり生活の幸福を犠牲にするような国事一元主義的な生き方が、耐え難いものと映るようになったのではあるまいか。

二　経世観念の回復と転生

かつての維新の志士たちは出世の階梯を上って明治国家の高官となり、自由民権運動の指導層は国会開設の途上で政府に籠絡されつつあった。その底辺部で民権壮士たちの中には指導層に不信を抱きつつ、運動の理想を失って大言壮語と酒色に沈湎する者もあった。「志士が血の涙の金を私費して淫楽に耽り、公道正義を無視して、一遊妓の甘心を買ふ、何たる烏滸の白徒」[48]（『妾の半生涯』）はまさにその成れの果てであった。

壮士は新たな世代からは批判の対象となっていた。長髪や弊衣のような外観、演説、放歌高吟、運動会、飲酒、喧嘩などの行動様式、悲憤慷慨の言説と思考様式に至るまで、類型的に把握されるとともに、彼らは時代錯誤的アウトロウ以外の何物でもなく、「国家に対抗しうる政治的力は失われている」[49]ことが指摘される。透谷の「世運傾頽」意識も、このような現実に対する認識を含んでいると考えられるであろう。『楚囚之詩』における「余」とその同志たちも、純粋ではあるが、類型的な壮士像の域を出ない点では克服されるべきものであった。

しかし、透谷は小市民的な幸福を第一義的に考えていたのではない。私生活の幸福に埋没することを求めるならば、中江兆民のいわゆる「惰民」と大差がない。兆民によれば、「惰民」とは「己れに非ざる人物の力に頼りて巨額の財を擁し飽食暖衣一事を為すことなく昏々芒々この世を送りて国家の休戚民庶の憂楽等に於て絶て意を留むること無き者」[50]（「良、乱、勇、惰、四民の分析」）である。透谷の場合、兆民の定義における前半部分、すなわち父祖の遺産への寄食とは無縁であるが、後半部分の公的活動への無関心は当然是認されるべきことではないと考えていた。

透谷の壮士批判に兆民の分類を援用するならば、「矢庭に爆裂弾を擲げ散らし三尺刀を振り舞はさんと欲して謀慮も無く計算も無く単一味の客気を恃みに妄進」[51]（同上）する「乱民」の否定であった。「惰民」も「乱民」もともに否定することとは、彼が時代の課題を凝視することなく、私生活の幸福に埋もれようとしたのではないことを意味するものである。彼は自殺するまでの短い生涯のうちに、多数の評論を執筆しそこで時代の問題を論じ続けた。それは権力闘争としての政治には距離を置いているものの、序章で述べたような公的領域に自己を現わす営為としての政治が、彼の文学の主題となっているとは言えないであろうか。そのような意味での政治は、人間の日々の営みと矛盾しないのみならず、まさに日々の営みのために行われるべきものである。

『楚囚之詩』は結論的に言えば、人間的な幸福を犠牲にしてまでも貫徹すべき闘争としての政治、そして類型的なパフォーマンスに堕した政治との訣別の宣言である。「曽つて誤つて」は壮士的政治参加のスタイルへの訣別宣言の文言ではあっても、政治的理想の探求における敗北宣言の文言ではない。決して明治国家の前に屈服した民権壮士の告白という次元の詩に矮小化すべきではない。

「余」は最後には赦免される。

遂に余は放(ゆる)されて、
大赦の大慈(めぐみ)を感謝せり（第十六）〔一：三三〕

一般には、大赦を透谷の内面に即して見た場合、彼のキリスト教入信を表現していると考えられている。[52]「大赦の大慈」を信仰に入って得られた心の安らぎの表現と考えることもできるであろう。しかし、それをもって、この詩の主題が入信の喜びを表わすものとは考えられない。むしろ、入信による心の転機が、解き放たれた心の闇の彼方に、志士仁人としての志を転生させようとする、透谷の内面的再生が主題であった。

詩では「大赦」の原因は述べられていないが、明治憲法の公布による大赦が素材となっていることは確実である。しかし、特に大赦を強調したかったわけではない。出獄という結末こそが必要であったのである。大矢正夫の出獄はなかったが、透谷の大矢への敬愛は変わらなかった。しかし、法を破ってまでも貫こうとした大矢の信念に従った生き方には一種の敬意を表しながらも、それが政治に殉じた理想の生き方とは必ずしも言えないという見解に到達したところに、この詩の構想が成立したと考えたい。

「余」は透谷の実人生の等身大的投影ではなく、彼のかつて自由民権運動に託した政治的「アンビシヨン」の人格化である。運動が国家権力の前に屈し、大矢の強盗事件に見られるような壮士の現実に接して、「アンビシヨン」喪失の苦悩を経ながら、壮士的政治生活を見限ることになったのである。それは内面的転換であるが自由民権運動の敗北宣言ではないので、「大赦の大慈」の感謝も決して国家権力への卑屈な擦り寄りではない。ここで表現されているのは、獄中での悶々たる思いから解放された喜びに仮託された回復の実感である。その回復の途上にあったものが、ミナとの結婚生活の開始と吉野泰三との交流である。実生活の中で地に足を着けた活動する人々との関係が生じることは、距離を置いて政治が見える契機となったことであろう。

しかし、吉野泰三との交流と実生活を基盤として政治を見るようになっているにもかかわらず、物足りなさを感じさせるものがあるとすれば、透谷自身が大赦の契機以上に、明治憲法の本質をどのように捉えたかを明確にしていないことである。自由民権運動は前章で触れたように、伝統的な思想との関わりを持っていたが、イデオロギー的には立憲主義的主張を掲げて藩閥政府批判を展開した。植木枝盛は自由民権運動の発生段階で、政府は人民の信頼に付け込む恐れがあるために抵抗権思想を表明し、その私擬憲法「東洋大日本国国憲按」においても、人民の抵抗権及び革命権を含む権利の保障を掲げた。中江兆民も憲法発布に対する民衆の姿勢について、「我儕の利益と為るらんと自己の利益より割出して未だ少も見聞せざる憲法を鎮護符の如くに想像する」[53]（「憲法発布の盛典に就て人民の喜悦」）が故に狂喜しているが、民話の「舌切り雀」に描かれた妖怪のいる葛籠をもらう欲深い老婆のようになることは望まないはずだと述べて、藩閥政府の立憲主義に覚めた視線を投げかけている。

自由民権運動の立憲主義構想から見れば、明治憲法の現実は超然主義という「妖怪」が潜む「葛籠」であったかも知れない。勿論、初期議会における民党の動きが示すように、決して藩閥政府の超然主義を独走させたわけではなかった。後のことはともかくとして、透谷は明治憲法に「狂喜」することもなければ、「妖怪の百出」の危惧を述べることもなかった。かつて「東洋の衰運」を救おうとして「自由の犠牲にもならん」と理想を掲げたことのある透谷にとって、実質的には東洋最初の憲法が、彼は回避したものの、多くの同志たちが「犠牲」が道筋に重なった果てに成立したものである。「余」の出獄の感謝が国家権力への迎合でないのならば、何らかの感慨を表現する結末が設定されるべきであったかも知れない。その結末を採らなかったのは、透谷が憲法にそれほど関心を持っていなかったのであろう。換言すれば、彼の経世観念は憲法制定によって大きく変わるものではなかったのであろう。それは決して憲法軽視ではなく、国家体制がいかに変遷するとも、人は公的領域で生きざるを得ず、その生き方の模索により強く関心があったためであると考えられよう。

『楚囚之詩』は透谷の代表作の一つであり、「自序」に述べているように、当時の文学界における変革の潮流に触発されて創作したものである。彼自身が「吾国語の所謂歌でも詩でもありませぬ、寧ろ小説に似て居るのです。左れど、是れでも詩です」(二:四)と述べているように、この詩は伝統的な和歌・俳諧や漢詩のような定型の短詩とは異なっている。定型を破りながら、内面から迸(ほとばし)り出る情念を雅語で語りながら長編の詩に構成したものである。自由民権運動から離脱した苦悩の清算への努力と、結婚とともに生じた自活への要請に迫られて踏み切った文学創作の処女作が、伝統とは異質の形態の詩であったところに、透谷の文学に賭けた自負が感じられる。

詩は文学のうちでも特に古くから発達してきた。多くの民族が自らの伝承を詩の形式で伝えていたことは、歴史が示す通りである。その長い展開の過程において、韻律や語法などにおいて端正な表現方法を洗練させるとともに、詩人個人の「わが内なる声の発露(54)」を美しく表現する文芸として完成されたのである。しかし、表現の定型化が進むと、形式重視のマンネリズムに堕する。透谷が文芸活動を始めた時期も、桂園派の和歌や月並俳句に示された詩のマンネリズムが浸透し、それに抗して文芸革新の波が大きくなっていた。

透谷はまさにその時期に遭遇して、内面の声を伝統詩とは異なった形式の詩で表現したのである。内面の声をひとたび文字化すると、それは詩人自身に跳ね返るとともに、他者への呼びかけともなる。すなわち、表現者の内面の声は「書く」という行為(エクリチュール)を通じて、自らと対話するとともに、他者の「読む」という行為(レクチュール）によってその内実に応じて社会に受け入れられていくのである。『楚囚之詩』は壮士的政治活動への訣別の宣言という内面の声を象徴的に語ったのであるが、それはかつて抱いた「アンビシヨン」をいかなる方向に向けるのかという声となって、彼自身に跳ね返ることになったのである。

三　内面的転換の思想史的意義

透谷は『楚囚之詩』を制作する段階で、何を失い何を得たのであろうか。また、その変化が彼自身の文学を確立することとどのように関わるのか。

確実に失ったと言えるものは民権壮士としての「アンビシヨン」であった。この研究のキーワードで表現すれば、彼がアイデンティティの動揺期に精神的「居場所」と自覚した志士仁人の理想を失ったのである。前章で述べたように、挫折感ないしは喪失感の故の悶々たる日々が続いたのである。石阪昌孝宛書簡で述べた社会＝「くそ蝿」観や「もぐらもちのする業」による処世術、金の奴隷といねむりの「つまらん社界」などの社会観では、挫折感や喪失感を克服することはできなかった。一方、このようなシニシズムを告白された石阪にしても、思いは同じであったであろう。

一八八七（明治二〇）年、第一次伊藤博文内閣の条約改正交渉が挫折し、片岡健吉ら有志連合がいわゆる三大事件建白を行ったとき、石阪は神奈川県の総代に名を連ねている。さらに、後藤象二郎・星亨らが東京の鷗遊館で懇親会を開き、大同団結を呼びかけたときも、参加者の中に名を連ねている。石阪自身も時局の切迫感を感じていたであろうが、透谷の苦悩とは別の次元のものであろう。透谷書簡の戯作調の文体には一種の面白みはあるが、結局は退行的な憂さ晴らし以外の何物でもなかったであろう。

透谷がこの段階で得たものと言えば、明確に示し得るほどのものはなかったかも知れない。強いて言えば、挫折感・喪失感を克服するための、換言すれば、何かを得たのではなく得るための内面的転換の出発点に立ったとは考えられるであろう。「哀願書」執筆の頃に実感した空虚感が、『楚囚之詩』の段階でも完全に払拭されたわけではなかった。

しかし、福澤諭吉や中江兆民が批判した不学の壮士たちの「暴走」との距離を自覚し得たことは、一つの前進であった。兆民は「志と職とを混合する勿れ」[55]（「再び士族諸君に告ぐ」）と説く。志とは言うまでもなく、国家、社会、世界のために身命を賭して活動することであり、職とは「着衣喫飯して凍へず餒ざる様日々操作すること」[56]（同上）を意味している。論文のタイトルの「士族」という表現は、ここでは文脈上「壮士」と解すべきであろう。兆民は壮士意識から脱却できないままに、実生活から遊離した志士的行動に走ることを批判し、職に足を置いて「平民的として再生」[57]（同上）したところに、志を持続させることを求めている。

透谷は壮士批判と「平民的」生活の確立を、兆民ほどは体系的に述べてはいない。しかし、彼にとっても、職の確立は切実な課題であったはずである。そのような視点から、『楚囚之詩』が成立した段階では、壮士批判の彼方に新たなビジョンが形成されるほどの思想的転換はなかったとしても、彼の前には、文学が一つの可能性として存在していた。前章でも述べたように、彼はユゴーの文学に政治的なものの表現を期待していた。その書簡が述べている時期では、それほど深い信念があったわけではないかも知れないが、ミナ宛の書簡の各段階では、文学に対する方向性が固まりつつあったのかも知れない。そのときに、改めてユゴーを思い出しつつ、「居場所」探しの途上で文学が現われたのではないか。しかし、ユゴーの文学に関心を抱いたのは、ユゴー文学のテーマに対してではなく、ユゴーのように政治運動に関わりを持ったことが原因である。

しかし、彼にとっては、現実の政治小説は「きまりきつた理窟の古物博覧会、一篇を演説で埋め立て、政治小説だとか何だとか自分ひとりで天狗様」（石阪昌孝宛書簡）〔三：二〇六〕と批判するような、マンネリと独善で固められた戯作同様のものに過ぎなかった。では、政治小説とは異なった形で、政治と文学の交渉は可能であったのか。

彼の時代は文学の意味の大きな組換えが進行していた。志が文学においていかに持続し得るかは未知数であったが、文学に携わることの職としての可能性は決して皆無ではなかった。志という視点から見れば、幕末以来の国家構想の流動化が立憲体制の樹立に向かって収束する段階において、かつての悲憤慷慨を梃子とした「処士横議」の行動が終焉することは不可避であった。その下で、エクリチュールが志の語りとして、また自身の政治的見解の表明手段として、文学に広い可能性が生まれようとしていた。民友社や政教社に代表されるような、明治二〇年代に論壇を形成する「政治評論家」たちは、志を抱き時局を論じることを職として持つことになった[58]。

『楚囚之詩』は、「余」が出獄することによって恋人と再会するというハッピーエンドで締めくくられた。実生活に即して想像を働かせると、「余」と恋人は結ばれて新たな生活を始めるストーリーが成立するであろう。透谷もすでに「余」と同じように、実生活に足を置いて堅実な歩みをしなければならない段階に入っていた。それが兆民の言う「平民的」生活であった。しかし、『楚囚之詩』は政治評論ではない。批判を言外に含ませて壮士的生き方とは訣別しようとする内面を詩的観念によって表現したが、立憲体制の安定化の状況に関連させて捉えたわけではなかった。

もし、透谷が壮士批判の彼方に志の実現を求め、生活に足を置いて政治へと視野を広げていくならば、彼も論壇の一角で文筆活動をすることになったであろう。現実には、彼は内面を詩的観念で表現する途を取った。劇詩『蓬莱曲』がその成果である。しかし、作品全体は超越世界への志向と虚無感に支配され、人間存在の根底に深く分け入った果ての苦悩を表現するものであった。それが透谷自身の苦悩であったと考えられるが、彼の個性が紡ぎ出した難渋極まる表現がこの詩の理解を阻んでいた。しかも、『蓬莱曲』では政治的なものはまったく扱われることはなかった。

結局は、壮士とは訣別したが、それに替わるべき志の実現の形態は確立してはいなかったのである。文学の可能性を発見したが、人間の内面を深く掘り下げる方向で活動した。このような透谷のロマン主義的傾向が、「ポスト壮士」的青年評論家が簇生する状況の下で、いかに時代の課題を表現するか、端的に言えば、自らの存在理由を文学的エクリチュールの中で、いかに発見するかが問われることになるのである。

注

（1）橋詰静子は『楚囚之詩』を、透谷が「ヨーロッパの叙事詩並の規模と新しい日本語による詩法」に挑戦したものと評価する（「『楚囚之詩』——叙事詩の方法」北村透谷研究会編『透谷と近代日本』翰林書房、一九九四年、二七六—二七七頁）。

（2）小田切秀雄は「楚囚」を透谷に重ねて、彼が圧殺された「左派自由民権運動」の課題を文学に移し、新たな戦いの出発に向かったと理解する（『北村透谷論』八木書店、一九七〇年、一三頁）。

（3）透谷自身の語るところは、日記断片の一八八九（明治二二）年四月一一日の「「楚囚之詩」と題して多年の思望の端緒を試みたり」という部分のみである（「透谷子漫録摘集」〔三：二三四〕）。「多年の思望」が意味することは、詩集出版すること自体を指すものか、あるいはモチーフに関する積年の心の問題であるのかは不明である。

（4）勝原晴希「維新期の詩歌」『岩波講座　日本文学史』第一一巻、岩波書店、一九九六年、五二頁。『新体詩抄』の意義は、非芸術的・非文学的であったために伝統から切断されたことにあるとする。

（5）勝本清一郎『透谷全集』第一巻解題、四一四—四一五頁。

（6）岡本成蹊他訳『バイロン全集〔復刻版〕』第一巻、日本図書センター、一九九五年、三三頁。底本は、一九三六年、那須書房刊。なお、原詩は Lord Byron, *Selected Poems*, Penguin Classics, London, 1996 所収のものを参照した（pp. 440-441）。

（7）桶谷秀昭『改訂版　近代の奈落』国文社、一九八四年、九六頁。

（8）中村完「『楚囚之詩』考」日本文学研究資料刊行会編『日本文学研究資料叢書　北村透谷』有精堂、一九六七年、一九九頁。

（9）黒古一夫『北村透谷論——天空への渇望』冬樹社、一九七九年、三一頁。

（10）中山和子『差異の近代——透谷・啄木・プロレタリア文学——』翰林書房、二〇〇四年、二三頁。

（11）平岡敏夫『北村透谷研究第三』有精堂、一九八二年、一〇〇頁。

（12）佐藤善也『北村透谷——その創造的営為』翰林書房、一九九四年、二〇頁以下。

（13）同上書、二二頁。

（14）中山前掲書、二四頁。

（15）平岡前掲書、一〇五頁。

（16）藪禎子『透谷・藤村・一葉』明治書院、一九九一年、三二頁。

（17）同上書、三七頁。

（18）同上書、四三頁。

（19）大矢正夫の判決は、外患に関する罪としては軽禁錮二年、爆発物取締違反事件としては重禁錮二年であったが、強盗犯については有期懲役となるべきところ、情状酌量により軽懲役六年となった（「大矢自伝」『民権史料集』下巻、九四二頁）。

(20) 小笠原幹夫「北村透谷・与謝野鉄幹における政治意識――『楚囚之詩』と『東西南北』をめぐって――」『くらしき作陽大・作陽短大研究紀要』第三二巻第一号、一九九九年、五三頁（学術文献刊行会編『国文学年次別論文集　近代五（平成一一年）』朋文出版、二〇〇一年、一二〇頁）。
(21) 森山重雄『北村透谷――エロス的水脈――』日本図書センター、一九八六年、九三頁。
(22) 尾西康充『北村透谷論――近代ナショナリズムの潮流の中で――』明治書院、一九九八年、一四七頁以下。
(23) 藪前掲書、四三頁。
(24) 色川大吉「透谷と政治――透谷の新史料紹介に当って――」『文学』第四巻第二号、一九九三年、一一五頁以下。
(25) 同上論文、一一五頁。
(26)「壮士の発狂」の記事は、明治二〇年一二月二七日の「朝野新聞」に掲載されている（『民権史料集』下巻、九五六頁）。
(27) 色川大吉『北村透谷』東京大学出版会、一九九四年、一二六頁。
(28) 色川前掲論文、一一五頁。
(29) 色川前掲書、一三三頁。
(30) 梅田定宏『三多摩民権運動の舞台裏――立憲政治形成期の地方世界――』同文舘出版、一九九三年。
(31)『民権史料集』上巻、一三三頁。
(32)『民権史料集』上巻、四一六頁。
(33)『民権史料集』下巻、九五五頁。
(34) 梅田前掲書、七八頁。
(35) 梅田によれば、一位の吉野の得票数は二一五八票であったが、第二位で一六六八票を獲得した中村克昌は壮士勢力に接近するようになり、梅田はこの一派を「中克派」と呼んでいる（梅田前掲書、八一頁）。一八八九（明治二二）年九月五日の県会議員補欠選挙では、中克派の鎌田訥郎が、北多摩に地盤を持つ中村半左衛門を破って当選した。この情勢変化は吉野の危機感を募らせていくことになる。この過程については、同上書、九〇頁以下。
(36) 中克派については注（35）参照。このたびの補欠選挙では、吉野と市川幸吉が辞職したために、補欠議席は二であった。一〇月二五日に実施された補欠選挙では、正義派から出た中村半左衛門と比留間雄亮が中克派候補を破って当選した（同上書、一〇九頁）。
(37) 色川前掲論文、一〇八頁。
(38) 同上論文、一一七頁。
(39) 色川前掲書、一四七頁。

(40) 色川前掲論文、一一七頁。
(41) 色川前掲書、一五四頁。
(42) 透谷・ミナ夫婦は結婚後、透谷の両親宅で同居を始めたが、平岡敏夫はこれを経済的理由に関わるとし、「父は非職で自身は定職なき新婚生活の出発は、恋愛から夫婦・家庭へのけわしい道をたちどころに開くことになって行くはずである」と述べている。平岡『北村透谷研究　評伝』有精堂、一九九五年、一七一頁。
(43) 『民権史料集』下巻、九三三頁。
(44) 「余」が京都に出て「琵琶（湖）」を経て上京したこと、及び第八の節に故郷の庭の菊が「遠く西の国まで余を見舞ふなり」という句があることより、「余」は京都以西の出身と設定されている。その点では、「余」のモデルは岡山県出身の小林樟雄に相当することが濃厚であるが、それについては、平岡敏夫が指摘するように「素材として反映されている」に過ぎないと考えるべきであろう（平岡『北村透谷研究』有精堂、一九六七年、一三〇頁）。
(45) 平岡敏夫は、透谷にとっての故郷の意識を支えているものを、「民権運動に青春をかけて生きた日々の体験とその場たる三多摩の風土」と考える（同上書、六七頁）。
(46) 尾西康充「「楚囚之詩」論——北村透谷における〈自己処罰〉の衝動——」『広島大　国文学攷』第一八九号、七頁（学術文献刊行会編『国文学年次別論文集　近代五（平成一八年）』朋文出版、二〇〇九年、二六頁）。
(47) 藪前掲書、二二頁。
(48) 福田英子『妾の半生涯』岩波文庫、一九五八年、三四頁。
(49) 木村直恵『〈青年〉の誕生』新曜社、一九九八年、一一四頁。
(50) 『中江兆民全集』第一四巻、岩波書店、一九八四年、一八六頁。以下、引用するに当たっては『兆民全集』と略記する。
(51) 『兆民全集』第一四巻、一七五頁。
(52) 中山前掲書、一三頁。
(53) 『兆民全集』第一五巻、六頁。
(54) 篠田一士「近代詩」『岩波講座　文学四』岩波書店、一九七六年、一一三頁。
(55) 『兆民全集』第一一巻、九七頁。
(56) 『兆民全集』第一一巻、九七頁。
(57) 『兆民全集』第一一巻、九八頁。
(58) 岡和田前掲（第一章）論文、四七頁。

第三章　文学人生相渉論争と北村透谷の国民思想

第一節　透谷の思想的再生の意義

一　壮士否定後の政治意識

前章で述べたように、『楚囚之詩』に込められた透谷の意図は、「乱民」としての民権壮十との最終的訣別であった。壮士的活動は自由民権運動における政治参加の一形式であって、それが政治参加のすべてではなかった。従って、壮士的政治参加を捨てても、政治へのコミットメントが閉ざされたわけではない。しかし、国家体制の整備とともに、経世の志による活動の領域は確実に狭められていった。吉野泰三や石阪昌孝などの政治活動が示すように、議会が政治の主たる舞台となり、壮士は彼らの周縁的存在に過ぎなくなった。透谷が民権壮士と訣別したのはこのような時期であった。

しかし、透谷においては、かつての経世の志に現わされた公的領域での「居場所」を回復する自己探求の中で、政治への視点が維持されていたと考えられる。彼の政治意識の変化については、色川大吉が次のような時期区分の設定を行っている。

一、政治に大きな変化や幻想を抱き、理想主義的に民権運動に参加していた時期。
二、「世運傾頽」を感じていた透谷が大阪事件への加盟拒絶を機に激しく自己嫌悪し、政治から離脱した時期。（以下略）
三、国会開設を前に新しい政治の動向に期待し、また日本平和会など社会運動を再開した時期。（以下略）
四、初期議会での代議士など民党政治家の無節操ぶりや、ますます粗暴な振舞いの目立つ壮士輩の行状に深く失望し、再び反政治・内部世界への沈潜を強めた時期。
五、最後の一年、純文学の理念を確立した透谷が、政治にたいして幾分かの余裕をもち、根本の「思想」の観点からもう一度見直すと共に、さかんに評論活動を行った時期。(1)（以下略）

色川の言う第一期及び第二期が、小論の第一章で論じた段階に相当する。『楚囚之詩』は第二期から第三期への過渡的段階に位置することになる。しかし、壮士的行動を否定した後の方向性が見えたわけではなかった。吉野泰三の北多摩郡正義派の旗揚げに対しても、透谷の発言は儀礼的激励の域を出ないようである。しかし、透谷の立場からすれば、壮士と一線を画しながら政治活動に携わる吉野の姿勢には共感できたであろう。

しかし、吉野との交流が深かったとは言えない。前章で述べたように、吉野泰三は多摩自由党の主流から外れ、所属政党を転々としながら地方政治家で終わってしまった。透谷がその変遷をどのように見たかは不明である。おそらくは、地道な政治活動を続ける吉野と、文筆活動に携わること道を選んだ透谷との間には、どこか噛み合わない部分もあったのではないかとも考えられる。それがあるとすれば、政治に対する基本的な姿勢であると考えられる。吉野は現実的な政治家であった。たとえ石阪昌孝には遅れを取ったものの、地元に根を張って活動を展開したスタンスは一貫している。在地に根を下ろした行動を基本とすることは、地方政治家としては当然のことである。それに対して、透谷は観念において政治を捉えようとしている。従って、現実的行動の可能性を閉ざすことになり、経世の志を語る文学の可能性をより強く求めていくことになる。

色川は第四期に政治への関心が減退した段階としている。初期議会における現実政治家たちの動向は、色川も指摘するように期待はずれであったことは確かであるが、政治そのものへの絶望感に至るほどではなかったのではあるまいか。しかし、一八九〇（明治二三）年末に「四千円の函」や「狐夢貴人」というサタイア（風刺劇）を構想して、代議士批判を描いているが作品に仕上げる努力をしていない。批判に終わることは本意ではなかったが、作品完成の見通しが立たなかったのではあるまいか。

従って、当時の透谷の姿勢としては、理想的政治の追求は基本的に一貫していたが、現実政治に対しては失望感が強かったと考えたい。それを前提とした上で、本章では色川の言う第三期から最終段階に向かって凝集する透谷の思想的課題の考察を進めたい。

二　政治文学の可能性

『楚囚之詩』及びそれに続く詩劇『蓬莱曲』は、新しい形式の詩作を試みた意図によるものであったが、決して大成功を収めたとは言えなかった。しかし、それと併行して発表した多くの評論では、その中には透谷の思想を把握する上で重要なものが少なくない。現実政治に具体的に論及したものはないが、上述のような彼の位置からすれば当然である。その中で現実的課題に対する発言として注目されるのが平和思想である。彼は一八八九（明治二二）一一月に結成された日本平和会の創立者の一人であった。諸家の研究によって明らかにされている日本平和会の概要は次の通りである。(2)

同会は、ヨーロッパでキリスト教精神に基づく平和運動を展開していたウィリアム・ジョーンズの影響を受けて、メソジスト派の加藤万治が中心となって結成したものである。加藤がクウェーカーのフレンド教会に移籍した関係で、同派のジョージ・ブレスウェイトが日本平和会に関わりを持つようになった。そのような背景の下で、ブレスウェイトの影響を受けた透谷が、その機関紙『平和』の編集に当たりながら、平和思想に関する論説を発表することになったのである。

透谷の平和思想は、「暴力を拒否する平和主義を自らの基本的な信条とした[3]」とされるが、現実の政治や国際情勢との距離感のために、その言説は日清戦争に向かって国威発揚の主張が高まる趨勢を変える力となるには至らなかった[4]。彼の理想的政治の志向という観点からは、たとえ現状認識に限界が指摘されるとしても、キリスト教的ヒューマニズムに立脚した平和主義の主張に真摯な取り組みの姿勢を評価することはできる。彼は平和の達成を「吾人の天職を尽くさんとするにあり」（「「平和」発行之辞」）（一：二八一）と述べているが、ついに影響力のある思想とすることはできなかった。小川原正道は透谷の思想が「既成キリスト教会への批判を強めて人間の心的次元の本質に迫ろうとする傾向[5]」を持つことを指摘し、彼の平和論の抽象的な性格を強調している。しかも、日清戦争が始まり国家主義が高揚するとともに、日本平和会もその活動を閉じ、透谷自身も開戦直前に死去してしまった。透谷の思想は現実的な影響力を行使することはなかったが、現実の政治社会的問題を人間精神の面から迫ろうとする姿勢をよく現わしている。

徳富蘇峰は「文学者の目的は、人を楽しましむるにあるや否や[6]」（「文学者の目的は人を楽しましむるにある乎」）という文学の公共性をめぐる問題提起をし、文学が娯楽本位になっていることを批判している。蘇峰によれば、文学に携わる者は「人間社会に立ちて、真理と、善徳と、美妙とを一貫したる高尚なる博大なる真摯なる観念の視察者たり、説明者たる[7]」（同上）べきであった。

文学の思想性を主張する言説は、蘇峰以外でも、「文学なるものは一国の精神となり、社会の先導者となるべきもの[8]」（雲峰生「纔を明治廿四年の文学海に解く」）、「政治に、文学に、経済に、宗教に有ると有らゆる悉皆の事物、挙って経国てう感念を本領として、適用施行し去るべきの社界にぞあるなり[9]」（流芳浪人「明治廿五年の文学界」）など、当時の論壇において文学論の主たる傾向の一つとして存在していた。

これらの主張は文学に政治や社会に関する使命感の表現を期待するもので、先述の流芳浪人の論説では政治小説『佳人之奇遇』を、「愛国の志情と自家経綸の大策[10]」（同上）をもって高く評価している。しかし、蘇峰は政治小説をマンネリズムに堕した表現の故に、「面白からさる小説[11]」（「近来流行の政治小説を評す」）の典型として批判しているので、文学の政治との関わりを主張する論者においても、同時代の文学に関する評価は一様ではない。

明治中期における文学の本質に関する議論は、文学がいかに高くかつ深い思想を表現できるか、そして、人間や社会の表現においていかに読者を感動させるか、ということに集約される。前者は前近代の文学観念そのものであると言ってよい。後者は小説や詩などに代表される言語表現芸術に相当するものである。この二要素は決して二者択一的に決定されるものではないが、蘇峰らの文学論が思想としての文学を求めている点では、彼らの言う文学は伝統的形態の域を出るものではない(12)。

透谷の文学観もそのような歴史的文脈の中に位置している。彼が一八九〇(明治二三)年一月に『女学雑誌』に発表した「当世文学の潮模様」では、当時の文壇に対して次のような批判を投げかけている。

然れども余は怪しむ所あり、斯く迄は進み来れる文運が、如何にも怪気(あやしげ)なる方向を取て、尚ほ歩武を早めんとしつゝあり、通津果して何れに至りて止まり、何れに至りて馬首更に他方に転じて趍(はし)らんとするや。美しき文学よ、艶陽三月、芳蝶花を蹴つて庭前に戯るゝは、汝が今日の状態にあらずや(以下略)〔三:二七六―二七七〕

「怪気なる方向」とは、「世界の外に堅城を築き、是に安抛して何の憂る所、煩ふ所もなかる可し」(同上)〔三:二七七〕という超然的傾向を意味している。透谷がこのような傾向を持った文人たちを「歓楽者」と呼んで批判したが、具体的には尾崎紅葉らの硯友社系の作家を指している。硯友社は文筆の同好の士が集まり、「文筆の娯楽にして友を嫌はず雅俗を併列する(13)」雑多性によって名づけられた、機関誌『我楽多文庫』を発行することを目指して結成されたものである。確かに、この主張では「歓楽者」の誹(そし)りを受けることも首肯できる。

このような傾向に対して、透谷は文学に従事することについて、「文字の英雄は兵馬の英雄と異なる所なし、四海を飲の胆は愚か、宇宙を蓋ふの大観念をなすの力なくしては、文字の英雄とはなり難し」(同上)〔三:二七八〕と考える。それは、文学が英雄豪傑の活動を描くことを意味するのではなく、文学的営為をなすこと自体が「英雄豪傑」の活動でなければならないという主張である。傍観者的態度の否定であることは明白であるが、「文字の英雄」の営為がどのようなものであるかは明言しなかった。

上述のキリスト教的平和主義の主張について、「吾人は政論家として若くは経世家として、是問題を唱道する者にあらず」(「「平和」発行之辞」)〔一：二八〇〕と述べている。「文字の英雄」として社会に臨む姿勢と、「政論家」ないし「経世家」の否定とは、彼においては決して矛盾するものではなかった。マンネリ化した壮士的行動主義がヒューマニズム精神の表現に止揚されることで、より洗練された経世意識を確立すると考えたからであろう。

三 「慷慨」の思想

透谷は「当世文学の潮模様」において、「今は慷慨する者を要するの日なるに(中略)自家の歓楽を表露するに止まる」のみである、「誰か時代を慮るの小説家詩人は無や、滔々たる文学家中、何ぞ一滴の涙(中略)を真に国家の為に流す者なきや」〔三：二七九〕と述べて、文学の現状を厳しく批判している。彼の目指す文学は「時代を慮る」こと、すなわち時代の潮流を見据えて、時代の理想を語るものでなければならなかった。

では、彼は何に対して「慷慨」するのであろうか。一八九〇(明治二三)年三月に発表された「時勢に感あり」においては、「粉砕す可き悪組織の社界」〔一：二三九〕と言い、世を傍観する文学に対しても「右に左に暗々颯々、不幸を啣ち、非遇を嘆ずる者、幾百万かある、行いて彼等を慰藉し玉はずや」(同上)〔一：二四〇〕と言う。この場合、何をせよと言うのか明確でないが、文学が関わり得ることとしては、現実を凝視した上で世を動かすことであると考えているのであろう。

同年四月の「泣かん乎笑はん乎」では、「ゴールドスミスの荒村の詩を読め、老者手の衰へても寄る可きなく、独り残されしが故に止むなく小河が衣る苔菜を摘み、棘中より薪料を集めて、僅に今夕の食を得るが如きは、豈に詩人の想像の中にのみ止まらんや」〔二：二四四〕と述べている。ここでは、彼の視線は社会の基底部に滞留する貧困層に向けられている。それを見ようとしない文学に「慷慨」するのである。

明治憲法発布後、政局は来るべきアジア最初の議会に向けて動き始めた。藩閥政府は超然主義を掲げて政党の進出を阻止しようとしたが、一八九〇（明治二三）年七月の第一回総選挙では民党が過半数を獲得する進出ぶりを見せた。一一月に始まった第一議会では、山県有朋首相の主権線演説に示される軍拡・増税と、民党の「政費節減」・「民力休養」の主張との対立が焦点であった。しかし、山県内閣は立憲自由党のいわゆる土佐派に対して切り崩し工作を行い、よって予算案は一部修正の上で可決された。中江兆民が自由党の体たらくに憤慨し、「無血虫の陳列場」（ルビは引用者による）なる文章を発表して、政府に譲歩した腰砕け状態を罵倒し衆議院議員を辞職したのはこのときである。

この頃、日本経済は繊維工業を中心とする産業革命を達成し、資本主義の離陸が始まっていた。一八八〇年代後半には企業投資が盛んになったが、その反動として一八九〇（明治二三）年には恐慌が発生した。この恐慌は資本主義の成立の証しとなるものであるが、企業の倒産が深刻化し、米価の騰貴により民衆の生活は窮乏した。透谷が見よと訴えかける同時代の貧民たちの実態は、まさに資本主義成立期の日本社会の姿にほかならないのである。

透谷は明治国家をトータルに否定しているわけではない。資本主義成立期の社会に貧困層が滞留し、東アジア情勢の緊迫化を背景に増税が生活を重く圧迫するが、藩閥政権は明治憲法体制の下で安定している。この秩序を変革することは、現実の社会運動をもってしても容易ではないであろう。しかも、透谷には具体的な秩序構想も政策理念もなかった。彼の主張の核心は、社会問題の原因究明や社会政策の提言ではなく、社会問題に眼を向けようとしない知識人の姿勢にあった(14)。中江兆民が議員を辞職した後に北海道に去ったとき、彼が議会や自由党を見捨てたことは是としたが、「此の溷濁なる社会を憤り、此の紛擾たる小人島騒動に激し、以て痛切なる声を思想界の一方に放つことを得ざる」ことをもって、「怯懦にして世を避けたる、驕慢にして世を擲げたる中江篤介あるを問くのみ」（「兆民居士安くにかある」）〔二：三一〇―三一一〕と、問題ある社会を導く思想を語ろうとしなかった兆民を批判するのである。

初期の評論の特徴は、「文字の英雄」の出現を期待し社会の現実に「慷慨」する文学を主張したが、結局は平和思想と同様に抽象論の域を出なかった。しかし、文学志向の故に抽象論に傾いたのではなく、積極的に現実社会に対する視座を構築しなかったことが大きな要因であったであろう。但し、彼は社会に対してまったく眼を閉じたわけではない。それのみか、ユゴーらを例示して日本の文学を批判する以上は、彼らに匹敵する仕事の方向性を示す必要があった。やがて到来する文学人生相渉論争はその課題を彼の中に明確に自覚させたのである。

第二節　文学人生相渉論争の思想状況

一　文学人生相渉論争の思想史的性格

透谷の思想を考察する上で、山路愛山との間で展開された文学人生相渉論争（以下、「人生相渉論争」と略記する）は大きな意味を持っている。この論争は、山路愛山が一八九三（明治二六）年一月に『国民之友』に発表した「頼襄を論ず」に対して、透谷が二月に『文学界』に愛山の所説を批判する「人生に相渉るとは何の謂ぞ」を発表したところから始まったものである。透谷の文筆活動の期間はきわめて短く、『楚囚之詩』の発表が一八八九（明治二二）年四月、死が一八九四（明治二七）年五月であるが、前年末の自殺未遂以後は執筆活動をしていないので、実質的な活動期間は五年に満たないことになる。きわめて短期間の中で、この論争は彼の晩年に位置することになる。

人生相渉論争については、これまでに文学史の立場からは研究が積み重ねられ、「現実（写実）主義と浪漫主義の対立」として「近代文学史上の基幹的論争を成すもの」[15]と評価され、当時は草創期にあった日本近代文学の方向性を問う議論としても注目されている。また、山路愛山の評価についても修正が現われ、戦前以来の功利主義に立った「俗学者」愛山像[16]は今では否定されている。平岡敏夫のように、透谷が「民族」をモチーフとして国民文学の確立を目指したものとして、ナショナリズムの観点からは愛山と「同一陣営」に属するとする理解もある。[17]論争が熾烈になったのは、透谷が愛山を誤解したことによるとされる。これに対して、中山和子は論争の本質を「文学概念上の対立としてとらえられねばならぬ」[18]とし、両者の精神的異質の面を強調する。

槙林滉二は論点を文章事業論に集中させることによる誤解を含めて、焦点のズレが生じたことを問題視しつつ、論争の原点を政治思想に求めている。槙林によれば、透谷が批判したのは愛山の文章事業論そのものではなく、愛山が乗る「反動の勢力」であったとする[19]。透谷は基本的には民権志向であり、憲法発布と議会開設によって達成されたかに見えた民権運動の成果が反動的方向に反転し始めていることへの幻滅感が、愛山への激越なまでの批判に展開するとしている。

人生相渉論争当時の愛山は、主として『国民之友』を言論活動の基盤としていた。その基本的な思想傾向は「明治初期特有の儒教プラスキリスト教的思想[20]」であった。日清戦争後、徳富蘇峰は日本の樹立路線に傾き、愛山も国家主義に向かっていく。しかし、人生相渉論争期の愛山は、「反動」の代表的イデオローグと言うほどの立場ではない。一方、透谷も愛山の「反動」性を攻撃するには、自由民権運動とは距離を置き過ぎている。

従って、論争の焦点は政治思想の内容ではなく、むしろ思想の語り方にあった。透谷の文学に託した課題は、「今日の文学は斯の如く政事と相離れたるや」（「偶思録」）〔二：二六五〕という問題意識に立脚して、自らの文学を「国民的思想に進ましめ、一層、一国の精神に関係あるものならしめん」（同上）〔二：二六五〕とすることであった。

では、透谷において、そのような政治的課題を担うべき文学の可能性はいかなるものであったのか。そのヴィジョンが愛山との論争に中でいかに結実していくのか。彼はこの論争を通じてロマン主義的立場を明確にしていったが、その思想傾向が彼自身の自己探求との関連でどのように評価されるのかを明らかにしたい。

二　愛山の文学「事業」論と「英雄」観

山路愛山は一八九三（明治二六）年一月に『国民之友』に「頼襄を論ず」を発表した。この論文の冒頭では次のように述べている。

文章即ち事業なり。文士筆を揮ふ猶英雄剣を揮ふが如し。共に空を撃つが為めに非ず為す所あるが為也。万の弾丸、千の剣芒、若し世を益せずんば空の空なるのみ。華麗の辞、美妙の文、幾百巻を遺して天地の間に止るも、人生に相渉らずんば是も亦空の空なるのみ。[21]

愛山は一般論として文学の非「事業」性を攻撃したのではなく、頼山陽の生涯を叙述しつつ、史学に自らの道を求め『日本外史』を著述した「事業」を称賛したのである。山陽が史学を志したのは、儒者柴野栗山が彼の才能を詩文に傾けることを惜しみ、歴史を学んで古今の事を知ることの大切さを教えたことによるという。ここに端を発して、彼は当時の「小学近思録の余り多く乾燥せる道[22]」（同上）としての無味乾燥の儒学や、「空詩虚文の余り多く湿潤せる道[23]」（同上）としての過剰な文飾の詩文を排除し、史学の道に踏み込んだのである。

愛山は、山陽が尊王論に基づく修史事業に関わったことについて、「是れ時勢なるのみ[24]」（同上）と説明する。父頼春水とも知り合いであった高山彦九郎が憤死したのは、山陽が一四歳のときであった。愛山は彦九郎を徳川光圀や新井白石らを始めとする儒学的尊王論の文脈において捉えることによって、「時勢」の意義を理解する。

山陽の『日本外史』は「将家の興廃」を記すために、桓武平氏の勃興から筆を起こして、天下を掌握した諸家の興亡を記し、徳川氏による太平の実現までを叙述したものである。各武家の論賛においては、諸家の尊王精神のあり方が述べられている。儒学の立場からの歴史の叙述は、大義名分を明らかにすることを至上の課題とした。愛山は山陽の修史事業を貫く尊王の名分論によって、「日本人として日本の英雄を詠ぜり日本人として日本の歴史を書けり[25]」（同上）とし評価し、さらに「天下の人心俄然として覚め尊皇攘夷の声四海に遍かりしもの[26]」（同上）として、幕末期の外的インパクトを背景にナショナリズム感情を覚醒させるに至ったことを称揚する。その意義は山陽の意図を超えたものであるとも言えるが、愛山にとっては、個人の仕事がそれを超えてナショナルな規模に影響したことを評価したのである。

愛山は人生相渉論争が始まる前の一八九一（明治二四）年一月発行の『女学雑誌』第二四七号に、「英雄論」という論文を寄稿した。これは、前年一一月一〇日に静岡県で行った演説の草稿である。帝国議会の開催が目前に迫っていた時期であったが、彼はその論文において、帝国憲法、議会、鉄道など立憲国家、文明国家としての外見は整備されつつあるが、その制度や文明を利用する日本人の意識改革が急務であると主張する。そのためには、新生の近代国家をリードし得る人物をいかに養成するかが先決であるとする。愛山は「吾人に只一策あり是れ天然の法則なり、是れ歴史上の事実なり、何ぞや、英雄を以て英雄を作るに在るのみ[27]」（「英雄論」）と主張する。

すなわち、一国に「大英雄」が出ると、「許多の小英雄」がこれを囲繞（いにょう）し「国の元気」を回復すると言う。そのような「英雄」の例として、西郷隆盛、新島襄、孔子などを挙げる。これらの人物を同列において「英雄」とすることは、その「事業」の質を基準とする限りでは違和感を禁じ得ないが、彼らの人格や理想が人心の求心力となってして人材群ないしは人脈を形成したことを捉えているのである。その意味では、彼らのカリスマ性が人材を糾合し、それによって国家の大事をなすに足ると考えたからであろう。

愛山が求めたのは、開国より約四〇年のうちに西洋文明を急速に受容し、今まさに議会政治の出発点に立った立憲国家をリードすべき英雄であった。彼は「大なる国民は大なる英雄を奉じ、小なる国民は小なる英雄を奉ず[28]」（同上）と言う。彼が称揚する至高の英雄はイエスである。彼にとって、イエスは「人品は信に世界の師範として仰ぐに足るべきもの[29]」（同上）と言っているが、それは「最も偉大な英雄以上のものではなかった[30]」という意味でもある。それはイエスが歴史上の偉大な人物に過ぎないということであり、その限りでは、彼はキリスト教の正統的信仰を守ったとは言い難い。「信仰個条なかるべからず」では、「日本の現時は実に基督教の救済を要するものあり、而して是唯基督教の精神を我社会に実現するによりてのみ行はるべきものにして、今の時は徒らに神字、哲学、理想を語りて止むべきの時に非ず[31]」と述べているように、彼が目指すのは教会の中で空疎な神学論を語ることではなく、信仰に培われた精神を社会において実践することであった[32]。

愛山にとって、「英雄」の究極の者は高潔な人格であり、高い理想を掲げて国家社会に相渉るという時代の要請に適合した人物である。その英雄観の延長線上に「頼襄を論ず」の言説が位置する。そこに浮上した「事業」としての文学が、頼山陽の歴史叙述に代表されるように書くという行為を通じて、時代への関わりを成立させるものであった。以上より見れば、愛山の主張は、自由民権運動の彼方に確立した明治国家の課題を担い、後継世代に伝える「英雄」を語ることが、文学の事業であるということであった。先人の偉業を語ることは史論の本領であった。

愛山の思想を考察する上で無視できないのは、彼の生育環境である。[33] 彼は一八六四(元治元)年、幕臣山路一郎の長男として生まれた。彼の幼児期に家庭的に不幸が重なった。父は不本意な結婚のために放蕩に耽り、母けい子も愛山が幼児のときに死去した。さらに、戊辰戦争が始まると、一郎は彰義隊に入って敗れた後、榎本武揚の反新政府軍に加わった。一八六九(明治二)年、五稜郭の戦いで負傷し政府軍に捕われ、釈放されたのは一八七二(明治五)年のことであった。山路家は徳川家に従って静岡に移住していたので、愛山も静岡で成長した。そして、生涯を在野の人として通し反骨精神を堅持した。キリスト教信仰もこの傾向を補強することになった。[34]

この経歴は部分的に透谷と似ている。秩序が流動化した幕末・維新期に生まれたこと、生家が幕臣または小田原藩士であるなど「朝敵」系武家であったこと、父のタイプに差はあるが、ともに新時代の潮流に乗れなかったことなど、要するに維新の「敗者」に分類される人物であり、その歴史的環境がその子愛山や透谷に影を落としていたと考えられる。その立場のメンタリティとしては、明治維新の成果をストレートに容認し難いものであった。そこからの反転が精神的革命の主張であったこと、キリスト教に接近したことも、両者に共通した思想的要素である。[35] かつての維新の志士たちが自由民権運動の封殺を経て「元勲」に成り上がる姿を見送りつつ、愛山は現実の維新に取り残された階層の後継世代として、残された政治課題を担うべき「英雄」が精神的革命を実現すべきことを主張したのである。この歴史観は徳富蘇峰の「第二の維新」[36]の観念と同じものである。すなわち、愛山にとっても、維新の「敗者」に連なる者として、山陽の事業に「第二の維新」への期待を重ねたと考えられるのである。

三　透谷の「事業」批判

透谷は、愛山が「頼襄を論ず」発表した年の二月、『文学界』に「人生に相渉るとは何の謂ぞ」を発表して愛山の論説を批判した。透谷は愛山が「反動」の旗手として登場し、「史論」の鉄槌を振るって「純文学の領地」（「人生に相渉るとは何の謂ぞ」）〔二：一一三〕を攻撃するものとしている。ここに言う「反動」とは事業たり得ない世上の空文に対する批判を意味している。透谷は「反動より反動に漂ふの運命を我が文学に与ふるを悲しまざる能はず」（同上）〔二：一一三〕と述べているように、彼自身の文学を愛山の攻撃する「純文学」の対象であると考えている。

愛山は「純文学」という範疇を明確に定めていたわけではなかったが、透谷の批判を受けて「純文学」について彼自身の見解を示さざるを得なかった。愛山は「思ふ人あれば思あり、思あれば言あり、言あれば文あり、文は即ち人の文字に彰はれたる者に過ぎざる也(37)」（「純文学」）として、文学は内心の思いが文章で表現されたものであるから、無目的の「純文学」なるものはあり得ないと反駁する。愛山にとって文学は精神的革命に関わるべき「事業」にほかならなかった。

では、透谷が守ろうとした「純文学」とは、社会に関わる一切の「事業」とは別の領域に成立すべきものであるのか、そのような範疇が存在するものなのか。彼はこの段階では、文学によって経世の志の再生をはかり、現実社会に対して悲憤慷慨しない文学を批判しているほどであるから、彼が文学を人生に相渉らないと考えないはずがない。

透谷の愛山への批判は、文学「事業」論の根拠とする「第一　為すところあるが為なり。第二　世を益するが故なり。第三　人生に相渉るが故なり」（「人生に相渉るとは何の謂ぞ」）〔二：一一三―一一四〕という三点を、自身の理解に置き換えつつ、自らの文学観を対置させることによって展開された。

まず、「為すところある」の理解について、必ずしも有形の功業ばかりではなく、「極めて拙劣な生涯の中に、尤も高大なる事業を含むことあり。極めて高大なる事業の中に、尤も拙劣なる生涯を抱くことあり」（同上）〔二：一一四〕として、人間にも人生の卑小さと裏腹に高遠な事業があると説明する。彼は文学を筆を武器とする戦いになぞらえて、文筆の戦士とは剣の戦士とは異なり、「勝利を携へて帰らざることあるなり、彼の一生は勝利を目的として戦はず、別に大に企図するところあり、空を撃ち虚を狙ひ、空の空なる事業をなして、戦争の中途に何れへか去ることを常とするものあるなり」（同上）〔二：一一五〕として、文学の事業性は世俗的事業よりもはるかに悲壮かつ高貴なものと考えるのである。

第二の「世を益する」ことについて、透谷は「文士は世を益せざるべからず」（同上）〔二：一一八〕と言う。ただ、彼の言う有益性は目先の功利主義とは区別されるものなのである。吉野山の桜は利を生む梅、甘藷、林檎などを植えるに如かずという譬えを批判的に提示して、目先の利益を象徴する梅・甘藷・林檎に対して、実利には乏しいが高貴な美を桜に象徴させ、文学が高い精神性を持つが故に有益であると主張するのである。彼は文学がなすに値し、かつ世に益するところあることは承認するが、その内実は形而下的な次元のものではないとするのである。

第三の「人生相渉」については、彼は「文学は人生に相渉ること、京山の写実主義ほどになるを必須とせざるなり、文学は敵を目掛けて撃ちかゝること、山陽の勤王論の如くなるを必須とせざるなり」（同上）〔二：一一七〕と述べているが、ここでは、社会の観察の仕方を批判しているのであって、社会に対して向き合うこと自体を否定しているわけではない。その上で、山東京山が実社会を広く描写することも、頼山陽が尊王論を主張することも、透谷の言う「敵」、すなわち取り上げる対象が直接的限定的ものに留まり、「天地の限りなきミステリーを目掛けて撃ちたる」（同上）〔二：一一七〕ものではないとするのである。透谷の示す文学的「事業」とは、人間の持つ高い精神性の発揚が文学を創造し、それによって世人の精神を高めることを意味しているのである。

愛山が後に「透谷全集を読む」において、「当時の僕の論旨は歴史にても小説にても共に人事の或る真実を見たる上にて書くべきものなり」(38)と述べているが、それは事実に対する科学的考察の必要性を説き、空想に走ることを戒める趣旨である。従って、彼の文学観は通俗的な意味での功利主義と決めつけられるものではない。彼の文学「事業」論は、頼山陽の業績を論ずるための導入として書かれたものである。彼は山陽の時代の知的状況を念頭に置いて、無味乾燥で煩瑣な道学と空虚な美辞麗句に耽る文学を批判したのである。愛山は後に「史学論」において、「史学は科学なり。然れども亦宗教なり。天命と人事との相連関せる秘密を教ふるものなり」(39)と述べているように、史論を書くことは単なる過去の叙述ではなく、歴史の中に現われた人間の現実と理想を読み取ることによって、現在を生きるための指針を探る営みとなるべきものでなければならなかった。従って、この部分が攻撃されるほど問題のあるものとは考えていなかったのではあるまいか。

透谷は文学が時代に関わることを主張しながら、「事業」の世俗的意味にこだわって、愛山の文学観を功利主義と同列に置いて攻撃を加えた。それは愛山の説を「読み違へたるもの」(40)(「透谷全集を読む」)とも言えるが、従来の文学観を乗り越えようとしていた透谷の思い入れが強くあったと考えられる。すなわち、平岡敏夫が指摘しているように、「新たな想の文学」の志向がこのような激しさとなったのであろう。(41)この論争は透谷が火をつけたと言える。そして、論争が自らの文学観に跳ね返ってきたのである。

透谷は功利主義を批判する論理として、「ユチリチー」の観念に対して「想」の観念を主張した。そして「想」の文学の本質を明らかにしようとした。彼は「想」の文学の根源的創造力を「「力」としての自然」(「人生に相渉るとは何の謂ぞ」)(二：一一九)と呼ぶ。それは「眼に見えざる、他の言葉にて言へば空の空なる銃鎗を以て、時々刻々「肉」としての人間に迫り来る」(同上)(二：一一九)もので、人間はその前に言語の道を断って自然に精神を委ねるしか活路はないとする。

透谷は、迫り来る「力」としての自然に没入することを「想」と考える。彼はその没入を果たすものが、「造化主は吾人に許すに意志の自由を以てす」(同上)(二：一二三)として、精神の働きであると考えている。彼にとっては、「想」を表現することが文学の果たすべき「事業」であった。彼は現象世界の表面的な営みに関わるような事業そのものを否定しているわけではない。世界の表面に泥(なず)んで自足感に安住することを否定するのである。彼が事業としての文学を非難するのは、精神の働きが現象世界の本質まで至っていないと考えるからである。彼にとっては、愛山の史論を叙述する「事業」も、たとえ考証した結果の史実を語る以上に歴史を貫く深い精神性を論じたとしても、叙述者が観察者に留まる限り「ペダントリーといふ巨人」（同上）（二：一二五）の域を出るものではないのである。

四　論争の意義

この論争における最大のキーワードは、文字通り「人生に相渉る」ことである。愛山はナショナリズムの潮流が高まる時期において、国家的課題へのコミットメントと捉えていた。彼においては、人生は歴史的現実を離れて存在するものではなかった。史論家の立場としては自明のことであったであろう。論争当時は、日清戦争前夜の東アジア情勢の緊迫化を国際的背景として、第二次伊藤博文内閣がいわゆる「和協の詔勅」によって、かろうじて海軍拡張を勝ち取って第四議会を乗り切ったばかりであった。軍拡と増税が初期議会において藩閥内閣と民党との争点となったが、双方とも国権論を否定するものではなかった。条約改正は「万国対峙」の完成の意味でも、重要な国家的課題の一つであった。蘇峰が吉田松陰を論じ、愛山が頼山陽を論じたように、国家的課題のために時勢をリードする「英雄」を求めることが、時代に即した「人生に相渉る」ことの現われであった。

愛山は透谷への反論として、四月一九日の『国民新聞』に発表した「唯心的、凡神的傾向に就て」において、「吾人は信ず時を離れて永遠なし、事業を離れて修徳なしと。時は即ち永遠の一部に非ずや、事業は即ち修徳の一部に非ずや、永遠の為めに現時を賎しむ者、修徳の為めに事業を軽んずる者は是れ矛盾の論法也(42)」と述べている。彼にとっては現実に相渉ることのない精神的価値などは考えられなかった。精神性は低次元の功利主義と同一視されるべきものではなかった。国家に対する現状認識と理想のヴィジョンは、「英雄」の言説として当然含まれて然るべきであった。

これに対して、透谷は「人生相渉」を超越的なものに感応する瞬時において捉えた。彼が超越的なものを「力」としての自然」と表現した自然観は汎神論的であるが、上述のように「意志の自由」を重視していることから、自我を超越的なものに直結させることで、自我の絶対性を保持しようとするものと見るべきである。

では、透谷は、自我と超越的なものとの中間項としての国家や社会にまったく無関心かと言えば、決してそうではない。かつては民権壮士群の一端に身を置き、地方民権政治家の吉野泰三の政治活動に理解を示し、政治から離れた文学の現状に憂憤を抱いたことより思えば、政治への眼差しは決して逸らされてはいなかったのである。しかし、自我を超越的なものに直結させ自我観念を肥大化させると、国家や社会は自我を抑圧し閉じ込めた牢獄として映じることになる。

では、自我の肥大化するロマン主義が、功利主義に走らない経世意識へと反転する契機は存在するのか[43]。自我意識が社会的に未成熟な明治中期において、自我と普遍との連関の中に国家を位置づける政治思想の構築は可能なのか。その問題は人生相渉論争から派生した文学史論について考察を進めることにする。

第三節　愛山の明治文学史観とその特徴

一　文学史論の構成

人生相渉論争は、近代化過程における維新の精神の捉え方に一石を投じることになった。その上で、「早急かつ単純に論争の勝ち負けを引き出そうとするのではなく、文学観・文学史の問題もとらえていく必要がある[44]」という平岡敏夫の指摘は、「英雄」対「俗物」の勝負という先入観に対する警告として留意する必要がある。この論争は、愛山・透谷がそれぞれの文学史の叙述に発展したのである。しかし、実際に書かれた文学史は、彼らの同時代に至るまでの明治国家の精神的課題を掘り下げる一種の思想史であった。

透谷が「人生に相渉るとは何の謂ぞ」を発表すると、愛山はこれに応じて「明治文学史」を『国民新聞』に発表した。これは三月一日から五月七日まで七回にわたって連載された。透谷もこれに並行して、「日本文学史骨」を『評論』に連載を始めた。これは四月八日に始まり、五月二〇日まで四回の連載が行われた。透谷は包括的な日本文学史の叙述を念頭に置いて、まず明治文学に取りかかったので、彼自身がその部分を「明治文学管見」と称していた。結局、明治文学しか扱わなかったので、以下「明治文学管見」と呼ぶことにする。

彼らの論争の発端は文学の事業性の評価であった。しかし、本質的には思想史である文学史構想を樹立する作業は、単なる文学概念論争に留まらず、各々の文学が時代の思想的課題をいかに担うかを、自らへの問いとして発せざるを得ないことになった。従って、彼らの文学史構想は、同時代の思想的課題を論ずる一種の政治思想としての意味を持つことになる。ここでは、愛山との差異を通して透谷の思想を映し出すことを念頭に置いて、愛山の明治文学史観に示された思想史論を検証したい。

二　愛山における思想の意義

「明治文学史」によれば、愛山が文章を事業と呼んだのは、「文章は即ち思想の活動なるが故なり。思想一たび活動すれば世に影響するが故[45]」であった。世への影響とは、「此世を一層善くし、此世を一層幸福に進むること[46]」（同上）を意味していた。彼は善と幸福を物質的生活のものとは考えていない。上述の通り、愛山は決して目先の利しか見ない姑息な功利主義者ではない。しかし、国家社会のためという意味で功利主義的要素を認めるならば、通俗的な功利主義とは一線を画する概念として理解しなければならない。

愛山は文学を「思想の表皮[47]」と呼んだが、これは「思想（文章）をおうものという意味[48]」と解される。文学に含まれる思想の存在こそが事業性の意味をなすものであるが、思想を表現するには相応の修辞があると考える。しかし、彼にとっては、「修辞を以て直ちに文学の全体なりとするものは未だ文学を解せざる者なり。修辞は唯文学の形式なるのみ[49]」（同上）と批判したように、思想を第一としている。

愛山は精神と修辞の両面を念頭に置きつつ、明治の「思想の変遷」を三期に区分して考察する。第一期は「極めて大胆なる、極めて放恣なる、而して極めて活発なる現象を有する時代[50]」(同上)で、福澤諭吉ら明六社に代表される啓蒙思想をその精神的潮流の中心とする。それは封建社会の因襲に挑み、打破し変革していく開化の奔流が時代を覆っていた。やがて開化の奔流が沈静化し、第二期の「回顧の時代」では、成島柳北や栗本鋤雲らのような維新に背を向けた旧幕臣のジャーナリストが歓迎された。しかし、それは一時的な休息のようなもので、時流は前進する。中江兆民や馬場辰猪ら自由民権運動の理論家たちに示されたように、「回顧的退歩的の潮流に抗し民心を激励鞭撻して此切所に踏み止り更に進歩的の方角に之を指導せんと[51]」(同上)する時代でもある。第三期は「現世紀の思想を顕し、現世紀の感情を歌ふべき文体を発見せんと努力[52]」(同上)する時期、すなわち修辞が模索される時代である。言文一致体のような新しい文体もこの時期に成立した。

三　田口卯吉論と福澤諭吉論

愛山自身はこの第三期に位置して透谷との論争の場に立ちつつ、この思想の潮流を遡及すべく考察を進めるのである。彼は第二期から田口卯吉、第一期からは福澤諭吉を取り上げる。この考察は前節でも述べたように、彼の言う文学が世に相渉るとは高次元の精神的意味である旨を、透谷に反論して進めたものである。彼はこの考察を「批評」と呼ぶ。批評とは、愛山によれば「他人を正しく書かんと欲する[53]」(同上)ことである。

愛山は、田口卯吉を「少かの学問を有する人の如く見ゆべし、彼文学は美文的の技術に乏しきが如く見ゆべし[54]」(同上)と評し、学識が深くなく美文家でもなく、史論や経済論にはいろいろと批判される余地があると言う。性格は独断にして狭隘であるとも言う。しかし、その一方で田口について、すぐれた理解力、理路整然たる数学的頭脳、先見性、議論において真面目であること、確固たる自信、精細な作業などを美点として列挙する。さらに、毀誉褒貶相半ばする田口の人物評価とともに、田口が自由貿易論者として世上に評価されたことを指摘する。彼の本領は『東京経済雑誌』に拠って、自由放任主義の経済理論の実施を主張したことであった。しかし、政府の殖産興業政策は経済の近代化を目指すものの、内務省を中心とする政府主導型の政策であった。彼の主張は、そのような官営事業推進論を批判するものであった。但し、愛山は田口の経済学説の是非については論及していない。

愛山が田口を文学史の対象として把握したのは、田口の史論『日本開化小史』の故であった。愛山は田口が鋭敏な観察眼を持って「思想の発達と物質的の進歩」[55]（同上）を述べたことをすぐれた点と見る。その一方で、田口の史論が人物を重視しないことを欠点として指摘する。愛山によれば、田口は因果関係による叙述を進めるために、時勢を逸脱する「英雄」を描くことができないとする。彼は精緻な論理によって筆を進める能力は高いが、詩人的な直感を欠くが故に、平凡な人物描写に終わるとするのである。

次に、愛山は第一期の代表として福澤諭吉を取り上げる。彼は開化期の啓蒙活動で一世を風靡し、開化期の代表的思想家として取り上げるには最適の人物であろう。福澤は愛山の言う「才子」である。ここに言う「才子」とは「智慧を有する人」[56]（同上）のことであり、「智慧」とは人間の内より発するもので、「実地と理想とを合する者なり、経験と学問とを結ぶ者なり、坐して言ふべく起つて行ふべき者」[57]である。

愛山が福澤を「才子」の中に数えるのは、彼がただ博学の人ではなく「事実の中に活くるの人」[58]（同上）であったからである。すなわち、その著作において同時代の人々の姿を生々と伝え得るのも、その事情によるとする。その他、平民主義に立つこと、実務的能力に恵まれていること、文章が平易であること、語るところが人生経験に基づくことなどを、福澤の美点として指摘している。愛山はこれらの特質を備えた福澤について、「天職は日本の人心に実際的応用的の処世術を教ふるに在り」[59]（同上）と評価するが、その一方で、「彼れは一党派の首領のみ、国民の嚮導者には非ざる也」[60]（同上）と批判する。

愛山にとっては、福澤の主張は平凡な実生活を送るための処世術と見えた。啓蒙を通じて凡庸な人物が形成されても、国家社会をリードするほどの「英雄」は出現し得ないのである。現状に満足できずより高い理想を求める人心にとっては、宗教や哲学が必要であるにもかかわらず、それを視野に入れない彼は国民の指導者ではないとするのである。

明治文学史構想では、田口卯吉と福澤諭吉を取り上げるに留まった。透谷の文章事業論批判を受けて立ち、詩的精神の論理に応酬するには、田口や福澤では役不足の観は否めない。しかし、田口や福澤を批評の対象とするのは、文学の事業性を掲げる史論家としては当然のことと言える。田口や福澤は、それぞれ文明史論家または啓蒙思想家として時代の急務に応える著述をした。彼らの評価が透谷に対する有効な反駁となったかは疑問である。愛山は福澤を世間的な意味での功利主義者として理解している。明六社の啓蒙運動が文明開化の理論的支柱として機能したことは否定していないが、思想的に深みのあるものとは考えていない。彼は明治文学の第一期がそのような人物に代表されるものと考えたのである。封建的因習を打破するには、福澤のような実際的な「才子」が啓蒙運動の旗頭にふさわしい。田口の『日本開化小史』は、一八七七（明治一〇）年から一八八二（明治一五）年にかけて出版された。彼の文明史論を貫く立場は、「貨財に富みて人心野なるの地なく人心文にして貨財に乏しきの国なし、其割合常に平均を保てる事、蓋し文運の総ての有様に渉りて異例なかるべし[61]」（『日本開化小史』）と述べているように、経済と人心の相互関連から文明の進歩を把握することであった。田口が第二期の代表として取り上げられたのは、その自由主義思想が時代を風靡していたからであろう。

愛山の文学史論は結局は何を示したのであろうか。第三期まで言及することなく、幕末以前にも遡及しなかったため、文学史としての体裁は不備であったが、「明治文学史」における文学概念の構成要素として、思想の表現の手段であり、しかも、その言説が時代の課題に対応すべきであることが指摘される。そして、その言説は歴史を貫流する高遠な精神的価値の反映でなければならなかった。もちろん、この立場は「頼襄を論ず」ですでに到達していたものである。愛山は透谷の論争に対して、時代の課題に思想的に対応するという意味での功利主義的な文学概念を確認することに留まったのである。

第四節　透谷の明治文学史観における思想

一　他界観をめぐって

透谷の「明治文学管見」は、彼によれば、愛山への再挑戦を意図するものではなく、「日本文学史の一学生」（「明治文学管見」）（二：一四七）として明治文学の展開の中に示された特質を解明しようとするものであると言う。しかし、愛山を意識せざるを得なかったのは当然である。透谷は「文学が人生に相渉るものなることは余も是を信ずるなり」（同上）（二：一四八）と言う。これは愛山が、透谷の文学非事業論に対して、高次元の意味においての文学事業論を述べたことへの再反論と考えられる。愛山が文学を世に益する目的を持って、英雄の剣を揮うがごとく、空の空を突くことや「華文妙辞」を退けて、人生に相渉るものであるとする主張に対して、透谷自身は文学が人生に相渉るものではないとは言っていないと反論する。

透谷が「人生に相渉るとは何の謂ぞ」において主張する超越志向は、単なる厭世ではない。彼は超越的なるものを「他界」と表現する（「他界に対する観念」）。彼の言う「他界」とは、人界の外に存在する物的世界ではなく、まして幽霊や妖怪変化の跳梁する猥雑な「異界」ではなく、想念において相渉るべき世界である。ロマン主義的世界観によれば、自我が観念的に直結する普遍的なるものである。文学とは「他界」に感応することによって発せられる自我の表現なのである。

透谷にとって、文学が人生に相渉るとはこのようなことであろう。「眼を挙げて大、大、大の虚界を視よ、彼処に登攀して清涼宮を捕握せよ、清涼宮を捕握したらば携へ帰りて、俗界の衆生に其一滴の水を飲ましめよ」（「人生に相渉るとは何の謂ぞ」）（二：一二三―一二四）と述べているのは、詩人の使命として「他界」に相渉ることの主張と理解されるであろう。人は現実的な現象世界を離れることはできないが、存在理由を失ったところから始まる自己探求においては、他界を求めて遍歴する精神的境位と同質の営みを見ることができる。

このような超越性の観念をモチーフとした文学は、『神曲』、『失楽園』、『ファウスト』などの類似性が認められるが、日本文学の発展の中で見出せないのは事実である。従って、透谷は超越性と永遠性の価値による文学の創造を、愛山への批判を通じて自らに課すことになったのである。

二　精神の自由について

透谷は「明治文学管見」において、美の要素として、「快楽」と「実用」を指摘する。彼によれば、快楽とは「美しきものによりて、耳目（Sight and hearing）を楽します」（「明治文学管見」）（二：一五三）ことを言う。すなわち、美によって生起する感性の働きが快楽である。美的なものへの感受性が高まれば、低次元の快楽からさらに進んで、究極的には「道義の生命に於て、快楽を願欲するに至る」（同上）（二：一五三）ことになる。それは国民が最も進歩した状態にあるときである。

実用は欲望より生じる。しかし、「物質的人生」とともに「道義的人生」が進歩するに及んで、欲望も物質的な充足を追求することから、人間の道義性を充足することへと昇華される。こうして、快楽と実用とが純化されて、「道義的人生」に相渉ることになる。美と道義が文学によって統一された状態の出現が、「人生相渉」の理想の姿とされるのである。

しかし、現実はそうではなかった。透谷は江戸期においては、実用と快楽がそれぞれ分離して、封建的身分に対応して文学を形成していたことを指摘する。武士の文学は倫理という実用の要請の下に成立し、町人の文学は快楽を目的としたものであると言う。前者は儒学を、後者は俳諧、戯曲、小説などをそれぞれその内容とする。幕府が林家を通じて振興かつ統制してきたのは朱子学であったが、陽明学や古学などの諸学派が並立して、儒学は決して一枚岩的な構造であったわけではない。しかし、儒教倫理は通俗化しながら「政道」の原理に拡大適用されていった。支配の立場から文学が「倫理の圏囲に縛せられて、其範囲内に生長したる」（同上）〔二：一六六〕ことは、江戸文学の特徴をよく捉えている。

透谷は武士が支配権を独占した故に、町人階層の中に「純然たる虚無思想」（「徳川氏時代の平民的理想」）〔一：三五六〕が生成したと言う。ここに言う虚無思想とは、「己れの霊活なる高尚の趣味を自殺せしめ、希望なく生命なき理想境に陥没し入らしめ」（同上）〔一：三五八〕られた精神的状況を言う。政治から疎外されたため、ひたすら非政治的世界に没入することで形成されたのが彼の言う快楽志向の文学なのである。元禄文学の理想として現われた「粋」の観念は、政治からの疎外による倒錯の現われであった。化政文学には、迫りくる「内憂外患」的状況をよそに、遊び、洒落、怪異、グロテスクなど、およそ天下国家や人倫の問題とは異次元のテーマが少なからず見られたことも倒錯現象のヴァリエーションであった。

透谷によれば、人間の精神は自由なものである。人は外的束縛よりも、まず自己の内面に従うものである。従って、倫理道徳は「人間を盲目ならしむるものにあらずして、人間の精神に愬ふるもの」（「明治文学管見」）〔二：一六二〕でなければならないのである。このような自由な精神こそが、偉大な事業をなすのである。「東洋最大の不幸」は精神の自由を知らないことと言うが、それは「政治的組織」について言うべく、「宗教」においては精神は自由である。ただ、政治と宗教とが相渉らない限り、「公共の自由なるもの」は成立することがない〔二：一六四〕。

しかし、近世日本の宗教状況の現実は、彼の言うような精神の自由を確立する水準にはなかった。この人間観を持って江戸文学を把握すると、内面は自由であるにもかかわらず、政治から疎外されているが故に「虚無」の心象世界に韜晦していくものと理解されるのである。透谷は人間の内面は本質的に自由であるという近代的人間観を、超歴史的観念として設定したのである。

三　明治国家における政治的自由

透谷は、江戸期の「平民」が精神は自由であるにもかかわらず、政治的に自由でないところから韜晦のポーズを取らざるを得なかったとする理解に基づいて、この状況を大きく変革したものとして明治維新を把握する。透谷は次のように述べている。

> 維新の革命は政治の現象界に於て旧習を打破したること、万目の公認するところなり。然れども吾人は寧ろ思想の内界に於て、遥かに偉大なる大革命を成し遂げたるものなることを信ぜんと欲す。（「明治文学管見」）〔二：一六六—一六七〕

このように説明する「大革命」は政治上の活動より生じたのではなく、「平民は自ら生長して思想上に於ては、最早旧組織の下に黙従することを得ざる程に」（同上）〔二：一六七〕進んだ結果の変革であると言う。彼は維新の原動力を精神と考えたのである。この原動力によって、「武士と平民とを一団の国民となしたるもの」（同上）〔二：一六七〕という変革が生じた。彼にとっては、この「国民」こそが実用と快楽に分断されていた文学に代わって、明治の新しい文学を担うものであるはずであった。ここに、明治の「国民」の精神の指導者が求められる。

彼はそれを明治の現実において検証しようとし、まず愛山と同様に福澤諭吉を取り上げる。福澤の啓蒙性については、文明開化期に果たした歴史的意義という点で高く評価される。しかし、透谷は福澤の本領を「泰西の外観的文明を確かに伝道すべきもの」（同上）〔二：一七二〕と考え、「国民の理想を嚮導したるものにあらず」（同上）〔二：一七三〕と透谷から見た福澤の限界を指摘する。この福澤論は愛山と共通するものがある。

さらに、福澤と並べて中村敬宇を取り上げるが、中村についても西洋文明の流入に尽力した啓蒙家という評価に留めている。すなわち、透谷にとっては、開化期の文学は外面的な西洋文明の紹介という実用としての性格が強く、人間の内面を変革するほどの役割を担っていないと考えた。戯作文学系の仮名垣魯文や成島柳北に至っては、「指揮者をもたざる国民の思想に投合すべきもの」（二：一七二）（同上）にすぎなかった。

透谷が「明治文学管見」の展開過程において、明治国家を視野に入れて議論を進めたのは、文学を政治的イデオロギーの表現手段と考える政治的功利主義の発想からではなかった。しかし、文学的言説は歴史的社会的現実の磁場で結晶するものであるから、表現行為の主体の政治的位相を考慮する必然性が生じるのは当然である。彼によれば、文学の結晶の核となるものが精神にほかならなかった。彼は明治維新の政治的変革が精神の変革を保障したのではなく、精神の変革が政治的変革を可能ならしめたとする。精神が思想として結実するとき、思想を接点として政治と文学が連動すると考えたのである。

透谷は維新期を旧制度の破壊と新制度の建設とが併進する混沌の時代と考える。明治国家はこの混沌の克服を通じて確立したのである。彼によれば、外交問題こそ「国民の元気を煥発するもの」（同上）（二：一七六）であり、尊王攘夷運動はまさに「国民」の精神の覚醒そのものであった。これが明治維新の変革へと続く。「国民」の精神は変革の成功により一旦は「沈静」するが、実は「潜伏」であって、再び「発動」して自由民権運動の勃興となる。さらに、自由を求める精神は国家を突き動かし、明治国家を立憲体制へと転換させていく。彼はこの状況を、「個人的精神は長大足の進歩を以て、狭き意味に於ける国家的の精神の領地を掠め去れり」（同上）（二：一七八）と述べる。彼は、政府がこの動向に対応すべき方策を持っていないことを指摘して筆を折っている。

透谷の維新過程の捉え方は平板で、しかも楽観的である。彼は明治維新から自由民権運動への発展過程の原動力を「精神の発動」とし、政治的社会的諸要因をまったく考慮していない。北村家の歴史的環境や透谷の自由民権運動の挫折体験を考えると、彼が「国民」の成立の実態を、手放しで礼讃できたかどうかは疑わしい。明治憲法体制も「個人的精神」の進歩が勝ち取った結果ではなかったが、透谷は「精神の発動」に期待をつないでいた。

愛山が主張する立憲国家をリードすべき英雄の活動も、ある意味では「精神の発動」であった。しかし、彼の場合、明治国家の現実認識に立脚した上での主張であった。それに対して、透谷は、国家の歴史的変遷の根底に精神的自由への欲求が存在すると考えた。「精神の発動」はその欲求の発現にほかならなかった。この観点からは、歴史的事実関係は軽視され、それを貫いて普遍的な価値を実現しようとする個人の精神的営為が期待されることになる。彼の文学史構想に言う第三期の同時代にあって、そのような課題を担うべき文学は当然彼自身に課せられるべきものであった。

第五節　「国民」文学への旋回と挫折

一　内部生命の思想

「明治文学管見」は人生相渉論争の開始よりわずか半年に満たないうちに中絶されてしまった。中絶の理由については、透谷が明治国家の歴史的現実に対する楽観論により中断は必至となったとする色川の見解[62]に対して、佐藤善也は「「精神」の自由の追求の軌跡として文学史を叙述してみようという野心[63]」を中断の理由と考える。

確かに、楽観論を掲げ続ける限り、明治文学史の構築が現実離れの隘路に陥っていく可能性は否定できない。彼が「日本文学史の一学生たらん」と言っているが、愛山との論争の流れから考えて、彼が真摯に考察することを意図した対象は明治文学の行方であったであろう。その意味では、「明治の革命」の原動力としての「精神」の役割を認識することで、現状批判としての「文学史」の叙述は一応完了したのではないか。

次の課題としては、自己探求として文学を模索する意味で、「精神」の役割を追求することに進んだのではないかと考えられる。佐藤の見解に近いが、文学史の叙述よりも、精神の自由の探求の方に彼の関心のウェイトを重く見る考えである。彼は壮士への批判と訣別を自覚したが、壮士的経世意識を公共性の高い文学の創造へと反転させることに苦闘していた。精神の自由の観念は、苦闘から派生した人生相渉論争の中から紡ぎ出した論理であった。彼の自己探求が新たな局面に入ったとも言える。

文学史論における自由な精神に関する言説を発展させたものが、一八九三（明治二六）年五月二〇日の『評論』第四号の誌上に発表された「内部生命論」であった。彼は「文学は時代の鏡なり、国民の精神の反響なり」（「明治文学管見」）〔二：一六八〕と述べているように、文学は時代の活動の産物であるとともに、精神を写すものと考えた。それは時代の表層に浮上した人間の諸相に象徴されるものとして描かれるべきであった。

透谷によれば、精神の自由の政治的変革の原動力であった。明治維新から自由民権運動への推移は、「精神の自由」に起因するものと理解された。しかし、文学が時代の精神を写すものとして未発達であることが問題であった。自由民権運動の凋落以後の国家的課題を、「精神の発動」の視点からいかに捉えるのかも重大な課題であった。これは文学史の叙述という形式では把握し切れない思想的課題であった。ここに「内部生命論」が書かれた理由がある。

透谷は「内部生命」を次のように説明する。

善悪正邪の区別は人間の内部の生命を離れて立つこと能はず、内部の自覚と言ひ、内部の経験と言ひ、一々其名を異にすると雖、要するに根本の生命を指して言ふに外ならざるなり。（「内部生命論」）〔二：二四五〕

彼は徳川時代の儒教道徳を例に挙げて、人間の内部生命に立脚しない限り、「今日の僻論家が勅語あるが故に忠孝を説かんとすると大差なきなり」（同上）〔二：二四三〕と述べていることから考えて、生き方は内面に依拠すべきであったと理解される。すなわち、透谷は権威の力を借りて倫理を強制することを批判し、自由な精神によって主体的に倫理を確立すべきであると主張するのである。彼にとっては、明治憲法と教育勅語を通じて、国家によって権威主義的に籠絡された「臣民」には内部生命は確立されていないことを意味している。

彼は「詩人哲学者の高上なる事業は、実に此の内部の生命を語るより外に、出づること能はざるなり」（同上）

〔二：二四五〕と述べて、哲学とともに文学が内部生命の語りをその事業とすべきことを主張する。その上で、彼は文学における写実派と理想派との差異を強調する。彼はその差異を、写実派は内部生命を客観的に観察するが、これに対して、理想派は主観的に観察するものであると説明する。しかし、透谷は写実派についてはこれ以上の説明を加えていない。

彼は理想派の観察の仕方を、理想の「極致を事実の上に具体の形となすもの」（同上）〔二：二四七〕とするが、詩人にとってそれを可能とするものがインスピレーションであると考える。彼は、「インスピレーシヨンとは宇宙の精神即ち神なるものよりして、人間の精神即ち内部の生命なるものに対する一種の感応に過ぎざるなり」（同上）〔二：二四八〕と考える。この観念は、インスピレーションを介して、個人が内面において普遍的なものと結合するロマン主義的精神構造を示している。

しかし、なおも問題が残っている。彼はその理由を示していないが、普遍的なものについて何も述べていないのである。彼の自己探求は、壮士的正義に代わるべき普遍的価値を獲得しない限り未完である。明治文学史論によって精神の自由の意義を認識し、さらに内部生命の主張へと議論を進めた後は、ロマン主義からいかに国家の現実に旋回するかという課題が残っていた。

二　国民観への旋回

「内部生命論」は続編が予定されていたが、ついに執筆には至らなかった。どのような論旨を展開するつもりであったかは不明であるが、「内部生命」そのものについては論を尽くしていて、これ以上補足する必要はなかったのではないかと考えられる。むしろ追求すべき課題は、「内部生命論」で論及しなかった『理想』の概念を明らかにすること、及びそれをもって明治国家の変革にいかに関わっていくかであった。それが、七月一五日の『評論』第八号に発表された「国民と思想」に示されるものである。

彼は「一国民の心性上の活動を支配する者」として、「過去の勢力」、「創造的勢力」、「交通の勢力」の三つを挙げる。「過去」とは単なる物理的時間の堆積ではない。幾世代もの人間がその中で去来しつつ連綿として担ったことによって、歴史的事実として存在する伝統である。それは「現在」を規定し、永遠に守ろうとする態度として現われる。「創造的勢力」とは、透谷が「湖水を動かして、前進せしむるもの、之なくては思想豈に円滑の流動あらんや、之なくては国民豈に、進歩的生気あらんや」(「国民と思想」)〔二：二六九〕と述べているように、伝統の上での安眠を破り、「現在」を超えようとする内発的な力である。国民の「進歩的生気」は創造的勢力の形勢に影響される。

透谷は「創造的勢力」と併せて「交通の勢力」を重視している。「交通」とはコミュニケーションの意で、「東」に象徴される伝統思想と「西」の外来思想の一方に固執することなく、歴史的な差異を超えて対話し交流する姿勢を主張しているのである。但し、安易な「東西」の妥協ないしは融合を言っているのでない。彼はそれを次のように述べている。

東西の二大潮が狂湧猛瀉して相撞突するの際にあり。此際に於て、能く過去の勢力を無みせず、創造的勢力と、交通の勢力とを鉄鞭の下に駆使するものあらば、吾人は之を国民が尤も感謝すべき国民的大思想家なりと言はんと欲す。(同上)〔二：二六九―二七〇〕

主張の核心は、文明開化以来の伝統と欧化の相克の下で、内発的な力と異質な思想間の対話こそが時代の変革を担うことができるということである。人生相渉論争以来の思想的文脈で捉えると、透谷の文学史論で現われたのは精神の自由の観念であったが、それは「内部生命」に受け継がれ、「国民の元気」として把握されるに至った。文明の内発的契機を重視する考え方は、後の夏目漱石の文明論にも見られる論理であるが、透谷にとっては愛山との論争における一つの到達点となるべきものであった。

透谷から見れば、「思想界」の現状は「創造的勢力」が未成長であった。

見よ、詩歌の思想界を嘲るものは、その余りに狭陋にして硬骨なきを笑ふにあらずや。見よ、政治を談ずるものは、空しく論議的の虚影を追随して停まるところを知らざるにあらずや。デモクラシーは宿昔の長夢を攪破せんとのみ悶き、アリストクラシーは急潮の進前を妨歇せんとのみ噪ぐにあらずや。（同上）〔二：二七〇〕

ここに批判の対象とされた思想状況は、文学と政治の対立に見られる軽薄な言説であり、政治思想レベルにおける民権論（「デモクラシー」）と国権論（「アリストクラシー」）のイデオロギー的対立であった。透谷はその状況を「創造的勢力」の働きによって超克しようとする。彼は伝統を誇る旧家における「姉と妹」の比喩によって、イデオロギー的対立を超える途を示そうとする。

姉の頭にはデモクラシー（共和制）といへる銀簪燦然たり、インヂビヂユアリズム（個人制）という花釵きらめけり、クリスチアン・モラリチーも亦た飾られたり、真に之れ絶世の美人なり。而して妹の頭には祖先の血によりて成りたる毛髪の外、何の有るなし。妹の形は悄然たり、姉の顔は嬌妖たり。妹の未然は悲観的なり。姉の将来は希望的なり。（同上）〔二：二七一―二七二〕

ここに言う「姉と妹」は国家体制を示すものではなく、思想的潮流としての開明主義と伝統主義をそれぞれ「姉」と「妹」に喩えているのである。政治思想としては、前者は自由民権論に、後者は国権論にそれぞれ相当するが、ここでは国家構想を含めた近代化の総体に対するスタンスの差異と考えるべきであろう。透谷はこの比喩において「創造的勢力」の意義を強調する。彼によれば、「姉妹」のいずれを娶るかは問題ではなく、双方を娶ることもあり得るとされる。「姉妹」を娶るべき主体は国民である。その主張の核心は、開明主義と伝統主義を二者択一的にイデオロギーとして固執することを否定し、双方の価値を並存させてもよいが、国民の精神の活動は減退させるべきではないということにある。

彼によれば、「心性の活動あらずして、外部の活動あるはあらず、思想先づ動きて動作生ず」(同上)(二：二七二)というもので、フランス革命の実現も、ルソーやヴォルテールが先行した故と述べる。しかし、精神の活動を保障するためには、「制度に於て、能く国民を一致せしむる舞台」(同上)(二：二七二—二七三)、すなわち政治的自由の国家的枠組みが必要となる。そのためには、リベラルな国家組織が求められ、彼自身も「余はインヂビヂユアリズムの信者なり、デモクラシーの敬愛者なり」(同上)(二：二七三)と自己規定している。

透谷は国民が「国家てふ制限の中に在て其の意志の独立を保つべき傾向」(同上)(二：二七四)を持つものであると理解する。国家に対して個人の相対的自由の主張としては、自由主義的政治思想と評価されるが、彼の関心は自由民権を現実的な制度として確立することよりも、むしろ精神の覚醒そのものにあった(64)。従って、西欧的自由主義の国家的枠組みの主張も、「国民の元気」を発掘し活発ならしめるための条件であると考える。

無論、彼は国家体制を単なる条件と決めつけているわけではないが、思想の意義を国家以上に重視しているのは事実である。彼は思想の機能を二面から説明する。水平方向への機能という意味で、実生活上の福利や改良を主張する「地平線的思想」と、超越方向への機能という意味で、人間を内面から規律する「高踏的思想」とを区別する。前者は愛山的な功利主義と同次元に立ち、その内容や目的は一般にアピールしやすいが、国民はこの種の思想のみで満足すべきではないと言う。後者は「ヒユーマニチー」を人間に伝え、「純美を尋ね、純理を探る」(同上)(二：二七六)もので、これこそが国民にとって不可欠の思想であるとする。すなわち、国家から相対的に自立し、しかも普遍的価値の内面化によって国家を変革し、あるいは支えることも可能な精神の働きの主張である。

透谷にとって、文学は国民的思想を表現し「国民の元気」を高揚することを天職とすべきものであるが、それは一国の国民への奉仕に留まることなく、現実的な国家の中で生まれながらも、それを超える普遍性を有すべきことを主張するのである。彼はそのような精神の活動の源泉を「創造的勢力」と呼んだのである。

三　未完の自己探求

近代国家の確立にとって、先進文明の導入と育成を目指す「地平線的思想」は有効な原理である。それに対して、「高踏的思想」は忠君愛国的な「臣民」形成の路線にとっては、国家主義の内面化として機能しない限りは、むしろ障害となるものであった。透谷は明治国家の厳しい現実の前に佇まざるを得なかった。一八九三（明治二六）年一〇月三〇日発行の『文学界』第一〇号に発表した「漫罵」では、現状を「物質的の革命によりて、その精神を奪はれつゝある」（二：三二四）時代と見ている。明治維新後、日本の都市景観は大きく変化した。街頭には旧来の建造物とともに煉瓦建築やガス灯が現われ、その下を和装の人々に混じって洋装の人々が往来する。鉄道の敷設、近代工場の設立など、物質的文明は確かに進歩した。

しかし、国民のための「高踏的思想」はついに湧き起こることなく、「国民の元気」を表現し、あるいは覚醒させる文学も現われなかった。透谷は、「国としての誇負、いづくにかある。人種としての尊大、何くにかある。民としての栄誉、何くにかある」（「漫罵」）（二：三二五）と悲観せざるを得なかった。安定化した秩序の中で安住する「臣民」の現状に、「高踏的思想」を語ることの空しさを痛感する。「漫罵」の末尾の一節で、「汝を圍（かこ）める現実は、汝を駆りて幽遠に迷はしむ。然れども汝は幽遠の事を語るべからず、汝の幽遠を語るは、寧ろ湯屋の番頭が裸体を論ずるに如かざればなり」（同上）（二：三二六）と、自嘲気味に述べていることがそれを示している。

しかし、透谷は決して思想的営為を放棄したのではなかった。一一月四日の『評論』第一五号で発表した「一夕観」では、茫漠たる天空を思想史に譬え、明滅する群星を思想家として、「我が心はなは彼にあり、我が読まんとする書は彼にあり」（「一夕観」）（二：三三〇）という感慨を述べている。これは、自我を放棄して自然に没入するというような、「東洋の子として悟りに入つてゐる」[65]という諦念の表明と考えるよりも、むしろ思想的営為を継続する意志を示すものと見るべきであろう。それは、彼の最後の著述となった『エマルソン』が年末に脱稿されていることからもうかがわれる。

彼は、エマーソンの思想的意義を、アメリカ人の「金是権の俗生活」に対して、「宇宙の理法、天然の宗教に耳を傾けしめ、新しい経験と新しき歴史を作らしめ、世界に比類なき新民主制を興さしめ、自然と調和せしめたるもの」(『エマルソン』)〔三：一二〕と評価する。これは、アメリカ人を日本人に置き換えれば、そのまま透谷の思想的課題となるものであった。

しかし、それ以降の透谷の思想活動はついに展開されることなかった。「高踏的思想」を追求することが、一層彼を現実とのギャップに中へ追い詰めていったのかも知れない。おそらくは生活面や健康上の負担もあったことも推測されるが、自己探求は大きく屈折して迷妄の中に行き暮れてしまったのである。その年の一二月二八日、喉を剃刀で切って自殺を図り、未遂に終わったが、その後は執筆活動が再開されることはなかった。そして、一八九四(明治二七)年五月一六日、自宅の庭で縊死自殺を遂げた。自殺の原因については決定的なことは不明である。

透谷の死によって、人生相渉論争も大きな課題を残して幕を閉じた。論争の開始から透谷の死までの一年余りの時期は、「元勲総出」の第二次伊藤博文内閣が、藩閥政権にとっての深刻な危機に直面していた。星亨の率いる自由党は伊藤内閣との妥協に傾いたが、立憲改進党などの連合する対外硬派は条約改正問題で政府を追及していた。一八九三(明治二六)年末の第五議会は、冒頭の星衆議院議長不信任案可決からの紛糾の果に解散した。一八九四(明治二七)年三月の総選挙では自由党が勢力を伸ばしたが、対外硬派も多数を占めた。五月の第六議会では、自由党も対外硬外交路線の支持に回り政府攻撃に転じた。六月に政府はまたも議会を解散したが、折から朝鮮で発生した甲午農民戦争を契機に、時局は日清開戦に向かって急旋回し、伊藤内閣は結果的に政局の混乱を乗り切ることになった。

このような内外の重大問題に直面した明治国家の指導層から見れば、文学が人生に相渉るかどうかなどは取るに足りない問題であったであろう。もし、文学が政治的現実に相渉る道を取るとすれば、愛山の文学観の方が可能性が高いであろう。彼を含めた民友社の主張する文学は、哲学や史論を含めた伝統的な観念として、社会に広く影響力を及ぼすことを目指すものであった。徳富蘇峰はすでに『新日本之青年』において、批評を本位とする「冷笑社会」を批判し、「青年ハ社会運動ノ旗頭ニ立ツモノナリ」(66)として青年の覚醒を促した。彼らは功利主義攻撃を展開した透谷を非現実的であるとして批判したが、透谷の思想は決して蘇峰の言う「冷笑者流」ではなかった。

確かに、透谷の思想は難問を抱えていた。透谷の主張明治国家の権威主義とナショナリズムの高揚の風潮の中で、彼の主張する精神の自由がいかに実現されるのかが難問であった。福澤に代表される啓蒙思想家たちも、枝盛や兆民らの民権論者たちも、文明開化と自由民権の実現という課題を国家に関わるものとして捉えていた。した明治憲法と教育勅語の成立は、明治ナショナリズムの一つの到達点であった。やがて蘇峰や愛山も国家主義に転じていった。後発的な近代化を推進し「万国対峙」の達成を目指す明治の知識人たちにとっては、国家を思想的営為の圏外に置くことはできなかった。

透谷も決して国家から自由であり得たわけではなかった。彼は文学を足場として、精神の自由を基盤とする「内部生命」の働きを探り、国民を「精神の発動」の観念によって捉えることで国家的課題にアプローチしようとした。しかし、彼は同時代の水準を大きく超えた文学を志向したが、ついに自らの手で理想の文学を創造することはできなかった。透谷が「国民の元気」を模索していた頃、徳富蘇峰は「我が国民は頭を挙げて、国民の血管を沸騰せしめ、国民の脊髄骨に強震を与ふる、生命ある文学を望み居れり」(67)(「文学社会の現状」)と述べ、「自修力」を欠きながら俗世間での名声を求める文士の現状を批判した。文学に国民レベルの精神的影響力を期待する点では、透谷と共通するところがある。蘇峰は文学が結果的に読者に娯楽を供することになるとしても、創作主体の目的は「人間社会に立ちて、真理と、善徳と、美妙とを一貫したる高尚なる博大なる真摯なる観念」(68)を描き伝えることにあると主張した(「文学者の目的は人を楽しましむるにある乎」)。

透谷と民友社系の間で、文学の社会的意義に関する理解に共有される要素があるにもかかわらず、明確に分岐するのは両者の文学に関する実践的姿勢にあるのではないか。蘇峰は自らの「天職」を「新聞記者の品格を高尚ならしむる」ことを目的とすると考えた[69]（「明治二十七年の新文壇」）。すなわち、評論家として論壇で活動することを択び取った。この姿勢は史論の意義を掲げた愛山の立場と同じである。折から日清戦争が目前に迫った時期である。対外硬派路線がナショナリズムの波頭を一層高める役割を果たしていた。

初期議会において藩閥政府と民党が対立を尖鋭化させ、帝国主義の枠組みの中で対外関係が流動化する段階に入った。しかし、たとえ対立があったとは言え、議会制度の枠組みで政治が行われる以上、自由民権運動の段階までは社会に広がっていた政治の噴出は、次第に議会をめぐる政治過程に集約されて行った。すなわち、「政治的過熱の沈静化」[70]の出現である。政治の季節に代わって思想の季節に移るとともに、相対化された政治的なるものも、論壇において政治思想として論議されるようになった。蘇峰や愛山らの民友社の言論活動は、立憲体制成立後の状況に即応したものであった。

透谷の場合、「政治的過熱の沈静化」以前に、彼自身の政治熱は冷めていた。しかし、政治的なるものの一切に無関心となったのではなく、精神性を失って自己目的化した政治運動に失望したのであって「精神の活動」によって政治的なものを捉え返すべきことを国民思想論で示そうとしたが、結局はその試みの途上で斃（たお）れたのである。

透谷は「国民の元気」の発揚を可能とするならば、民権論・国権論のいずれでもよいとしたが、明治国家の「国民」は現実には国家主義に籠絡された「臣民」であった。その閉塞状況を突き破るためには、彼が「創造的勢力」と呼んだ内発的な精神の活動が必要であった。その主張は決して国家の否定ではなく、むしろ内面から自己同定できる理想の国家の再生であった。すなわち、透谷のロマン主義は個人を普遍的価値との関係の下で国家と結びつける国家ロマン主義の可能性を孕むものであった。その思想的活動は未完に終わったが、成熟する個人主義がいかに国家主義との間に架橋を果たすのかが、明治末期の思想状況の中で問われることになったのである。

注

（1）色川大吉「透谷の政治意識」『文学』第五巻第二号、一九九四年、一二頁。
（2）大日本平和会の成立については、色川大吉『北村透谷』東京大学出版会、一九九四年、一七四頁以下、尾西康充『北村透谷研究――〈内部生命〉と近代日本キリスト教――』双文社出版、二〇〇六年、一〇八頁以下、小川原正道『近代日本の戦争と宗教』講談社、二〇一〇年、一二二―一二三頁に負うところが大きい。
（3）尾西前掲書、一四〇頁。
（4）色川大吉は、透谷の関心が現実政治ではなく、「精神」の世界に向けられていて、「世界情勢認識に甘さがある」ことを指摘する（色川前掲書、一八九―一九〇頁）。
（5）小川原前掲書、一二四頁。
（6）『民友社文学集(一)』〈民友社思想文学叢書〉第六巻、三一書房、一九八四年、二一一頁。
（7）『民友社文学集(一)』二二一頁。
（8）吉田精一・浅井清編『近代文学評論集』第一巻、角川書店、一九七一年、一七二頁。
（9）同上書、二五二頁。
（10）同上書、二五二頁。
（11）同上書、四〇頁。
（12）芦谷信和「民友社と伝統文学」西田毅・和田守・山田博光・北野昭彦編『民友社とその時代――思想・文学・ジャーナリズム集団の軌跡――』ミネルヴァ書房、二〇〇三年、二二一―二二二頁。このように、民友社の文学観は「人生乃至社会との関連を重視する傾向」を持つ故に、功利主義的との批判を受けることにもなったとされる。中晧「民友社の詩歌論――『国民之友』を中心として――」同志社大学人文科学研究所編『民友社の研究』雄山閣、一九七七年、二九二頁。
（13）丸岡九華「硯友社の文学運動」十川信介編『明治文学回顧集』（下）、岩波文庫、一九九九年、一四頁。
（14）当時の知識人の中に、貧困層へのまなざしがなかったわけではない。人生相渉論争と同年に発表された松原岩五郎の『最暗黒之東京』など、資本主義勃興期の東京の貧困層に関するルポルタージュが、透谷の同時代に発表されている。これらは明治後半期の都市下層社会の生活の証言として、貴重な資料としての意義を持っている。しかし、初期のルポは貧民の生活状況を具体的かつ克明に描写しているが、その視線は彼らを一般国民の外の存在として捉えていることが指摘される（田中和男「民友社と「探訪ルポルタージュ」」西田・和田・山田・北野編前掲書、一五五頁）。
（15）芦田信和「「人生に相渉とは何の謂ぞ」について」北村透谷研究会編『北村透谷とは何か』笠間書院、二〇〇五年、一四二頁。
（16）第一章注（7）の示す本文参照（中野重治「芸術に関する走り書き的覚書」）。

(17) 平岡敏夫は透谷が愛山との思想的距離を保持しつつも、「「思想」対「政治」、あるいは「文学」（文章）対「事業」という対比」について、蘇峰・愛山らと同じ地点に立っていたことを指摘する（『北村透谷研究』有精堂、一九六七年、一四三頁）。
(18) 中山和子『差異の近代――透谷・啄木・プロレタリア文学――』翰林書房、二〇〇四年、七二頁。
(19) 槙林滉二「透谷と人生相渉論争――反動との闘い」北村透谷研究会編『透谷と近代日本』翰林書房、一九九四年、一二九頁。
(20) 大久保利謙『山路愛山集』〈明治文学全集三五〉「解題」筑摩書房、一九六五年、四三三頁。
(21) 『山路愛山集㈠』三一書房、一九八三年、二八六頁。以下、引用に当たって『愛山集㈠』と略記する。
(22) 『愛山集㈠』二八九頁。
(23) 『愛山集㈠』二八九頁。
(24) 『愛山集㈠』二八九頁。
(25) 『愛山集㈠』二九六頁。
(26) 『愛山集㈠』二九六頁。
(27) 『愛山集㈠』一一頁。
(28) 『愛山集㈠』一一頁。
(29) 『愛山集㈠』一一頁。
(30) 伊藤雄志『ナショナリズムと歴史論争――山路愛山とその時代――』風間書房、二〇〇五年、二四頁。
(31) 『愛山集㈠』五一頁。
(32) 愛山は後年に、自らのキリスト教信仰を回想して、「「メソヂスト」教会に入会した当時から耶蘇を神として信ずると云ふことには、はつきりした信仰がありませなんだ。どうも理窟で抑へつけられて、我が中心の疑惑を強て打消して信仰を無理に心に鋳り込んだやうな感じが致してなりませなんだ」（「予が信仰の立脚地」『愛山集㈡』四一七頁）と述べている。彼はこのような信仰に関する束縛への違和感によって、教会とは距離を置くようになったが、信仰は終生保持し続けた。
(33) 愛山は自伝的小説「人生」の中で、彼の幼児期の境遇を記している。なお、以下の経歴の記述は、伊藤前掲書に負うところが大きい。
(34) 藤田省三は、愛山が「現代日本教会史論」において「総ての精神的革命は多くは時代の陰影より出づ」（『愛山集㈡』二二六頁）と述べたことについて、「時代の陰」という意識は明治維新の「敗戦者たる幕臣の出身者」のものであり、それが「キリスト教によって明治の新精神を開拓して行った」ことにつながったものと理解する（『藤田省三著作集４　維新の精神』みすず書房、一九九七年、七一頁）。
(35) 先崎彰容は明治維新期の精神状況を次のように説明する。

「明治一〇年代の思想空間では「安心立命」が、知識人の関心の中心をなしていた。精神的な空白状態にたいして、どのような世界観・人生観が必要なのかが議論されていたのだ。生きていることの意味と原理をもとめる人々の状態を、知識人は「安心立命」という言葉で表現したのだった」（『個人主義から〈自分らしさ〉へ――福沢諭吉・高山樗牛・和辻哲郎の「近代」体験』東北大学出版会、二〇一〇年、四九頁）。

先崎はこの観点から、維新の敗者の側に身を置いた愛山のキリスト教への傾斜を、自己の精神的空虚を埋めるものと捉える。この歴史的境位は透谷に共通するものと考えることができるであろう。

(36) 「第二の維新」という表現は、徳富蘇峰が吉田松陰について、「彼が殉難者としての血の濺ぎしより三十余年。維新の大業半ば荒廃し。さらに第二の維新を要するの時節は迫りぬ」（『徳富蘇峰集』〈明治文学全集三四〉筑摩書房、一九七四年、二四三頁）と述べた部分に見られる。米原謙は蘇峰の松陰論について、「意図したものは、愛山の英雄論と似たものだったのではないであろうか」と考えている（『徳富蘇峰』中公新書、二〇〇三年、一一一頁）。

(37) 『愛山集㈠』一一二頁。

(38) 『愛山集㈡』三〇一頁。

(39) 『愛山集㈡』三〇六頁。

(40) 『愛山集㈡』三〇一頁。

(41) 平岡敏夫『続北村透谷研究』有精堂、一九七一年、一七五頁。

(42) 『愛山集㈠』一一〇頁。

(43) ロマン主義の典型は、一九世紀初頭におけるドイツの文学運動に現われ、現実的なものの蔑視と自我の絶対化を思想傾向として持っていた。しかし、ドイツロマン主義は、個人の観念を古い国家概念と結合させることによって、保守主義的な政治的カトリシズムへと道を開いたとされる（R. Aris, *History of Political Thought in Germany from 1789 to 1815*, London, 1936, pp. 218-219. C. Schmitt, *Politische Romantik*, Berlin, 1968（Dritte unverandernt Auflage）, S. 182 大久保和郎訳『政治的ロマン主義』みすず書房、一九七〇年、一六七頁）。近代日本の政治的事情はドイツとは異なるが、ロマン主義的政治思想に共通性が見出されるとすれば、個人と普遍との間に国家がいかに位置づけられかという問題ではないであろうか。

(44) 平岡前掲書、一七一頁。

(45) 『愛山集㈠』八八頁。

(46) 『愛山集㈠』八八頁。

(47) 『愛山集㈠』八六頁。

(48) 吉田正信「民友社の文学観」西田・和田・山田・北野編前掲書、二一五頁。

(49)『愛山集(一)』八八頁。
(50)『愛山集(一)』八八頁。
(51)『愛山集(一)』八七頁。
(52)『愛山集(一)』八七頁。
(53)『愛山集(一)』八九頁。
(54)『愛山集(一)』八九頁。
(55)『愛山集(一)』九三―九四頁。
(56)『愛山集(一)』九五頁。
(57)『愛山集(一)』九五頁。
(58)『愛山集(一)』九六頁。
(59)『愛山集(一)』九九頁。
(60)『愛山集(一)』九九頁。
(61)『鼎軒田口卯吉全集』第二巻、吉川弘文館、一九九〇年、九頁。
(62)色川前掲書、二六七―二六八頁。
(63)佐藤善也『北村透谷と人生相渉論争』近代文藝社、一九九八年、一三六頁。
(64)「創造的勢力」観や「姉妹」の比喩からは、陸羯南の言う「国民論派」に近いと思われる。羯南は自らの立場を「国民的特性即ち歴史上より縁起する所のその能力及び勢力の保存及び発達を大旨とす」(『近時政論考』岩波文庫、一九七二年、八二頁)としている。これは「西洋の良きものはこれを摂取し、それと日本の良き伝統とを接合」(田中浩『近代日本と自由主義』岩波書店、一九九三年、一一頁)することを目指すものであった。
(65)唐木順三「自殺について」『唐木順三全集』第三巻、筑摩書房、一九八一年、三四九頁。
(66)『徳富蘇峰集』、一一八頁。
(67)『民友社文学集(二)』六二頁。
(68)『民友社文学集(二)』二二頁。
(69)『民友社文学集(二)』六五頁。
(70)松本三之介『明治思想史』新曜社、一九九六年、一五七頁。

第四章　石川啄木のロマン主義的政治思想

第一節　啄木論の視角と課題について

一　啄木論の視角

前章までの北村透谷の思想の考察において導き出したことは、経世の志の挫折からの反転を模索する自己探求を契機として文学が紡ぎ出され、その中で内面的世界の絶対性を追求しつつ、国家の意義を認識する思想的道筋を描き出したことであった。しかし、彼にとっての理想的国家像を明確に示すことには至らなかった。藩閥勢力が明治国家をリードする日清戦争前夜の時期において、自我を絶対化し内面において普遍的なものと直結するロマン主義的思考は、自我と普遍の間に介在すべき国家のあり方を描き出すことはできなかった。

本章では、透谷が残した課題の道筋を結果的に歩むことになった思想家として、石川啄木を取り上げたい。透谷より後の世代にとって、経世の志を抱いて政治活動に奔走するのは遠い過去の話になっていた。啄木の文学活動はまったくの非政治的状況の中で始まった。しかし、逆説的ながら彼が文学に没入しようとすればするほど、苛酷な現実によって政治を視野に入れざるを得なくなったのである。但し、そのことは啄木が自覚的に透谷の課題を継承したということを意味するものではない。啄木の文学・思想を考える場合、彼が意図すると否とにかかわらず、啄木の問題意識の中に、透谷の残した思想的課題のうち、個人主義と国家主義の間に架橋を果たす課題が共通項として存在していると思われるからである。

啄木の作品論や伝記研究についてはすでに大きな蓄積が存在する。それらを通じて確立された啄木像は、貧困や病気などの重圧に喘ぐ実生活から生活感情を短歌として紡ぎ出した一種の社会派的な歌人として、文学史的に位置づけられていると言ってよい。この傾向の故に、彼の短歌は民衆の生活感情を代弁するものとして市井に広く膾炙(かいしゃ)された。特に、晩年の平易な言葉で素直に生活感情を表現した短歌が、中学校や高校の国語の教材とされることも多く、それ故に時代を超えて多くの愛読者を保ち続けた一方で、通俗的な青春歌人あるいは社会派歌人のような、ある一面を強調する評価が固定した結果となったことは否定できない。

戦前では、彼の社会的関心を重視することによって、彼を先駆的な社会思想家として捉える見解が、特に社会主義思想やプロレタリア文学の立場から主張された。例えば、「革命思想を抱ける少数敢為なる労働者の群には、永久に涙をたゝへて高誦すべき文字[1]」(荒畑寒村)、「過去に於ける唯一無二のプロレタリアの詩人、作家、然して卓抜なる文芸及び社会評論家[2]」(武藤直治)などが典型的な評価である。

これに対して、戦後の研究では、啄木の短歌や小説を含めた文学活動全体を評価の対象とすることによって、彼の全体像を再構築しようとする視点が現われた。窪川鶴次郎は「文学全体あるいは個々の言説にあてはめ、これに尾びれをつけて値うちを過重に押しつけるか、あるいはあてはまらぬところは切りすてていく[3]」という、従来のアプローチの問題を指摘している。その結果、戦後の研究では、啄木の実生活上の「落ちこぼれ」としての人間的な弱さを含めた、新たな啄木像が成立することになった。

啄木研究において、啄木の人間性や生活苦などを根底に置いて思想に論及することは、思想史研究の観点からも望ましいことである。啄木の言説には、時局に関する発言も決して少なくはなく、「徳富蘇峰や内村鑑三ら思想家に見られる警世意識[4]」を見出す評価もある。彼の文筆活動が明治末期に限定された時期であるから、彼の経世意識は明治国家の転換期の状況を反映した政治思想としての特質を帯びることになった。

しかし、啄木の思想の研究が、啄木の歌人と評論家との分断に逆行してはならない。評論研究について、その主題に関心を集中させることによって、「啄木の思想の変遷を辿る素材としてつまみ食いされてきた嫌いがなきにしもあらず[5]」という批判は、真摯に受け止めなければならない。

その意味では、松本健一の評伝的研究は、啄木の思想的原点とも言うべき内面的状況に視点を定めていることに注目される。松本は啄木文学の原点を、生活感情から言葉を汲み上げつつも生活人としての自己に抵抗する姿勢に見出した。すなわち、近代日本においては、〈知〉としての文学は〈非知〉なる実生活から遊離したところに成立した。啄木自身もそれ故に実生活からの手痛い「報復」を受けつつも、そこから出発して、「同時代史的な実感から言葉を生もうとしていること[6]」に向かうことになる。それは啄木において文学が〈非知〉の世界に歩み寄ろうとすることである。彼にとって文学とは同時代の民衆や知的青年たちの感情に言葉を与え、思想にまで高めるための未完の闘いであった。松本は、啄木が政治を内面化することによって文学の言説を紡ぎ出す過程の考察を重視している。

鹿野政直も啄木の思想家としての側面を重視し、彼が生活苦の中に投げ出されることによって、「〝生活者〟の視点の樹立[7]」を通じて、国家や社会の問題に関心を深めることになったと考える。そして、晩年の評論活動の中で紡ぎ出された政治思想のイデオロギー批判に議論を進めている。彼の国家観については、強権として迫り出す国家に対して正面から向き合う姿勢も、最晩年の社会主義への傾斜も、その根底に生活者としての視点が生きていることを重視する。

橋川文三は近代日本の思想状況における国家意識の変化を、啄木を含めた世代的特徴の面から捉えようとした[8]。明治末期における国家意識の変容は、一九〇八（明治四一）年の戊申詔書による国家的忠誠の回復の試みに象徴される。その背景には、個人主義の台頭と裏腹の国家的忠誠の減退状況が現われたことが指摘される。橋川はこの変化を、昭和戦前期の超国家主義（あるいは昭和維新）の精神的前提を形成したと考えて、啄木の論説「時代閉塞の現状」に示されたような時代閉塞感を、思想史的視点から捉えることで啄木論を展開している。

橋川は明治末期に出現した自我意識の覚醒と人生の意味喪失の「煩悶」を、この時期における日本人の精神状況に生じた「精神的な大亀裂」[9]の現われと捉えている。それを前提として、啄木をその文学創造及び実生活の両面における行き詰まりに悩む姿を閉塞状況の代弁者的位置に置き、その突破口を模索する過程で国家の存在意義を認識していったとする。

啄木は同時期に社会主義にも傾斜しているので、国家主義との関連をどのように理解するかが、思想史的研究の上で論争にもなっているが、橋川は思想の内容を啄木独自のものとするに留め、積極的な内容分析には論及していない。啄木の社会主義思想がどのような性質のものであるにせよ、「時代閉塞」的状況の中で屈折した社会意識と関連していることは、諸氏の研究で共通認識となっている。しかし、彼を社会主義者とするかどうかの一点に集中するイデオロギー暴露は、啄木思想の「つまみ食い」に逆行する恐れがないとは言えない。研究の上では実りある成果を示すものであるとは思われない。さらに、彼の社会主義への傾斜は肯定されても、その社会主義思想の内容については議論が分かれる部分がある。この問題については、次章で論及することとして、本章では、彼のロマン主義段階の思想を、人間形成との関連において議論を進めたい。

二　初期の思想の評価について

啄木の思想的変遷は、ロマン主義、自然主義、社会主義と三つの時期に区分されるとする把握が通説的理解である[10]。この思想傾向の変化の過程において、次第に政治的なものに関する言説も変容していくことが認められる。彼の短い生涯の中で、敢えて思想的発展上の初期段階を区分するとすれば、ロマン主義がこれに相当する。彼は透谷のように一〇代後半期に政治活動にコミットすることはなかったが、若くして社会に出ることを余儀なくされ、しかも日清・日露戦間期の国家主義高揚に時代状況の下であったことが、彼の政治意識を形成することになる。

啄木を政治思想史的文脈において考察する場合、ロマン主義段階から社会主義段階に至るまでに国家意識がいかに変遷したかに注目される。彼の思想的変遷は文学創造の源泉とも関係が深い。初期の明星派的なロマン主義的短歌が、『一握の砂』や『悲しき玩具』の社会派的な歌風に変化していったことに、彼の自己探求の道筋を読み取ることができる。松本健一は啄木の生涯を、「石川啄木の生涯を貫いているのは、たえざる闘いである。しかも、その闘いは、自己否定といったかたちをとらざるをえなかった[11]」と表現している。

松本の言う「闘い」とは、啄木自身の生活苦との闘いという意味ではなく、生活苦を余儀なくさせる社会や因襲との闘いであるとしている。彼は文学の道を進むことによって、革命的な闘争をするのではなく、社会的に逸脱する生き方を選ぶことになるが、それ故にいつまでも安住の地が得られないことを実感せざるを得ないのである。彼は現実には故郷喪失状況に陥り流転の生活を送ったが、その状況の本質は社会生活上の安住の場の喪失というよりは、生き方の根拠を見出せないニヒリズムであった。本書のキーワードとしての「居場所」の喪失であった。その意味では、彼の抱えた「闘い」は、明治日本におけるニヒリズム的思想状況の中で、自己探求を不断に続けることであった。「闘い」の場こそが文学であった。従って、啄木の文学は自らの生き方を問う視座から、政治との関わりに踏み込んでいくことになるのである。

「戦雲余録」や「渋民村より」など、啄木の政治的言説として比較的初期のものには、日露戦争に対する愛国主義的国家意識の表明が見られる。この段階における啄木に素朴なナショナリズムを見ることは、すでに啄木論の定説的見解となり、その観念が、進行する彼の生活破綻と文学をめぐる幻想剥離の中で変貌していくとする捉え方も、彼の生活史に関する実証的研究において確立されている。啄木の貧困生活は有名なことで、それが彼自身の個性に起因すると理解される部分も少なくない[12]。しかし、思想史的文脈において考察する場合、生活史は思想変遷の外的条件の一つとして考慮すべきであるが、時代状況に対して発言しようとする内面的契機、そして彼を自己探求の道に駆り立てていく歴史的環境が重要な役割を持つことになるであろう。

第二節　ロマン主義の原基形成

一　啄木の歴史的環境

ここでは、啄木の思想史的考察の前提として、彼がロマン主義的心性を育んでいった歴史的環境を、彼自身の個人的事情との関連を重視しつつ取り上げたい。

啄木は、一八八六（明治一九）年二月二〇日、岩手県岩手郡玉山村の曹洞宗寺院常光寺住職石川一禎・カツ夫妻の長男として生まれた。但し、この生年月日は戸籍上のもので、実際の生まれを、前年一八八五（明治一八）年一〇月二八日とするのが通説である。それに対して、岩城之徳は明治一八年誕生説の根拠となる資料の記載に信憑性を投げかけ、戸籍通りの年月日で問題なしとしている[13]。伝記研究としては、正確な事実を提示することが重要であるが、彼の精神形成の上からは、特にこのズレは大きな問題ではない。なお、啄木の本名は一（はじめ）であるが、この研究では一貫して啄木の号で呼ぶことにする。

彼の父一禎は岩手郡平館村の農民石川与左衛門の子として生まれた。母カツの実家工藤家は旧南部藩士であった。一禎の師僧葛原対月はカツの兄で、俗名を工藤直季といった。一禎は、一八七四（明治七）年に常光寺住職に就任した。啄木の故郷は旧南部藩領に含まれる。南部藩は戊辰戦争において奥羽越列藩同盟の側に立って、新政府軍に敗れた経緯を持っている。「朝敵」藩の味わった苦渋の体験が、明治政府への反感に屈折したことがしばしば指摘される。原敬や後藤新平などがしばしばその典型として語られる。啄木もそのような「辺境」的位相の風土に生育したことが、後に反政府的な感覚を形成する素地となったとする見解もある[14]。しかし、一禎が住職になったのは、折から自由民権運動が勃興する時期に相当したが、石川家には政治に関わるような雰囲気はなかったようである。住職になったばかりであるから、寺院の運営と仏事の執行の方に精力を傾注しなければならなかったであろう。少なくとも、啄木に政治的影響を与えるような事情が石川家にあったことは確認されない。

啄木が生まれたのは、透谷を苦悩に陥れた大阪事件が発生し、一方で伊藤博文が日本最初の内閣を組織した年であった。自由民権運動の凋落と上からの立憲国家の樹立とが重なって現われた、明治国家確立の象徴的時期に当たっていた。この時期に生まれた世代は、日露戦争終結の一九〇五（明治三八）年から「明治の終焉」たる一九一二（明治四五、大正元）年の間の時期に青年期を持っていた。この世代はしばしば「煩悶世代」とも呼ばれるように、国家的価値よりも個人の内面的価値の探求にシフトして煩悶体験を共有していた[15]。

橋川文三は「いわゆる昭和維新の源流となる衝動の諸形態が萌芽状態としてあらわれるのは、およそ一九二〇年前後のことと考えてよいであろう[16]」とした上で、その衝動の発生源を考えるためには、「二十世紀初頭の日本人をとらえた思想・心情のあり方を視野に入れること[17]」が必要であると述べ、超国家主義運動がこの世代に共有された時代認識の関連が少なからずあるものと推測している。

同世代の萩原朔太郎が昭和になって、「現実は虚無である。今の日本には何物もない。一切の文化は喪失されている[18]」（「日本への回帰」）と述べたように、昭和戦前期にはコスモポリタン的な故郷喪失が精神的傾向の一面となっていたことがわかる。文学関係者では、白樺派の武者小路実篤や志賀直哉らが同世代であったが、彼らも天下国家の問題を軽視するコスモポリタン的傾向を持っていた。萩原の詩作も当然非政治的であった。このことは、文学活動が、志士ないしは壮士の経世的気概からすでに乖離していることを意味している。その中で、啄木が政治を射程に入れた文学活動を模索したことは、明治末期の閉塞状況が彼にとっては超えるべき人生の関門となっていたからであるが、他の文学者には見られない特徴となっている。

二　啄木の挫折体験

啄木の場合も、他の文学者と同様に、非政治的な環境の下で成長していった一八八七（明治二〇）年、父が渋民村の宝徳寺の住職に転じたために、一家も渋民に転住した。この地が彼の故郷と意識されることになる。ここでは文学活動に入るまでの彼の経歴を概観しておきたい。

一八八一（明治二四）年、啄木は渋民尋常小学校に入学する。小学校時代は成績上位に属する生徒であった。一般に僧侶は知識階層に属し、石川一禎は常光寺住職のときから村内の子女に読み書きを教えるとともに、和歌に堪能な教養高い人物であった[19]。従って、自分の子の教育にも熱心であったと思われ、啄木が勉学に適した環境にいたのは確実である。一八九五（明治二八）年に渋民尋常小学校を卒業するときは首席であった。同年四月に入学した盛岡高等小学校を経て、一八九八（明治三一）年に盛岡中学校に入学する。入学の席次は合格者一二八名中一〇位であった。入学してからも、成績は比較的上位に位置していた。しかし、文学への関心が深まるとともに、成績にも偏りが出てくるようになる。

当時の盛岡中学校は文学熱が高かった。金田一京助の回想[20]によれば、啄木の一年上の田子一民（後に農林大臣）や及川古志郎（後に海軍大臣）らが、回覧雑誌を作って詩歌や小説を掲載していた（「啄木余響」）。啄木は及川と親しかったために、彼を介して金田一と知り合うようになったという。金田一も同中学で啄木の一年上の先輩に当たり、すでに『明星』の短歌を発表するほどの文学少年であった。その縁で啄木もやがて『明星』に短歌を投稿するようになった。初期の作品には与謝野晶子の表現の模倣が見られ、言葉が先行した観念的な傾向が強い作品が目立つ。金田一は啄木を「天性の真似し小僧[21]」（同上）と評したが、文学少年の習作と考えれば、無意味な作品と一蹴するのは酷であるかも知れない。むしろ先達の表現方法を模倣することは、自己の表現の鍛練と洗練化の機会となったと考えることができる。作品の質はともかくとして、明星派のロマン主義の洗礼を受けることが、彼の文学活動の起点となった。それとともに、短歌を通じて、現実の猥雑な世界から観念的に解き放たれて、言葉の美によって織りなされた世界で自己を表現することは、ロマン的心性をさらに錬磨することになったであろう。

一九〇二（明治三五）年は啄木にとってさまざまな意味での転機の年であった。この年の三月に、四年生の学年末試験で不正行為を行って譴責処分を受けたが、七月の五年生第一学期末の試験で再び不正行為を行った。そのときは譴責処分によって四科目の成績が不成立となったことに加えて、合格ラインと設定された四〇点に満たない科目が四つあって、このままでは落第は必至であった。この事情が彼の退学を決意させることになったのであろう。この年の一〇月二七日に退学届けを提出し即日受理された。

啄木は後になって、退学した事情を次のように述べている。

> 叙上の如き人生の思慕――学生としての煩悶は、軈て予をして「教育の価値」を疑はしめた。予は何故学校に入学つたらうと自問した。又、何故に毎日学校へ行かねばならぬのかと考へ出した。噫、予や何たる不埒者であつたらう。
>
> 此煩悶と疑問とは、三十五年の秋、家事上に或る都合の出来た時、余をして別に悲しむ所なく、否寧ろ、却つて喜び勇んで、校門を辞せしめたのであつた。（「林中書」）（四：一〇六―一〇七）

彼の言う「教育の価値」への疑いは、当時の彼においては明確な論理を持って自覚されてはいなかったであろう。学業成績に偏りが出るほど興味関心が特化される過程で、関心が薄れた科目を学習することに意欲を失ったに過ぎなかったのかも知れない。そのレベルのことならば、「疑問と煩悶」は自己中心的な感情に過ぎなかったであろう。

しかし、「家事上に或る都合が出来た」ということの内容は不明である。啄木が僧職を継ぐことがすでに決められていた事情が存在し、それに反発して文学の道を進むために意図的に学業を放棄したとする解釈もある。橋川文三は啄木ならばやりかねないと考えているが[22]、印象論に留まり確実な根拠があるわけではない。後年の回想はしばしば現状説明における辻褄合わせのために再構成されることもある。いずれにせよ、文学への関心と現実の学校生活との間に乖離が生じたことは確実である。

啄木は後に学校時代を回想して、「師も友も知らで責めにき／謎に似る／わが学業のおこたりの因（もと）」と詠んでいる。表面上は、自分の怠学の原因が文学であったが、「師も友も」それを知らずに責めた、人の心の深奥は他人にはわからぬものだという感慨と解せられる。しかし、上述のような事情を考慮するならば、いずれにしても彼自身の内面の問題に帰着することは確かであるが、学習意欲を減退させてまでも文学に没入した理由が、周辺には理解されないし、また理解されるはずがないという思いを詠んだものと考えられる。

啄木は中学校在学中に文芸評論を発表している。公表された最初の評論は、一九〇二（明治三五）年一月に『岩手日報』に掲載された「『草わかば』を評す」であった。これは蒲原有明の詩集『草わかば』を批評したもので、用語の晦渋（かいじゅう）と詩想の狭さを指摘しつつも、詩集としての完成度を高く評価している。啄木自身の文学活動は未熟の段階であったが、むしろ初期の評論活動は、彼自身の文学観を形成するための予備的作業であった。

二度目の不正行為に対する処分の後、一〇月一日に彼の短歌「血に染めし歌をわが世のなごりにてさすらひここに野にさけぶ秋」が『明星』に掲載された。作品が中央歌壇の雑誌に掲載されたのはこれが初めてであった。「血に染めし」、「世のなごり」、「さすらひ」、「野にさけぶ」などの語句から、言外の余情として、追い詰められた感情を打破しようとする悲壮感が感じられるが、一方で感情高揚を明星派的な類型的表現をしたに過ぎないとも指摘できる。「上の句と下の句との統一を欠いていて、奔放過ぎると評されても仕方のない歌[23]」という評価もあり、短歌としての出来は良いものではない。

表現の是非はともかくとして、試験の不正行為発覚から退学届提出までの間の作であるから、進路変更を真剣に考えて心が揺れ動いていたことが背景にあった。作品が中央誌に掲載されたことが、ただちに文学で身を立てようとする決意の決定的要因となったとは考え難いが、追い詰められた心境から文学に生きるという開き直りを選んだことも考えられる。文学に生きることについての展望があったとは思い難いし、少なくとも社会的な使命感を自覚した上での選択ではなかった。

その後、一〇月三〇日に渋民を出発し、盛岡で知人たちから送別の宴を受けた後、翌三一日に盛岡を発って、一一月一日に東京に着いた。なお、三一日には恋人堀合節子と別れを惜しんでいるが、日記（「秋韷笛語」）には「東都の春の楽の音に共に目さめむもこゝ六ケ月のうち」（五：七）と記している。すなわち、六か月後には東京で節子との新生活を始めるつもりであるが、それまでに文学で成功するという意図があった。恋人の前で見栄を張ったというよりも、文学上の成功についての楽観主義に囚われていたのであろう。

一〇月三〇日の日記には「かくて我が進路は開きぬ。かくして我は希望の影を探らむとす」（五：六）と、意気揚々たる上京の心境を記している。しかし、その野心があまりにも楽観的であったことを、まもなく思い知らされることになるのである。上京後間もなく、同郷の先輩の野村長一（胡堂）から勉学を続けるよう忠告を受けた。一一月四日の日記に「友は云ふ。君は才に走りて真率の風を欠くと。又曰く着実の修養を要すと」（五：一〇）と記している。野村は啄木の自らの文才を過信することを厳しく戒めたのであろう。

彼は一応忠告に従って、中学校の五年次に編入するつもりで、諸校に問い合わせたが欠員がなかった。結局、正則英語学校の高等受験科に籍を置き、図書館に通って独学をすることが日課となった。彼の自らの才を恃む心は相変わらずであった。「胸に天来の詩才を掩ひかぬる者は何時の世でも俗悪な社会と戦ふべき宿世を以て居る者である」（細越毅夫宛一九〇二（明治三五）年一一月一五日付書簡）（七：一八）という孤高の詩人の自意識を表明しているが、現実味を欠いていた。現実の挫折感を気位で隠そうとする彼独特の姿勢と言うべきであろう。主観的には文学に賭けた矜持の高潔な思いのつもりではあっても、他人の眼には、世間知らずの思い上がった大言壮語の類として映じたであろう。

日記の一一月一九日の記事には、「この日一日小説の構想と落光記（校友会雑誌へ）の考案にて日をくらす」（五：二四）とあるが、小説執筆が着手された形跡はない。同郷の金子定一の厚意によって、人づてに雑誌『文芸界』の編集員として就職を求めたが果たせなかった。のみならず、翌一九〇三（明治三六）年に病気で倒れたため、二月に父の迎えによって挫折感を懐きつつ帰郷せざるを得なかった。

啄木の挫折は、彼の生活感覚の甘さに由来するという意味では当然の結果であった。一九〇四（明治三七）年二月一〇日付の野村長一宛書簡では、次のように述べている。

芸術は芸術のための芸術にて、功名などは副産物のまた副産物なりとは、常々鉄幹氏等と申し交し居事に候へば、詩勢未だ全くも定まらざる今日早やくも大家を気取るの人多きに堪へざる場合、願くは退いて兢々述作に励み、潜かに超世の理想に憧る丶を楽しみと致し度き所存に御座候、僭越なる言葉で敢てせば、詩は理想の花、神の影、而してまた我生命に候也。〔七：四四〕

芸術至上主義の宣言であったが、「超世の理想」とは程遠い現実の中を突き進むしかなかった。かつての志士、壮士が活動した時期に比較すると、確固たる権威を持って安定した国家体制の下では、経世の志を抱いて奔走するという時代ではなくなっていた。この時期における青年層にとって、立身出世が経世の観念に取って代わっていた。啄木のように、詩を解せぬ世間を俗物視することはたやすいが、立身出世の道筋から逸脱し天下国家に関わろうとしない文学青年となることは無用の徒の生き方であった。自らの文学的才能を恃んで結果的に「居場所」を獲得できない生き方は、ニヒリズムへの道程を進むことに等しかった。

三　故郷喪失

在郷中の啄木は挫折感を撥ね除けるかのように、文学への意欲を肥大化させていく。一九〇四（明治三七）年一一月に再び上京し、今度は詩集『あこがれ』の出版に漕ぎ着けることになる。しかし、当初から出版できる見通しがあったわけではない。出版は一九〇五（明治三八）年五月のことで、与謝野鉄幹・晶子夫妻の支援と、金田一京助ら友人の金銭的援助のおかげで実現したのである。

啄木が詩集出版に奔走していることと併行して、一禎が本山に納入すべき宗費を滞納したことによって、宝徳寺の住職を罷免されるという事態が発生した(24)。一禎の宗費滞納の原因については、啄木の伝記研究では一禎の金銭感覚のルーズさを指摘する解釈が一般的である。納入すべき公金を滞納したのは事実であったが、罷免に至るまでに何らかの対応措置を取ったのかどうかは明らかではない。当時の啄木は上述のように東京で詩集出版に奔走していたから、彼自身が金銭的苦労をしているときに、折悪しく実家で金銭問題が発生し心労が倍加することになったのである。

処分は一九〇四（明治三七）年一二月二七日付で通告され、石川家は翌年三月二日に宝徳寺を退去した。若い啄木の双肩に生活が重く圧しかかってきた。「天下に小生の恐るべき敵は唯一つ有之候。そは実に生活の条件そのものに候。生活の条件は第一に金力に候」（金田一京助宛一九〇五（明治三八）年四月一一日付書簡）〔七：八七〕という告白は、切実な本音であった。

啄木は詩集出版に当たって、金銭面では苦しかったが紋付羽織袴の正装姿で上京する有様であった。このような見栄の張り方に、詩集が世に出る期待感とともに自らの文才を恃む姿勢を見ることができる。しかし、上述のように、詩集は刊行されたものの「故郷に錦を飾る」と言うべきものではなかった。彼は前年に堀合節子と婚約していたが、『あこがれ』刊行後の五月一二日に結婚した。結婚式当日は、啄木は仙台で途中下車して豪遊中であったので、花婿不在の挙式となった。帰郷の途中に仙台に立ち寄ったのは、土井晩翠を訪ねるためであった。仙台では一流の旅館に宿を取り、結局は宿泊費を晩翠に払ってもらう有様であった。

誰しも新婚生活の開始に際しては、不安を抱えながらも明るい気持ちで臨むものであるが、一家の窮状が現実に発生している状況では、明るい気持ちを持ち続けることは難しかったであろう。この事態に至っても、彼の生活意識や金銭面でのルーズさは決して改まらなかった。文学に生きることの気位の高さと生活の現状との落差は大きく、しかもその差を縮めようとする努力も見られなかった。

啄木は一九〇五（明治三八）年には数え年で二〇歳であった。同年頃の透谷と比較した場合、現実政治に対する心理的距離感を基準に考えると、民権壮士と志を共有した透谷が「硬派」と呼ぶにふさわしいとすれば、明星派のロマン主義の洗礼を受けた啄木は「軟派」に分類されるであろう。しかし、キャリアの上では類似点も少なくない。両者とも、正規の学校教育から途上で離脱している。すなわち、明治国家の敷いた立身出世の階梯から逸脱することになる。透谷が石阪ミナと結婚したのも、啄木の場合とほとんど同じ年齢で、ともに生活苦を伴っている。透谷の『楚囚之詩』の刊行も啄木の『あこがれ』と同年齢のことであった。

彼らはともに事業としては、「現実的な行為所産としての実業ではなく、窮して志を述べるというような虚業[25]」としての文学を選び取ったのであるが、時代の精神的課題を担うべき文学を確立する試みに進むことになった。そのことによって彼らの世俗的歩みが確固たるものになったわけではなかった。啄木の場合は、ますます深刻になる生活苦の中で、文学の存在理由を模索する以前に、自らの存在の現実を確保することの方が切実になっていた。翌一九〇六（明治三九）年四月、啄木は岳父堀合忠操の世話で、渋民小学校の代用教員として勤務することになった。勿論、生活のための仕事である。

一九〇七（明治四〇）年三月、宝徳寺再住運動に奔走していた父が反対派の妨害に堪えかねて、一旦宗門から赦免を得て帰っていた渋民村を出奔し、再住運動は挫折した。宗門からの赦免は、一九〇六（明治三九）年二月の曹洞宗憲発布の機会になされたもので、同年三月二三日に赦免が発令されていた。但し、再住の実現のためには、滞納費用の全額弁済が条件であった。それが果たせなかったのである。

啄木にとっては、代用教員で生活を支えつつ父の宝徳寺復帰を実現した後に、文学に転進するつもりであったが、その希望は無残に絶たれてしまった。四月二一日に、彼は校長排斥ストライキを生徒に煽動したことを理由に免職処分を受けた。彼は三月二〇日の日記（「明治四十丁未歳日記」）に「此の学年末には職を辞して新方面に活動しようといふのが、自分の平生の予定であつた」（五：一四五）と記していることより、教職を去る意図はあったが、このような辞職の仕方が想定されていたかどうかは不明である。

以後は北海道に渡って、最後の上京に至るまで、函館・札幌・小樽・釧路と転々とする生活が続くことになる。啄木が盛岡中学校を中退して以来、文字通り「石をもて追はれし如く」に故郷を去り北海道に渡ったのは、ちょうど日露戦争を含む一九〇二（明治三五）年〜一九〇七（明治四〇）年の時期であった。中学校に在学していた頃は、日清戦争後と三国干渉の後のナショナリズムの高揚期に当たり、軍拡が続くとともに成立期の資本主義の下で社会構造は変化を見せた。具体的には戦後経営の推進により、企業活動が活発になるとともに貧困の労働者の増加であった。一九〇〇（明治三三）年に結成された立憲政友会は資本家層の利益を代表する政党であった。旧自由党系の憲政党が解党して、この新党に合流したことは「嗚呼自由党死す矣」（「自由党を祭る文」）の通り、自由民権運動の残照の消滅であった。

啄木は、このような壮士の季節が去り新たな局面に現われた社会問題に取り組む人士が求められた時期に、青年期を迎えた。彼は明治国家が「一等国」に上昇する時期に、非政治的な文学に青春を謳歌する日々を送った。中学校中退、三度の上京とその間の渋民村での代用教員勤務と北海道での生活のいずれもが非政治的な行為であったが、その一身上の転変を一貫しているものは貧困状況であった。

彼は苦しい生活の中で、文学への希望を捨てることはなかった。しかし、啄木一家を圧迫する実生活の困窮と、『あこがれ』の詩を貫くロマン主義的傾向との間に、違和感とも言うべき一種の距離を感じることを禁じ得ない。ロマン主義だから現実と観念の間のギャップは当然という一般論では説明し切れないような違和感である。それは困窮に身を置きながら、「観念のみの産物」としての詩に没入するような現実把握の希薄さの故である。野村長一が指摘した「才に走りて真率の風を欠く」と指摘されるような生活感覚で文学を捉え、そのことが一層彼を窮状に追い込んでいくことを深く自覚していなかったのである。

きわめて散文的な事情が深刻化する生活実態の中で、きわめてロマン主義的な詩的想念の世界を構築することの是非を問わねばならない状況に立ったことが、彼の自己探求の起点となるものであった。彼の場合、文学をどこまで実生活に還元できるかという切実な条件が、前途に対する制約となっている。現実に対して観念の自立性を主張するか、あるいはロマン主義的幻想を剥離させて明治末期の政治的社会的現実における彼自身の「居場所」を確実にすることができるのか、その道筋を示す思想の展開過程は次節で取り上げることとする。

第三節　「居場所」喪失の思想化とワグナー論

一　啄木の「居場所」意識

一九〇三（明治三六）年二月、啄木は中学校中退後の上京の雄図空しく、病気のため失意のうちに帰郷した。この挫折意識が彼の思想形成の核の一つとなった。彼が初めて上京したとき、退学の追い目を隠す意味もあったであろうが、表面上は夢と自信に満ち溢れていたことは確かであった。ところが、やがて東京に一種の警戒心を抱くようにもなった。帰郷の三か月前の一九〇二（明治三五）年一一月七日の日記（「秋韷笛語」）には、次のような記述が見える。

人は東京に行けば堕落すと云ふ。然り成心なき徒の飄忽としてこの大都塵頭に立つや、先づ目に入る者は美しき街路、電燈、看板、馬車、艶装せる婦人也、胸に標置する所なき者にしてよく此間に立つて毫末も心を動かさゞる者あらんや。あゝ東京に遊ぶにも都合のよき所勉むるにも都合のよき所なり。（五：一三）

彼が東京に感じたことは、都市特有の文明上の影響力であった。人を堕落させるのも、また文明の力であった。彼の時代は資本主義の発展期に当たり、東京の都市規模は拡大の途上にあった。故郷を追われる人々もあったが、成功を求める人々が集まるところでもあった。啄木が「故郷の訛懐かし／停車場の人ごみに中に／そを聴きにゆく」と巧みに詠じたように、東京は青雲の志と思郷の念のはざまで人間ドラマが成立する地でもあった。啄木はまさに文学に成功を、すなわち青雲の志を抱いて東京に上ったのである。

さらに、一一月一八日付の小林茂雄宛書簡にも、東京に立った感想を次のように述べている。

私は生き乍ら埋められた百四十万の骸骨累々たる大なる墓を見ました。あゝこの偉大なる墳塋を。——そして私自身もその寒髑髏の一つなのか？　これが私東京にきて先づ第一に起つた疑惑であります。疑惑は疑惑をはらみ想像は想像を駆つて今の私の胸はさながら極熱大紅蓮の渦乱のうちにあります。私が「汝は何所より来て何所に行くか」ととひまする時それに答へることの出来る人はこの世に果して幾人ありませふか？〔七：一二〕

同書簡では「煩悶」という言葉を取り上げて、「宇宙に於きまして最大の煩悶を胸に描いた人は最大の人間である」〔七：一二〕と述べているところより考えると、東京には人を堕落させるほど誘惑に満ちているが、自分は大きな「煩悶」を持つ大きな人間であるから、堕落はあり得ないと言っているようである。前節で引用した一一月一五日付細越毅夫宛書簡における、「俗悪な社会」と闘うという自負に示されたように、彼は自己の内面的世界を純化し肥大化させることによって、自己の外側の世界を卑俗視し関わりを遮断しようとしたのである。しかし、彼は生活基盤を欠いていたために、あたかも逆襲を受けるかのように、卑俗視した現実の前に敗北するのである。

中学校退学及び成果のない上京と帰郷は、それだけを見るならば確かに人生上の敗北であったが、彼は故郷で再起を図っていた。詩集『あこがれ』の刊行は大した反響もなく、さらに父が宝徳寺再住運動に挫折したことが、彼自身の敗北の傷口を広げることになったであろうが、それでもなお、文学への希望を捨てなかったことは、彼にとって生きることの絆が存在することの自覚があったからである。しかし、それが「居場所」としての意味を持つためには、文学によっていかに社会に関わっていくかという見通しが確立されるべきであるが、それがまだ形成されていなかった。彼は早熟の文学少年であった。その勢いで逸脱的な人生行路の舵を切ったが、その生き方を含めた「居場所」を安心立命の場とするために、思想的な支えを求めることになった。それがワグナーへの関心であった。

二　啄木のワグナー論

自己探求、すなわち現実の公的領域に自己の存在理由を見出すことは、啄木にとっては切実な課題であった。特に挫折体験はその課題にとって大きな契機であった。その模索の試みは、日露戦争期及びそれ以前の初期的な評論に表明されている。

彼の最初の思想的評論「ワグネルの思想」は、その附記に左のような構想が示されたが、実際には、一九〇三（明治三六）年五月三一日から六月一〇日の間に、『岩手日報』誌上に序論の七回分が発表されたのみであった。

一、序論　十九世紀とワグネル――文明の理想――人神との争――個人主義――愛の融合の世界――ワグネルの暗示。（包括的批評）
二、ワグネルの性格。性格と其諸事業――思想の基点。
三、ワグネルの政治思想。国家の理想――国家心意の基礎と至上権――ワグネルと独逸――人種解放と人類の改造――近世国家の理想上破滅――ワグネルと社会主義。
四、ワグネルの宗教。宗教とは何ぞ――ワグネルと基督及び基督教――古代希臘の研究――宗教と芸術――ワグネルの宗教的感触と二大信条。
五、芸術と人民。民衆の生得権。
六、『芸術と革命』。『未来の芸術』。『歌劇と戯曲』。ワグネル著作の傾向。

七、愛の教理。人類の改造。
八、結論。ワグネルの影響――日本思想界に対する吾人の要求。
附、ワグネル略伝。〔四：一六〕

これによると、ワグナーを政治思想、宗教、芸術の多様な角度から論及することを予定していたことがうかがわれる。啄木はワグナー研究の意図を次のように述べている。

予が今彼の思想を論ずるに当つて、特に主眼とする所は、其芸術的作物の解析的批評ではなくて、当来の文明の理想的根基を暗示する彼の包有観念に於ける研鑽の点に存する。従つてこの微細なる研究も、多少は我が貧弱なる社会に貢献する所がある事と思ふ（同上）〔四：一六〕

これによれば、啄木はワグナー論を芸術論としてではなく、一種の文明論として執筆することを意図している。彼のワグナーに関する知識はきわめて限られた範囲であったはずである。従って、ワグナーに強く魅かれたのは、彼自身が深刻に苦闘していた思想的問題がワグナーと共有されていると信じたからであった。

啄木の心を捉えていた屈折感情は、文明の塵にまみれた世俗都市で容れられることなく、敗残の身で帰郷せざるを得なかったことから来ていた。そこから反転を試みるためにも、彼にとって獲得したい思想的拠点は、都市文明を批判する論理とともに、強靭な内面的世界を確立することであった。

前者の論理はワグナー論の序論において、次のように説き起こされる。

一九世紀には物質文明が大きな進歩を示すが、実は「顕かに此時代が、恰も自己の亡滅の影を讃美したかの様な意外なる現象に逢着」〔四：一六〕することになるのである。人智の発達は中世的な信仰の世界を破綻させたが、内心の空虚を満たすものはなく、「霊性の帰趨なきに趺める苦叫が研精の微に入り形式の完整し行く側らに、社会心意の衰落と煩悶とを促発して来た」〔四：一七〕のである。この状況はニヒリズムと言い換えることができるであろう。

啄木はこのような一九世紀の西洋的精神世界の矛盾に対する反動として、ニーチェ、トルストイ、ワグナーを指摘する。彼はその三者の関係を次のように述べる。


其が時代精神の言明し難き内心の要求を捕捉して、洪濛たる想壇の迷夢に鮮烈なる光明を与へ、更にワグネルの渾融を経て愛の偉大なる包有的決解を構成した点に於て、吾人は相互の間に冥々の一致を認める者である。〔四：一八〕

ニーチェは人生の根源に権力意志を見出す。従って、最高の人生は最強の権力意志によって実現されることになる。それに対して、トルストイは人間の自由意志は神の意志に背くものとして否定し、人間の意志消滅の彼方に神の愛が現前すると説く。啄木は、ニーチェの神の否定と、トルストイの神への絶対服従のはざまにあって、ワグナーが「綜合の基源をも含む者」〔四：二二〕であると理解することにより、ワグナー論を展開する予定であった。しかし、序論そのものが完結しないままに、論説は中断されてしまった。

彼は上京中に、右に引用したように、東京の都市文明の誘惑に抗し得るためには、内面に精神的自立の拠点を築くことが必要であると考えた。ニーチェに依拠すれば、ニヒリズムに徹することによって「超人」としての自己の価値意識の根拠を見出すことになるであろう。トルストイに近づくと、自己否定を超えて神の愛に帰服することになるであろう。では、啄木にとっては、ニーチェでもなければトルストイでもなく、ワグナーであったのは何故であるか。

彼はワグナーを両者の立場を止揚したかのように述べているが、ワグナーは西洋思想史において思想家として高く評価されるわけではなく、彼の楽劇も芸術性は高いが、思想的に特筆するほどのことではない。啄木がワグナーに大きなインパクトを感じたのは、姉崎嘲風のワグナー論の影響であり、歴史的人物としてのワグナーを理解したというより、むしろ嘲風の言説によって、啄木自身の内にわだかまっている観念をワグナーに投影したものと考えられる。

三　姉崎嘲風のワグナー論と啄木

では、啄木がワグナーに関心を向ける契機となった姉崎嘲風のワグナー論はどのようなものであるか。その論文は、『太陽』の一九〇二（明治三五）年二月号及び三月号に発表された「高山樗牛に答ふるの書」であった。この論文は高山樗牛の「姉崎嘲風に与ふる書」（一九〇一（明治三四）年一月及び八月）の意見に応えて発表したものである。両者の論争をフォローすることは、本書の対象とは直接関係がないので、ここでは避けるが、両者はともに文明の発達の時代における人間精神の低迷を憂える問題意識を共有しつつ、精神の回復を目指す哲学・文学・芸術の可能性に論争が進んだことを触れるとともに、啄木への影響に注目したい。

嘲風によれば、ドイツにおける国民精神の問題を取り上げ、「国家の統一と国運の隆昌とは却て人々の根本的修養に遠からしめ、外面の愛国自負のみ増進したる時なり」[26]（「高山樗牛に答ふるの書」）と述べ、ニーチェのような「狂気の天才」が青年の心を捉え、文明への反抗の傾向が現われたことを指摘する。

嘲風によれば、当今のドイツの隆盛は、プロイセンに代表される強力な国家主義によってリードされたものであって、「彼等の誇る所は自国文明の真精神を発揮せんとするにもあらず、又自家の道徳的高調に頼む所あるにもあらず」[27]（同上）というものであった。このような精神性の低さにもかかわらず、「日本のドイツ崇拝のショヴィニスト此の如き国運を羨望三歎して、ドイツ的国家説を輸入するに汲々たり」[28]（同上）という有様であった。彼は国家が国民としての理想と文明の精神的基礎を失い、国家的利益の追求に走るときは、道徳が頽廃していくことは自然の理であると考える。

嘲風は日本がドイツと同じ道を辿っていることを憂慮する。プロイセンによるドイツ帝国の樹立は一八七一年、その年の夏に日本では廃藩置県が実施された。両国とも同じ時期に近代統一国家を建設したのである。嘲風が「我国維新後三十余年の歴史は、宛然としてドイツ統一以来三十年の歴史と相呼応して相模倣せる観あり[29]」(同上)と述べているが、それによって帝国主義列強に伍するに至るまでの急速な発展ぶり以上に、「精神を失ひ、自家の立場を忘れて虚栄に走らんとせり[30]」(同上)という、精神性を低下させた国家主義の蔓延を批判しているのである。

ところが、ドイツでは国家主義に反抗的で「個人精神の要求に無限の尊厳を付与せんとするニーチェ主義[31]」(同上)が、青年の間に流行していた。さらに、嘲風にとっては、芸術の領域で登場したワグナーは、「其思想に於ても韻致に於ても音楽に於ても、滔々たる社会の形式主義浮薄なる我利主義に反抗[32]」(同上)する精神の革命児であった。彼はドイツの国家主義の堕落の中に、偉大な精神活動が行われていることを認識するのである。そして、日本でも精神の覚醒が急務であることを訴える。

今の日本の方便的道徳、形式的社会、模倣的文明、学究的学術に対して大反抗をなすは我等の責にあらずや。徒に国土の膨脹を喜び、国運の隆盛を称し、愛国を以て総て文明の基礎となし、而も一国の文明なる者は如何なる精神の上に立ち又如何なる精神の要求に応ずべき者なるやを考へざるショヰニストを覚醒せよ[33](以下略)(同上)

嘲風は形式的道徳の横行に対する反抗を肯定していた。人間の社会的営為がさまざまなものであっても、「其の職業を以て単にパンの為め或はお役目の為め孜々切々に終らしめず、其中心根底に於て人間としての感情を養はしめ、人間としての要求を思はしめ、総て彼等の事業行動をして此中心点理想の為に動しめざるべからず[34]」(同上)と述べ、個人の内面から行動を支える理想が存在しなければならないとする主張であった。それは個人の内発的な公共精神の確立を求めるものであった。

嘲風がワグナーを高く評価するのは、形式主義のマンネリズムに反抗する姿勢の故である。ワグナーの楽劇には、

『神々の黄昏』のようなゲルマン神話を題材としたもの、『さまよえるオランダ人』のような神聖なものに昇華されていく愛を主題とするものなどがあって、音楽芸術としての独自性は確かに評価されている。しかし、その作品構成における思想性は必ずしも高いものとは言えない。嘲風が評価したのは、芸術によって理想を語ることの意義であった。それは、ワグナーの思想の深さよりも、むしろその芸術によってドイツの国民精神を表現した例として評価したものではないか。上から国家主義的道徳を強制され形式的に従属するが、内面から発する精神性の高さを欠く明治末期の日本社会への警鐘としての意味を持った。嘲風はワグナー論を通して主張したかったのは、日本の文学・芸術に対して理想の語りを呼びかけることであった。彼は国家と人間の関係を次のように述べる。

国家は方便なり『人』は理想なり。『人』なき国家は無意義なり。故に霊なき国、人の声なき国は吾等一日も其存在を徳とせず[35]。(「国家と詩人」)

嘲風にとっては、理想を語る人があってこそ、国家に存在理由がある。高遠な理想を語るのが詩人であるとするが、彼は詩を一定の文芸の形式に限定することなく、高い精神性の表出を彼にとっての真の意味で文学と理解し、その典型を詩と捉えていると考えられる。「大いなる文学は大いなる人物と等しく最も好く時代の精神を代表せるものなり[36]」(「時代の精神と大文学」)と言う場合の「大文学」がそれに該当するであろう。この文学観は透谷が追求した文学と同質のものであり、啄木が透谷の継承者であるとは自覚していなかったが、結果的には、啄木による時代精神を表現する文学の探求につながることに注目すべきであろう。

同年一〇月一七日付細越毅夫宛書簡では、「最高の意志は最高の感情を伴ふこれわが持論也、嘲風博士がニーチェに満足せずしてワグネルの愛の世界観を喜ぶも亦この理に外ならず」〔七:一五〕と述べている。

啄木が嘲風のワグナー論に深い関心を喚起せしめられたのは、芸術によって理想を語ることであった。ワグナーにおいては音楽であったが、嘲風の論理では芸術は文学を含むと考えられ、啄木のワグナー論もその理解の延長線上にあると解せられる。一九〇四（明治三七）年一月一三日には、嘲風のワグナー論に感銘を受けたことを伝えるとともに、啄木自身の思いを「苦悶愁帳の間に、先づ思ひ立ちたるは、嘗て先生の御書にて聞き知りたるワグネルの研究に御座候」（七：三五）と述べている。啄木のワグナーとの出会いは嘲風の論文を契機とするが、それに共鳴する内面的土壌は、生活と文学のはざまでの苦闘であった。

さらに、一九〇四（明治三七）年二月一日に、嘲風が日本基督青年会の依頼で盛岡に講演のために来たときは、訪ねて行き大いに語り合い、日記（「甲辰詩程」）には「種々の談話の如きは胸深く刻まれて忘るべくもあらねば」（五：四一）と記し、彼にとっては感激の出会いであった。それほどまでに思い入れがあっても、このような短期間ではワグナーに対する理解を大きく深められたとは考えられない。橋川文三は「彼にとっての絶対的真実を直覚的にさぐりあてることができたように見える[37]」としているが、啄木にとっての真実に関わる課題とは「自我の問題」であるとしている。伊藤淑人は「堀合節子との苦しい恋愛が、自己投影なされている[38]」と述べているが、それは問題を限定し過ぎているようにも思われる。啄木は最初の上京での失敗の後の失意の頃であったから、その挫折感から自己再生を求めていたはずである。ワグナーに急速にのめり込んだ背景には、そのような背景があったと考えられる。

啄木は嘲風の論文に記されていた文献のうち、英語文献四冊を丸善に注文している。また、一九〇五（明治三八）年九月二三日の金田一京助宛書簡では、「ジャーマンコースと独和辞典の小さなのと、独語の小説か詩か論文」（七：九七）の価格の安いものを問い合わせている。彼のワグナー熱によりドイツ語学習を思い立ったのであるが、ドイツ語の方は進展した様子は見られない。

彼のワグナー論も完成しなかった。彼が嘲風から教示を受けた文献だけで、短期間に彼が予告した内容で論文を書くことはかなり困難であったと推察される。無論、彼はワグナーの学術的研究を目的としたのではなく、切実な内面的課題に関して解決の糸口を模索していたのである。従って、ワグナー論を完成させること自体にはあまり関心がなかったかも知れない。もし完成したとしてもそこに確立されたワグナー像は彼自身の内面の具象化となった可能性も考えられる。

啄木のワグナー論を作品として見る限りでは、決して成功作とは言えなかった。しかし、彼の人間形成に対するワグナーの影響として見れば、ワグナー論の展開は未完とはいえ、彼にとって大きな意味があった。彼のワグナーへの関心の一端には、嘲風が強調した形式主義的道徳に籠絡された日本人の精神的弛緩への批判に共鳴するところがあった。啄木自身の生活が苦境に直面していた時期であり、これを打破するためにも、精神的な弛緩に泥（なず）むようなゆとりはなかった。

彼のワグナー論は単なる政治思想ではない。自己探求の文脈の中で考えると、挫折感と苦悩の中で拠って立つべき「居場所」を確立するための理論であった。しかし、彼のこの段階における「居場所」は、透谷の「想世界」と同じく俗世間への公的関与の足場ではなく、孤高の詩人の座のような俗世間から逃れ安らう境地であった。ワグナー論の後の『あこがれ』刊行の場合も、俗世間に抗する心性を貫きながら、現実は刊行の支援等で膝を屈しなければならなかった。

第四節　啄木の日露戦争観と国家意識

一　啄木の日露戦争観

啄木のワグナー論が日本人の精神的弛緩への警告を意図するものであるならば、それが未完となった以上、他に警告となるものが必要となった。彼にとって、それが大規模な形で出現したのが日露戦争であった。

日清・日露戦間期は、日本にとっては国益の膨張過程にほかならなかった。列強のアジア進出に対して対峙の姿勢として掲げた攘夷論の時代からは遠く隔たり、国内で国権論が台頭し、対東アジア外交において脱亜論が主張されるようになったのも、啄木の世代が生まれた頃であった。その世代が青年期に入るのは日清・日露戦間期に相当したが、明治国家も揺籃期を過ぎて、西洋列強と帝国主義競争を展開する段階に入っていた。

対外戦争を肯定する代表的言説としては、徳富蘇峰の『大日本膨脹論』が挙げられる。彼は日清戦争を「膨脹的日本が、膨張的活動をなすの好機[39]」（『大日本膨脹論』）と捉えた。彼によれば、清国は日本の国家的利益を拡張するためには大きな障害なのである。

経世の識者は、理外の理を看取せざる可らず、算外の算を計較せざる可らず。局部の不道理にして全局の大道理なるものあり。現在の小損害にして、将来の大利益なるものあり。[40]（同上）

蘇峰によれば、好機は得難いものであるから、時勢を十分に認識した上でそれを把握すべく決断しなければならないのである。「理外の理」、「算外の算」とは目先の小利に捕われることなく、一見無謀と見える行動を取ってでも将来の大利を得るべきことを言うのである。この論法によれば、戦争の不正義や犠牲などは「局部の不道理」、「現在の小損害」に過ぎず、国家的膨脹を達成することが「全局の大道理」の実現であり、「将来の大利益」を保障するものなのである。

蘇峰の主張の核心は、国家的膨脹の道理と利益の実現に向けて国民を覚醒せしめることにある。彼はイギリス、ロシア、及び清国を当時の世界における「膨脹的国民」と考え、その原動力としては政府の対外強攻策以上に、国外雄飛を企図する個人的行動を高く評価する。従って、彼は日本の国家的膨脹のために、「個人の活動に、重きを措かざるを得ず。任意的活動に、随時的活動に[41]」と主張するのである。蘇峰においては、個人は国民意識を「膨脹」させつつ、国家の「膨脹」の中に収斂されるべきものなのである。蘇峰はロシアも「膨脹的国民」と捉えているから、彼の思想的文脈によれば日露戦争も日清戦争と同じ論理で肯定されることになる。

啄木は日清戦争当時は小学生であったために、戦争や国家に関する意見を持ち得る段階ではなかった。国家主義的な雰囲気は周囲に充満していたと思われるが、中学校入学後は文学青年に大きく傾斜したことから見ても、天下国家の行方に対する関心を前面に押し出すことはなかった。

日露戦争が勃発した一九〇四（明治三七）年二月当時、啄木は最初の上京から失意のうちに帰郷して一年、文学に再起の夢を抱いて渋民に雌伏していた。父の宝徳寺住職の罷免はその年の末であるから、生活不安の衝撃は未だ到来していなかった。前述の「ワグネルの思想」の序論を五・六月に発表していたことから見て、時代精神を表現する文学の可能性を信じて、やがて再び上京しようとする覇気を強く持って日々を送っていたと思われる。

しかし、それ故に、日本の文学の現状について不満を吐露せざるを得なかった。一九〇四（明治三七）年一月二一日付の野口米次郎宛書簡では、次のように述べている。

> 詩人と云ふ境遇が我が社会に於てどれ程はかない者であるかに考へ及んだ時！ あゝ申しますまい。あらゆる不満足が怒涛の如く一時に漲つたその時の私の胸!!! 云はずとも詩人は、現世を超脱した理想界の人に相違はないが、さてあり乍ら、猶不幸にも高い修養と、衣食の道をはなるゝ事が出来ぬのであります。それ等のものは、我が日本の、物質以上の力を解しえぬ社会に於て得る事が能ひませうか。〔七：三八〕

彼は自らの詩才を信じて芸術至上主義を貫きたいのであるが、現実には「衣食の道」を離れることはできなかった。それは社会生活上当然のことなのであるが、彼にとっては卑俗な世間に膝を屈することに等しかった。彼がこの時期にワグナーに深く傾倒したことも、彼の思想というよりも、むしろ楽劇に表現された芸術至上主義に魅かれた方が大きかったかも知れない。いずれにせよ、啄木にとって、物質文明の中に惰眠を貪る日本社会の迷夢を覚ますことを望んでいた。そこに忽然と到来したのが日露戦争であった。彼は一九〇四（明治三七）年二月一〇日付の野村長一宛書簡において、開戦に高揚した気分を次のように述べている。

戦の一語は我らに取りて実に天籟の如く鳴りひゞき候。急電直（ママ）下して民心怒涛の如し。（中略）愛す可哉、嘉すべき哉。日東詩美の国、かくの如くして滔天の覇気死せざる也。小生は、あらゆる不平を葬り去りて、この無邪気なる愛国の民と共に軍歌を唱へんと存じ候。〔七：四四―四五〕

啄木がまさに「無邪気」に開戦を歓迎したかについては、彼自身は「我は何故かく激したるか。知らず。たゞ血は沸るなり、眼は燃ゆる也。快哉。」（同上）〔七：四五〕と言っているが、精神の沈滞状態を打破する機会と捉えたのであろう。翌日の日記（「甲辰詩程」）にも、旅順口攻撃や巨済島方面の海戦の情報を聞いて、「学校に行き、村人諸氏と戦を談ず。真に、骨鳴り、肉躍るの観あり」〔七：四三〕と記しているが、この文面からうかがう限り、庶民とともに素朴な主戦論を共有していたとしか見えない。確かに、四月二八日から五月一日にかけて『岩手日報』に発表した「渋民村より」では、「野翁酒樽の歌に和して、愛国の赤子たるに躊躇する者に無御座候」〔四：三九〕と述べ、彼の日露戦争肯定の立場を明言している。

しかし、彼は素朴な主戦論、そして蘇峰のような国家的利益の膨張を主張する立場と一線を画そうとしている。啄木は、平和とは文明と同様に永遠に続くものではなく、必ず戦争か、あるいは堕落が到来するものと考える。

一路精進の念の消え失せた文明や平和の廃頽を救ふには、唯革命と戦争の二つあるのみである。そして此二つは、永久に世界文化の行程に新らしい勢力と局面とを導き来る関門であるのだ（以下略）（「戦雲余録」）〔四：二三〕

すなわち、彼の論法によれば、文明は必然的に堕落するものとした上で、再生するためには「革命と戦争の興奮剤を投ずるに限る」（同上）〔四：三三〕ということになる。文明とは「革命と戦争」の試練を乗り越えることによって偉大となると主張する。

偉大なる文明は、幾多の革命的勢力の融合に依つて初めて建論せられる。偉大なる平和は、幾多の戦争を包含して初めて形作られる。畢竟するに、あらゆる人文的経緯は凡て、静止的配列ではなくて、不断進転の大調和の不文律である。〔四：三四〕

啄木にとって、日露戦争は正義の戦争でなければならなかった。

今や挙国翕然として、民百万、北天を指さして等しく戦呼を上げて居る。戦の為めの戦ではない。正義の為、文明の為、平和の為、終局の理想の為めに戦ふのである。あゝ斯かる時に、猶且つ姑息なる平和を仰望する輩の如きは、蓋し夏の日遠雷を聞きて直ち押入れの中に逃げ込む連中でがなあらう。〔四：三四〕

従って、非戦論者は臆病者であり、「かゝる時に因循して剣を抜かずんば、乃ち彼等の声明は平和の福音ではなく、寧ろ無気力の鼓吹である」（同上）〔四：三三〕なのである。しかし、伊藤淑人はすでに「戦雲余録」を執筆する段階で、自身の日露戦争観を「明治政府の意図する戦争とは異なる」ものと考えていたとしている。[42] 桂首相や山県有朋に代表される陸軍、小村外相などの立場は、東進するロシアへの脅威論が開戦の直接的理由であり、国民の好戦気分を支えたものは三国干渉以来の「臥薪嘗胆」に基づく対露報復論であった。

それに対して、啄木にとっての日露戦争は、トルストイのような精神界の偉人を生みながらも、精神の自由を抑圧するロシアに制裁を加えることで、「世界の平和のため彼の無道なる閥族政治を滅ぼして露国を光明の中に復活させたいと熱望する」(「戦雲余録」)(四：三七)故の戦争であり、国内的には、「一時の平和に甘んじて、向上する精神を失い沈滞していく、精神頽廃の危機に対する興奮剤としての戦い、革命、戦争[43]」とであった。

「一時の平和」とは日清戦争の勝利のことであろうが、「精神頽廃」とは何を指すのであろうか。彼の生活歴の文脈によって、欲望本位の都市文明のことを言うものと考えると、透谷の「漫罵」における「物質的の革命によりて、その精神を奪われつゝある」とした時代批判に重なってくる。しかし、戦争を現実的な精神再生の「興奮剤」と捉えるのは危険な発想である。戦時下の精神状態が正常であり続けることが決して容易ではないことを、彼は見落としていたのである。

二　啄木のロマン主義的国家意識

啄木の日露戦争観は、彼の文学の根本的傾向であった観念的ロマン主義と同質のものであった。戦争を精神主義的に捉えているために、戦争をめぐる現実を見据えることはなかった。平民社や内村鑑三らの非戦論者のように、帝国主義戦争で犠牲になった民衆とその家族の悲鳴に耳を傾けることはできなかった。生活人としての重荷をすでに負いつつあった頃であったが、彼にとっては文学に自己表現の道を求めていたからであろうか。現実世界を突き抜けようとしたロマン主義に深く傾倒していた。この傾向は啄木の思想形成の上で原基的部分を構成していた。すなわち、自我の拡張に向かって国家を突き抜けようとしつつ、自我を国家的理想に収斂させる国家的ロマン主義の方向に進む可能性をも内包していた。

啄木は日露戦争を、帝国主義戦争としての視点からではなく、自由な精神とツァーリズムとの戦いという図式による捉え方に立脚している。戦争が強力な国力によって遂行される以上、精神の自由のためにツァーリズムを打倒するのは強力な国家以外の何物でもないのであるが、日本が精神の自由のために戦うことができる国家体制ではないことは、啄木自身が重々承知していたことであった。彼は理想の政治を次のように述べている。

文化の源泉が政治的地盤に湧出する者に非ざるの事実と共に、良好なる政治的動力の文化の進程に及ぼす助長的効果の事実をも承認せざる能はず候。（「渋民村より」）〔四：四〇〕

これによると、文化は政治から生まれるものではないが、すぐれた政治は文化を生育させるものであるとしている。すなわち、人間の精神性は国家に先立って高く、国家は精神をさらに高め導くことに任務があると考える。

良好なる政治的動力とは、常に能く国民の思潮を先覚し誘導し、若しくは、少なくともそれと併行して、文化の充実を内に収め、万全の勢威を外に布くの実力を有し、以て自由と光栄の平和を作成する者に有之、申す迄もなく之は、諸有創造的事業と等しく、能く国民の理想を体達して、一路信念の動く所、個人の権威、心霊の命令を神の如く尊重し、直往邁進毫も撓（たわ）むなき政治的天才によつて経緯せらるゝ所に御座候。（同上）〔四：四〇〕

啄木は、当時の桂太郎内閣や伊藤博文や山県有朋などの元老よりも、求められる国家の指導者は「時勢を洞観する一大理想的天才ならざる可からず候」（同上）〔四：四五〕として、大いなる指導者の例としてドイツ帝国宰相ビスマルクを挙げている。ビスマルクの統率力と外交戦略には卓越した見識が見られるのは否定できないが、ビスマルクにドイツ精神の体現を見ることは政治と文化とを混同したものと言えなくもない。但し、ワグナーにドイツ国粋主義のイデオロギーを見るとすれば、ワグナーへ傾倒とビスマルク讃美との間に相関性があるとも言える。それを認めるならば、啄木に国家ロマン主義の傾向を見ることは、可能性以上に濃厚な要素として理解されるであろう。

啄木は日露戦争及び国家の役割に大きな期待感を表明した。彼の明星派的な文学の立場からは、国家主義が必ずしも導き出されるものではない。ロマン主義的心性が明星派文学によって鍛えられても、政治的色彩を濃厚にするのとはまた別である。

彼は文学への希望を肥大化させることで、世俗的な人生行路を捻じ曲げてしまった。文学青年としての危うい道を邁進しようとする決意を固くするほど、反世俗的、あるいは詩人的な孤高の姿勢を貫くことになった。ワグナー論の影響も考えられるが、ワグナーその人以上に、ワグナーの作品に描かれた主題、愛の至高性、あるいは芸術の偉大さなどに憧れつつ、彼自身における文学への思いを投影したと考えられる。

戦争中の一九〇四（明治三七）年一一月二〇日、啄木は「秋草一束」を、『盛岡中学校校友会雑誌』に寄稿した。その中で、ワグナー、ニーチェ、トルストイなど、日本では中江兆民、高山樗牛などを、「強烈なる時代の反抗者」の例として挙げて、「我々の時代は、果して新らしき生命の声に聞くを要せざる状態にあるか」（「秋草一束」）（四：四五）と、日本の無理想状況を批判する。ここには日露戦争讃美の言説もなく、反戦の言説もない。当時の彼の立場は決して反戦的ではないが、対露報復論に燃える世論の彼方を見ていたのである。

何のために生くるかを知らず、何処に行くべきか、何処より来りしかを知らずして、喰ひつゝ、読みつゝ、眠りつゝ、あるは乃ち我等の人生なりや。（同上）（四：四六）

人生の無明へのこのような述懐は、「居場所」喪失の下に、文明の喧騒とも言うべき「汝らの死守する書籍と都府と株券と酒盃」（四：四七）の下に潜むことを気づかせようとするものである。文明の喧騒は彼自身が東京で感じたことであった。そして、彼自身の人生が無明の中にあったことも述懐の通りである。

彼の望むことは、現実の明治国家において、文学や芸術のために国民の精神を高める政治指導者が現われるとともに、国民の側から精神性を高めていくことであった。しかし、現実には戦争にそのような精神性の向上の役割は期待できず、政府も元老も彼の期待を担うべき器量を欠いていた。そして、彼自身において、文学に生きることを内面から支える自己探求がほとんど進行していなかったのである。

注

(1) 荒畑寒村「啄木の思想」日本文学研究資料刊行会編『石川啄木』〈日本文学研究資料叢書〉有精堂、一九七〇年、六頁。
(2) 武藤直治「階級文芸の先駆者——石川啄木のこと——」前掲研究資料叢書、八頁。
(3) 窪川鶴次郎「啄木における自然主義・近代主義・社会主義の問題」前掲研究資料叢書、一一七頁。
(4) 木股知史『石川啄木・一九〇九年』冨岡書房、一九八四年、一六六頁。
(5) 上田博『石川啄木——抒情と思想——』三一書房、一九九四年、三〇九頁。
(6) 松本健一『石川啄木』筑摩書房、一九八二年、二一七頁。
(7) 鹿野政直『近代精神の道程——ナショナリズムをめぐって——』花神社、一九七七年、二〇九頁。
(8) 橋川文三『昭和維新試論』朝日新聞社、一九九三年、七三頁以下。
(9) 同上書、七〇頁。
(10) 久保田正文「啄木の像はどのように刻まれてきたか」『石川啄木全集』第八巻、筑摩書房、一九七九年、二二七頁。
(11) 松本前掲書、三頁。
(12) 橋川文三は啄木の父一禎の「とらえどころのない放胆無責任な生き方」から、啄木にも「生活を無視して「己事究明」に直進する感受性がひきつがれたのではないか」と考えている。「石川啄木とその時代」『橋川文三著作集』第三巻、筑摩書房、一九八五年、一七九頁。なお、同著作集から引用するに当たっては、『橋川集』と略記する。
(13) 岩城之徳「啄木出生年月日に関する問題」前掲研究資料叢書、三〇七頁以下。
(14) 昆豊『警世詩人石川啄木』新典社、一九八五年、四三—四四頁。
(15) 岡義武「日露戦争後における新しい世代の成長（上）」（『思想』一九六七年二月号）四頁以下。
(16) 橋川前掲書、七頁。
(17) 同上書、六九頁。
(18) 『萩原朔太郎全集』第一〇巻、筑摩書房、一九七五年、四八九頁。
(19) 高松鉄嗣郎『啄木の父一禎と野辺地町』青森県文芸協会出版部、二〇〇六年、四六頁以下。
(20) 『金田一京助全集』第一三巻、三省堂、一九九三年、二五頁。なお、金田一京助の著作を引用するに当たっては、『金田一全集』と略記する。
(21) 『金田一全集』第一三巻、二七頁。
(22) 『橋川集』第三巻、一八七頁。
(23) 昆前掲書、一一三頁。

(24) 昆豊は、この事態の背後に「宗門の事件屋・総会屋」海野扶門が暗躍し、前住職一家に同情した反石川的な村人を煽動する動きがあったと考えている。同上書、二二四頁。
(25) 石田省育『石川啄木論』近代文藝社、一九八二年、九頁。
(26) 『高山樗牛　斎藤野の人　姉崎嘲風　登張竹風集』〈明治文学全集四〇〉筑摩書房、一九七〇年、二一一頁。以下、引用に当たっては、『樗牛他集』と略記する。
(27) 『樗牛他集』二一三頁。
(28) 『樗牛他集』二一三頁。
(29) 『樗牛他集』二一六頁。
(30) 『樗牛他集』二一六頁。
(31) 『樗牛他集』二一六頁。
(32) 『樗牛他集』二一七頁。
(33) 『樗牛他集』二一七頁。
(34) 『樗牛他集』二一八頁。
(35) 『樗牛他集』一〇七頁。
(36) 『樗牛他集』四〇頁。
(37) 『橋川集』第三巻、一九四頁。
(38) 伊藤淑人『石川啄木研究——言語と行為——』翰林書房、七四頁。
(39) 『徳富蘇峰集』〈明治文学全集三四〉筑摩書房、一九七四年、二四九頁。なお、同書からの引用に当っては『蘇峰集』と略記する。
(40) 『蘇峰集』二四九頁。なお、引用に際しては傍点省略、以下同様。
(41) 『蘇峰集』二七三頁。
(42) 伊藤前掲書、七六頁。
(43) 同上書、七七頁。

第五章　石川啄木における国家の「発見」

第一節　後期の思想についての評価

一　啄木の後期思想の課題について

前章では啄木の初期段階の思想として、ロマン主義的政治思想を取り上げるとともに、自己探求の観点に関わる思想の考察を進めた。本書の主題である自己探求の思想的評価と、自己探求における国家の内面化について考えると、彼のロマン主義段階における思想的成熟は決して高いレベルにあったとは言えない。年齢的には自己探求の途上であるのはやむを得ないが、国家意識はきわめて素朴かつ楽観主義的であった。

啄木のような日清・日露戦間期に青年期に入った世代にとっては、国家に対するスタンスとしては、国家形成に主体的に参加する機会を持たず、国家に対して無視ないしは無関心であるか、あるいは所与の国家秩序の枠内で、高等教育によって学歴エリートとなるかであった。前者から見れば後者は俗物であったが、国家にとっては前者は無用者以外の何物でもなかった。

筒井清忠によれば、前者の青年層は三つの類型に区分される。すなわち、学歴以外に富など世俗的成功を求める

「成功」青年、明星派文学の影響を受けた恋愛至上主義的な「堕落」青年、藤村操に象徴されるような、人生の意義に悩む「煩悶」青年である。[1]「堕落」青年と「煩悶」青年が当時の文学青年のカテゴリーを構成するサブグループであるが、啄木の場合は単純化すれば、「堕落」型から「煩悶」型にシフトしたことになる。明星派の影響の下に確立した自我の絶対化が破綻することによって、「居場所」喪失状況の中で「煩悶」しつつ、自己探求の彼方に国家を発見することになるのである。それは、結果的には、自我と国家との折り合いをつけようとする作業となるのである。

啄木の思想的展開の後期において、自然主義を経て社会主義へとシフトしていく過程において、国家の意義を問い直そうとする試みが現われた。彼の思想的変遷は短い生涯において集中的に継起したために、彼の根本思想が体系化されて文学の中に根づくには不十分であった。従って、彼の思想全体が荒削りで終わった観は否めない。逆に言えば、彼自身の生き方が短期間のうちに思想的変遷を伴うことになるほど、彼には切実な内面的課題が抱え込まれていたということになるであろう。その切実な問題とは、渋民村を去って東京で死去するまでの「居場所」探しにほかならなかった。

父一禎が宝徳寺再住を断念したことで、石川家が路頭に迷うことは決定的となった。そのことは、啄木にとって、人生と文学の関係がもはや「想世界」創造のような観念的なものに留まることができず、生活の安定のためには、俗世間との妥協ないしは屈服を選ばざるを得なかった。彼は苛酷な現実の中にありながら、文学を捨てようとはしなかった。その中で、当時の文学関係者としては稀有なほどに、政治や社会の諸問題に強い関心を持っていた。

彼の文学の独自性は自己探求の切実さの現われであるが、結果的には石川家の生活状況を好転させることはできなかった。それほどまでにして、啄木が追求した「居場所」とは何であったのか。ここに彼の後期段階における思想の中核的部分が存在している。

二　考察の論点について

啄木の後期段階についての政治思想的研究としては、彼の思想的ダイナミズムにおける国家意識の変化に関心が向けられている。その場合、国家意識がどのように変容したか、そして、そのことがいかに彼の「居場所」として位置づけられるかを焦点化することになる。

社会主義と国家意識との関係については、その捉え方によって彼の思想史的評価に少なからぬ差が出てくる。それは彼の社会主義思想の内容に関わることで、啄木が最後まで社会主義を維持したか、あるいは国家主義に転じたかについての議論である。

小西豊治は、啄木における時代認識の変容過程を辿りつつ、強権国家を肯定する「社会主義的帝国主義」に到達したとする。そして、この政治思想が北一輝の国家観と共通する要素を持つことに注目して、彼らが「明治の終末に立って大正昭和の後世に語りかける「予言的思想家」の位置にあった」[2]と思想史的文脈の中に位置づける。啄木の「社会主義的帝国主義」の根拠は、友人金田一京助が啄木の訪問を受けたときに、本人の口から直接聞いたとする証言が唯一の史料なのであるが、啄木研究者の間では金田一証言の信憑性について議論があり、「金田一氏の記憶による報告を唯一の資料とすることは、学問的にとるべき態度ではないことは明白である」[3]とする厳しい批判もある。

小西の立論の根拠は、金田一証言の真実性を新たに実証的に補強したのではなく、啄木の強権的国家観を彼の思想的発展の論理的帰結と見るところにある[4]。たとえ内在的論理では思想構築の可能性が考えられたとしても、史料的根拠に動揺が生じると思想史的考察の枠組み自体が揺らぐことになる。岩城之徳は、啄木がクロポトキンの影響を受けたことに注目し、当時の啄木の日記や書簡などにも転向を示す事実を裏づける言説が発見されないこと、金田一証言の史料的脆弱さを根拠に最晩年の政治思想的転向の存在を否定する[5]。

啄木の「社会主義的帝国主義」論は、その言説が不明確であるために、議論は彼が社会主義者であったか、あるいは転向者ないしは思想的挫折者であったかというイデオロギー評価に限定される恐れが多分にある。田中礼は、金田一証言の背後に「啄木の社会主義的な面」を「実質的に消してしまいたい」気持があったと推測する。[6] 史料的証言の背後の本音を読み取ることは必ずしも容易ではないが、田中の指摘は、イデオロギー評価が先走ることに対する注意の喚起として受け止めるべきであろう。なお、この問題については、本章の最後において、啄木の最終段階の思想の考察に関連して改めて取り上げることにしたい。

本章での考察の課題として重点を置いていることは、啄木の社会主義イデオロギーの正統性の問題ではなく、彼の思想が生活苦の中で生きることとの意味を探求することから形成された思想であったということである。彼が社会主義者であったか、国家主義者であったか、あるいはいずれでもないような「社会主義的帝国主義」者であったとしても、ここでは重要な問題ではない。彼が貧困と病苦の極限的状況において、自らの生き方の中で国家や社会変革がいかなる位置づけになるのかが問われることである。

啄木が社会主義段階に移行するのは、一九〇九（明治四二）年頃と考えられる。[7] 社会主義受容の背景として、彼の個人的な事情としての貧困問題が存在したことは否定できないが、それを決定的な要因と考えることは短絡的であろう。勿論、彼の思想構築の内発的な動機において、貧困を含めた彼のデラシネ的な生活状況が与えた影響は小さくはない。彼は一種の極限状況の中で自己変革を図らざるを得なかった。

その上で、明治末期の歴史的事情の特性は当然考慮されなければならない。社会主義を受容することによって、啄木自身の内面からの自己変革の思想的契機を発見しようとした試みは、その思想史的文脈で考えるべきである。その状況の下で、初期の素朴なナショナリズムが「現実暴露の悲哀」の試練を経ることによって、国家意識をいかに変容させたのか、そのことが彼の自己探求においていかなる意味を持つに至ったのか、換言すれば自己探求を果たし得たのかという問題に論及するのが本章の内容である。

第二節　初期国家主義の転換

一　戦争観の変化

日本が日露戦争を戦い抜いて、帝国主義列強に伍するに至ったことは、日本の「一等国」意識を高めることになった。しかし、同時にその意識の軽薄さに対する批判も現われた。

夏目漱石は小説『三四郎』の中で、日露戦争後の日本についての対話の場面を設定し、その中で「是からは日本も段々発展するでしょう」と言う東京帝大生小川三四郎に対して、一高教授広田先生に「亡びるね」と言わせている。漱石にとっては、日本の近代化は外発的なものであって、「外から無理押しに押されて否応なしに其云ふ通りにしなければ立ち行かないといふ有様」[8]（「現代日本の開化」）になったものである。すなわち、外的インパクトへの対応を余儀なくされた故に近代化が促進され、西洋で長い時期を経て形成された文明を、日本は短期間で吸収することになった。しかし、それは皮層の上滑りに過ぎず、内側から文明の形成力を熟成する余裕を持たなかったことを批判している。その批判の根底には、日露戦争の戦勝により「戦争以後一等国になつたんだといふ高慢な声は随所に聞くやうである」[9]という、軽薄な国民感覚に苛立ちがあった。

啄木は一九〇五（明治三八）年六～七月に発表した「閑天地」では、戦争はまだ終わっていなかったが、戦勝気分に対する戒めの言説を連ねている。この論説の発表の直前に日本海海戦が起こった。彼は、日露戦争の過程を「旅順の陥落に第一幕を終り、波羅的艦隊（バルチック）の全滅に第二幕を終らむ」（「閑天地」）（四：六五）と捉えて、「第三幕」に入ったとするが、「この新光景が今後の舞台に重大の変化を与ふるの動機たるは何人と雖ども拒み難き所、吾人が甚大の戒心を要すと云ふは乃ち此の点にありて存す」（同上）（四：六五）と述べている。

彼は開戦前から、「新時代の世界文明は東西の文化を融合して我が極東帝国の上に聚り（あつま）、桜花爛漫として旭光に匂ふが如き青史未載の黄金時代を作るべき」〔同上〕〔四：六二〕という主張を開戦論の根拠に置いていた。従って、彼の「第三幕」戒心論は、単にロシア軍の反撃を警戒して、いわゆる「勝って兜の緒を締めよ」という警告に留まらず、新時代の文明創造の担い手たる自覚の確認である。

顧慮する勿れ、因循する勿れ、姑息なる勿れ。夫れ権威は勝利者の手中にあり。この権威は使命と共に来る。使命を自覚したる者は権威の体現者なり。吾人は完全なる努力の充実を全うせんがために、吾人の民族的理想の基礎を牢固ならしめむがために、勝てる者の天与の権威を、大胆に、赤裸々に、充分に発揮せしめざるべからず。〔同上〕〔四：六六〕

啄木は戦争に勝利することを否定しているのではない。むしろ、戦争に勝利することによって新文明の担い手としての地位を宣言しようとするものである。しかし、戦勝を強調することは一般民衆と同様に、勝利者としての民族的誇りを自覚することを強調する結果に留まる可能性も十分にある。日本が担うべき文明創造の使命とはどのようなものか、特に、それが軽薄な単なる「一等国」を超えて、いかなる精神的価値を実現するかを示すことが彼自身に跳ね返ることになるであろう。

一九〇六〔明治三九〕年一月に発表した「古酒新酒」においても、戦争の結果について批判を投げかける。

軍事を外にしては、我が大和民族は未だ決して大なる国民に非ず、てふ経験は、吾人の尤も悲しむべしとする過去の教訓の第一也。何が故に然か曰ふや、答へて曰く、帝国は未だ一の民族的代表者、天才的一大人格者を有せざれば也。〔「古酒新酒」〕〔四：九一―九二〕

日露戦争が終わった段階で、啄木は改めて民族の指導者を欠く現実を痛感する。それは、日本が戦勝国となったにもかかわらず、「軍事に於けると同じ勝利を民族競争裡に獲得する事能はざりき」（同上）（四：九二）故である。民族競争の勝利とは、彼が例示する平和を仲介したアメリカ大統領ルーズベルトのように、国家としての威信を世界的に獲得することを言うのであろう。

啄木にとっても、ポーツマス条約は「屈辱と泣寝入」（同上）（四：九二）であった。しかし、彼はそれを桂太郎内閣の外交政策の失敗とするのではなく、国家に「民族的代表者、天才的第一人者」を持たないためと考える。彼は「戦雲余録」でビスマルクを国家的指導者として高く評価していた。そこでは、ビスマルクを明示していないが、ドイツに注目していることは、「吾人は次期の戦争として日独の干戈を予想しうべき幾多の理由を有す」（同上）（四：九三）と述べていることからわかるが、「幾多の理由」については述べていない。これだけでは、ポーツマス条約がロシアに対する弱腰外交の結果であり、それは国家的指導者の能力に低さのためであると言っているようにも取れる。

たとえそれ以上の国際的道義に適合することを考えていたとしても、「天才」は「我が民族が大国民たりうるの日」（同上）（四：九二）に出現すると主張するだけで、軍事的大国を超えた国家をいかにすれば実現できるのか、また国民的精神を正しく高める指導者がいかなる人間像で、いかにして出現させるかには論議は進まなかった。おそらく、彼において、明確な国家観や人間観が深められていなかったのであろう。思想的には未成熟な状態であるが、彼にとっては、現実の日本は「凡庸なる社会」（同上）（四：九二）であった。

二 「一等国」批判

一九〇七（明治四〇）年三月に発表された「林中書」には、啄木の思想的深化が見られる。彼は、日本が「東洋唯一の立憲国である。東洋第一の文明国である。空前の大戦に全勝を博して一躍世界の一等国になつた国である」というが、「果して世界の大道を大跨で歩ける国であらうか」（「林中書」）（四：九九）と冷ややかな視線を向ける。彼によれば、文明の発展を謳歌するだけでは軽薄である。彼によれば、文明の発展が生活に便利さをもたらしたことは事実であるが、「人生の真趣に貢献して居らぬ」〔同上〕〔四：一〇二〕故に、日露戦争の勝利を日本文明の勝利であるかのように思い込む「一等国」意識を厳しく批判する。

此の立憲国の何の隅に、真に立憲的な社会があるか？　真に立憲的な行動が、幾度吾人の眼前に演ぜられたか？　非立憲的な事実のみが跋扈して居る様な事はないか？　政治上理想の結合なるべき政党が、此の国に於ては単に利益と野心の結合に過ぎぬではないだらうか？　民衆は依然として封建の民の如く、官力と金力とを個人の自由と権利との上に置いている無知の民衆ではないだらうか？〔同上〕〔四：九九〕

この「一等国」批判の核心にある論理は、「立憲国」と言いながら「非立憲的な事実のみが跋扈している」ことであり、「文明国」の名の下に「生活上の便利に止つて、一点の便利をも人生の真趣に貢献して居らぬ」〔同上〕〔四：一〇二〕実態への批判であった。前者の指摘は「利益と野心の結合に過ぎぬ」政党への批判である。一九〇七（明治四〇）年三月当時の政党の最大のものは立憲政友会で、総裁西園寺公望が第一次内閣を組織していた。その他、野党に憲政本党と、国民協会系の大同倶楽部などがある程度で、政局は桂園時代と呼ばれるように、陸軍長閥の桂太郎と立憲政友会の対抗を軸に動いていた。その状況下で、政党が「利益と野心の結合」に過ぎないというのは、西園寺内閣が議会を乗り切るために、藩閥との妥協を取らざるを得ないことを示している。しかし、一方で、第二次桂内閣のときも「情意投合」と言われるように、議会工作として政党の協力を求めることもあった。

政党政治の不完全さを攻撃する一方で、民衆の「依然として封建の民」のような政治的無知の実態を批判する。当時の選挙制度は、一九〇〇（明治三三）年に衆議院議員選挙法改正によって、選挙資格の直接納税最低額が一五円から一〇円に引き下げられたばかりであった。有権者の人口比は二・二％で、名望家政治の域を出るものではなかった。

「林中書」の頃は桂園時代であり、政権は立憲政友会の第二次西園寺公望内閣が担当していた。第一次内閣のときと同様に憲政本党や大同倶楽部などは振るわず、政局はもっぱら山県有朋・桂太郎の陸軍長閥を軸とする藩閥と立憲政友会との拮抗で動いていた。真に立憲国であることを求めるならば、また、民衆が「封建の民」のレベルから脱却することを望むならば、普通選挙制を要求する主張に近くなってくる。しかし、彼の主張する「天才」に服従しかつ尊敬する「健全な」民衆は、必ずしも政治の主体として参加する能力を絶対に必要としたものではなかった。

啄木は日本を理想に導くためには、教育の必要性を主張する。

教育の最高目的は天才を養成する事である。世界の歴史を意義あらしむる人間を作る事である。それから第二の目的は、係(かか)る人生の司配者に服従し、且つ尊敬する事を天職とする、健全なる民衆を育てる事である。(同上)〔四：一〇七〕

彼が特に重視するのは「天才」を育成することであるが、「天才」に服従し尊敬する民衆を教育することの重要性を主張する。彼においては、「天才」に服従することと、「封建の民」から脱却することとは必ずしも矛盾する関係とは捉えていなかったようである。真の「立憲国」ならば、「立憲国」にふさわしい指導者を、「立憲国」にふさわしい国民として選ぶことになるからである。しかし、「天才」志向は普選主張とは一種の矛盾を持っていた。選挙制度は文字通り主体的に代表者を選ぶものであって、服従することを求めるものではないからである。

しかし、「天才」の出現は理想でしかなかった。彼によれば、日本の教育の現状は「凡人製造を以てその目的として居る」〔四：一〇八〕のが実態である。彼は代用教員であったから、教育の現状には大きな関心を持っていた。一九〇六(明治三九)年七月に書き始め、結局は未完に終わってしまった小説「雲は天才である」では、啄木自身を投影した新田耕助、西本俊吉、天野朱雲を、世俗的権威に反抗する自由人として設定している。作品の目的は「天才」的人間像を描くつもりであったが、彼自身の思いが強く出たためであろうか、彼自身の逸脱した生活を弁明的に描くだけのものに留まった。少なくともこの段階では、文学をもって社会に相渉ることは不可能であったと言わざるを得ない。彼は文学的成功にこだわっていたが、思想の語りの域に高めるには、「天才」なり「英雄」なりを、同時代の課題を反映した上での普遍的な人間像へと昇華しなければならなかった。

「一等国」意識の蔓延とは裏腹に、明治末期には国家倫理の減退が憂慮されるようになった。一九〇八（明治四一）年の戊申詔書は国家的忠誠の減退状況を憂えて、「思想善導」を図ることを目的として発布したものであった。「忠実業ニ服シ勤倹産ヲ治メ惟レ信惟レ義醇厚俗ヲ成シ華ヲ去リ実ニ就キ」とか、「我ガ忠良ナル臣民ノ協翼ニ倚藉シテ維新ノ皇猷ヲ恢弘シ祖宗ノ威徳ヲ対揚セムコト」というように、維新以来の道徳や国家への忠誠の強調が抽象的な文飾をもって宣揚されているが、橋川文三がこの詔勅に見られるのは「空疎な訓戒の姿勢だけ」[10]と指摘したように、確かに迫力に欠けるものがある。個人主義の台頭に見られる倫理の変貌という歴史的現象に対して、反動イデオロギーを説教じみた調子で強調するのであるから、国家的価値の相対化の中で精神形成を行った世代にとって歓迎されないのも当然である。

啄木は戊申詔書に言及することはなかった。無視したのかもしれないが、彼にとっては歓迎すべきものではなかったであろう。少なくとも「思想善導」の目指す「忠良なる臣民」が、「天才」的人間像には程遠いものだったことは確かである。重苦しく迫る実生活の背後に存在する国家の中に、彼の「居場所」はいまだなかったのである。すなわち、啄木において、天皇制国家の権威をもってする「思想善導」に対抗し得る思想的根拠はまだ形成されていなかったのである。

第三節　思想的転換の契機としての故郷喪失

一　現実の故郷喪失

一九〇七（明治四〇）年は、啄木にとっては悲惨とも言うべき年であった。前年一二月二八日に啄木夫婦の第一子が誕生し、京子と命名された。一家にとって、新年は当然喜びと希望に満ちた開幕となった。ところが、三月五日未明、父一禎が突然家を出奔したことで暗転した。一禎は宝徳寺再住運動を断念して、野辺地の師僧葛原対月の許に身を寄せることになった。同時に、啄木が生活の重荷を一挙に引き受けることとなった。同日に日記（「明治四十丁未歳日記」）には「一家は正に貧といふ悪魔の翼の下におしつけられて居るのだ」（五：一四五）と記している。

啄木は、この事態が発生する以前から、教員を辞めることを考えていた。一月七日の日記には「予の代用教員は恐らく数月にして終らむ」（同上）（五：一三五）と記し、九日にも同じく辞意を記している。退職を考えた頃の心情を推察できるものとして、三月四日の日記には、帰郷後約一年の生活を「戦い」と表現し、次のように記している。

敵と予とは、今或る中立地帯を隔てゝ対陣して居る。或は這の間に、かの平和の様で、そして危険な沈黙が含まれて居るのかも知れない。此勢力均等を破る可き或る機会が多分遠からずして来るであらうと思はれる。（同上）（五：一四四）

「敵」とは「敵はすべてであつた。予自身さへ、亦予の敵の一人であつた」（五：一四四）と言っていることから、平穏な生活を求めることと、波乱を覚悟で文学に生きようとする思いとに引き裂かれて、内面に矛盾を抱えたまま不断に動揺を引き起こしていることを指しているのであろう。「中立地帯」とは、文学への思いを内に秘めながら代用教員として村で平凡な生活を送るという、一応妥協が実現していることを意味しているのであろう。「危険な沈黙」とは、生活の中で野心の情熱が冷めていく恐れを意味することになる。

「林中書」でも、末尾部分に「予は或は遠からず未来に於て、代用教員といふ名誉の職を退いて、再びコスモポリタンの徒に仲間入りするかも知れない」（「林中書」）（四：一一〇）と記している。「コスモポリタンの徒」とは、文学従事のために上京することを指すのであろう。文学のほか、中学校の西洋史の教師や俳優などを列挙し、最後に帰って来て「日本一の代用教員となって死にたいと思う」（同上）（四：一一〇）と述べている。どこまで本心かわからないような記述であるが、確実に言えることは、彼にとっての「天才」的人間の出現を、文筆活動あるいは教壇のいずれかにおいて語ることに使命感を感じていたということである。

彼が代用教員なって間もなくの頃、一九〇六（明治三九）年五月一一日付の小笠原謙吉宛書簡では、俸給の支払いが遅れたことを「明治の聖代が詩人を遇するの道又至れる也」と皮肉りながら、「かかる境にありて、我が唯一の楽しみは、故山の子弟を教化するの大任也。小生は蓋し日本一の代用教員ならむ」（同上）（七：一一七）と教育に従事することの自覚も述べている。

啄木においては、「日本一の代用教員」として生きること、文学への希望とが微妙な均衡を内に保っていたのであろう。従って、彼にとって「勢力均等を破る可き或る機会」（五：一四四）とは教職を去ることなのであった。ところが、皮肉なことに、そう記した日の翌日、生活の重圧が彼にのしかかったのである。にもかかわらず、四月一日、彼は辞表を提出した。慰留されたが、辞意は固く生徒を扇動して校長排斥のストライキを起こした。これによって、免職の辞令を四月二二日に受けた。

啄木は退職後、知人で函館の文芸同人社苜蓿社（ぼくしゅくしゃ）の松岡蕗堂の世話で、一家離散の状態で北海道に渡ることになる。五月五日、啄木は妹光子を伴って、故郷喪失者として函館に入った。光子は、小樽在住の啄木の義兄山本千三郎・トラ夫妻の許に行った。

五月一一日、函館の商業会議所臨時雇いとなった。これが北海道での生活の始めとなった。商工会議所の勤めは生活のためであり、文学関係の活動としては、苜蓿社の機関紙「紅苜蓿」の編集の手伝いに関わっていた。その間の六月一一日に、やはり苜蓿社同人の世話で弥生小学校の代用教員となっているが、これも生計を立てるためであった。函館在住の間に、妻が娘京子を連れて、さらに母が一か月後に来たので、一時的ではあったが妹を加えて一家五人で暮らした。一年前の一九〇六(明治三九)年八月一六日付の小笠原謙吉宛書簡では、「少くとも小生の性格は今の東京に適せず、小生は文界の軌道を歩むを以て此上なき不得策なりと感じたり」(七:一二四)と記しているが、彼の性格のどこが東京に適しないのかは、これだけではわからない。上京に失敗して日も浅い上に、生活維持のこともあるから慎重な姿勢を取ったに過ぎなかったのかも知れない

しかし、北海道に移ることで、少なくとも「文界の軌道を歩む」上での「不得策」は一層大きくなった。生業のかたわらで趣味的な文芸を楽しむ程度ならば、地方都市での同人誌編集活動は最適であった。しかし、啄木の場合はその逆である。渋民を追われるように去り、はるか北に流れていく生活は文壇から遠ざかるとともに、生活苦が追いかけて来ることになったのである。八月一八日に函館日日新聞社編輯局に採用されたが、九月一一日に退職した。

その間の八月二五日に函館大火があった。八月二七日の日記には、「全市は火なりき、否狂へる一の物音なりき、高きより之を見た時、予は手を打ちて快哉を叫べりき」(同上)(五:一五七)と記している。誤解を招きかねない不穏当な感想であるが、生活苦の重圧によって潜在化していたデスペレートな心情が噴出したのであろう。さらに「幾万人の家をやく残忍の火にあらずして、悲壮極まる革命の旗を翻し」(同上)(五:一五七)という記述もあるが、社会運動としての革命を期待したわけでもない。この火災で学校も新聞社も焼失し、彼も職を失った。

啄木は九月一六日に、札幌の北門新報社の校正係の職を得た。しかし、給料が安く、一八日に小樽日報社に移った。ここでは社会面の主任として活躍したが、社の運営をめぐって事務長小林寅吉と対立して暴力を振るわれ、一二月二一日に憤然として退社した。一二月二七日の日記には、「噫、剣を与へよ、然らば予は勇しく戦ふ事を得べし。然ら

ずば孤独を与へよ」（同上）（五：一七八）と記している。転々とする生活の中で、焦燥感とともに気持ちも荒んでいったことをうかがわせている。

翌年一月二二日に、釧路新聞社の記者となった。「さいはての駅に下り立ち／雪あかり／さびしき町にあゆみ入りにき」と詠んだように、釧路駅は当時は「さいはての駅」であった。「さいはて」の歌には、故郷喪失の果てに流れ着いた寂寞たる思いが込められている。しかし、仕事の上では、社長白石義郎に見込まれ、事実上の三面編集主任を任され精力的に働いた。芸者小奴とのロマンスもこの時期のエピソードであった。彼は家族を小樽に残したままの単身赴任であった。常識的には、仕送りを待つ家族を残したまま、芸者と気楽に過ごす所業は許されるものではなかった。

しかし、彼は刹那な享楽に耽ることで満足していたわけではなかった。「火をしたふ蟲のごとくに／ともしびの明るき家に／かよひ慣れにき」と自分自身を冷ややかに見詰めたように、孤独と自己嫌悪の故の行動であった。従って、啄木は釧路で荒んだまま埋もれる気はなかった。彼にとっての「居場所」は文学にあるべきという信念が心の底にあった。

二　啄木のニヒリズム

約一年の間に、北海道で住所と職場を転々としているが、一応仕事にありついたのは、文学上の人間関係があったからである。仕事はあったが、一家の生活を支えるには至らず、一家離散状況の中で貧困が続いた。一九〇八（明治四一）年四月、上京を決意して釧路新聞社を退社した。函館経由で上京する際に、妻子と母を函館の義弟宮崎郁雨に託して単身上京していった。

退社前の三月二八日の日記（「明治四十年日誌」）には、「絃歌を聴いて天上の楽となす。既にして酔さめて瘦身病を得。枕上苦思を擅上して、人生茫たり、知る所なし焉」（五：二四一）と釧路の生活を反省し、さらに「予はもと一個のコスモポリタンの徒、乃ち風に乗じて天涯に去らむとす。白雲一片、自ら行く所を知らず」（同上）〔五：二四一〕と、釧路を去る意志を示している。文学活動の再起を決意しての釧路との訣別であるが、家族を抱えている身でもあって、文飾に言う行雲流水の境涯に生きる雲水のような気持ちは、本心ではなかったであろう。故郷喪失の身は自らの存在の意味を見出せないままでは、常にニヒリズムと背中合わせであった。

啄木のデラシネ的生活は、盛岡中学中退後の上京から始まったと言ってよい。しかし、渋民村を去るまでは、国家的ロマン主義に人間存在の根が観念的につながっていた。それが故郷を追われるように去ったとき、断ち切れた、あるいは幻想として剥離したのである。一九〇八（明治四一）年二月執筆と推定される『卓上一枝』で次のように述べている。

一切の生活幻像を剥落したる時、人は現実曝露の悲哀に陥る。現実曝露の悲哀は涙なき悲哀なり。何となれば人一切の幻像に離れたる時唯虚無を見る。虚無の境には熱もなし、涙もなし、唯沈黙あるのみ。（「卓上一枝」）〔四：一三〇〕

故郷を追われ北の地を流浪しつつ、生活のために不本意な仕事に従事する身にとって、国家の中での自己探求が完成することなど、はるか夢想の彼方のことに過ぎなかった。そこに現われる「現実曝露の悲哀」の果に「虚無」を見ることになるが、人は「虚無」に遭遇してしばしば哲学や宗教によって超克しようとする。しかし、啄木は哲学や宗教について、「果たして幾分の混乱をか此人生より減じ得たる」（同上）〔四：一三四〕と批判的な意見を付加している。

鹿野政直はポーツマス条約から「林中書」執筆に至るまでの時期に、啄木の「内面に大きな変化が起こりつつあった」ことを指摘し、その意義を「〝生活者〟の視点の樹立過程」と捉えている。[11] 彼の生活意識の甘さは中学校中退以来の根の深いものであったが、なかなか深刻な問題として向き合うことがなかったのではないか。しかし、北海道での流浪生活によって実生活の重みを身に沁みて知ったのであろう。しかし、彼はその視点からの文学を確立し得なかったし、それ以前に生活そのものの安定が得られていなかった。
一九〇八（明治四一）年一月一日の日記（「明治四十年日誌」）には、貧富の差を不条理とした上で次のように述べている。

此驚くべき不条理は何処から来るか。云ふ迄もない社会組織が悪いからだ。悪い社会は怎すればよいか。外には仕方がない。破壊して了はなければならぬ。破壊だ、破壊だ。破壊の外に何がある。〔五：一九二〕

これは虚無的感情の吐露は生活人の視点というよりは、むしろ追い詰められた果てのデスペレートな心情によるものと言うべきであろう。ここに社会主義思想への架橋は確かに存在する。一月四日に小樽市内で、小樽新聞社の碧川比企男が主宰する社会主義演説会が開催された。内容は、添田平吉の「日本の労働階級」、碧川の「吾人の敵」、西川光次郎の「何故に困る人が殖ゆる乎」と「普通撰（ママ）挙論」であった。啄木の印象では、添田と碧川の講演は要領を得ず、西川の講演にも目新しさを感じなかったと言う。そして、彼は次のように感想を述べている。

今は社会主義を研究すべき時代は既に過ぎて、其を実現すべき手段方法を研究すべき時代になつて居る。尤も此運動は、単なる哀れなる労働者を資本家から解放すると云ふでなく、一切の人間を生活の不条理なる苦痛から解放することを理想とせねばならぬ。今日の会に出た人人の考へが其処まで達して居らぬのを、自分は遺憾に思ふた。（同上）〔五：一九五―一九六〕

社会主義の立場からは、「生活の不条理なる苦痛」は資本家による搾取に集約されることになるが、啄木はそこから階級闘争の論理に向かおうとはしないのである。彼の心底に深く巣食った虚無感の故に、ただちに現実的行動によって満足すべき結果に至るという楽観論を持ち得なかったのである。「生活の不条理なる苦痛」からの人間の解放とは、安心立命の獲得に近いものであった。

彼は文学に生き方を定めて、四月二四日に上京した。その日の日記（同上）には、「自分が新たに築くべき創作的生活には希望がある。否これ以外に自分の前途何事も無い！」（五：二五〇）と記している。家族は函館に残した。彼は小説を書こうとしたが、文壇の主流となっている自然主義に対して批判的であったために、小説で成功を収めることは困難であった。彼は五月八日の日記（同上）に、自然主義について次のように記している。

予は自然主義を是認するけれども、自然主義者ではない。（中略）自然主義は今第一期の破壊時代の塵を洗つて、第二期の建設時代に入らむとして居るだけだ。此時期になつて、初めて新ロマンチシズムが芽を吹くであらう。〔五：二六三〕

彼の言う「破壊時代」とは自然主義特有の傍観的な現実暴露を指しているが、続くべき「新ロマンチシズム」とは何を指しているのであろうか。彼の現状に即して考えると、「卓上一枝」で述べたような「現実曝露の悲哀」の果ての「虚無」を克服する哲学を語る文学であると見たい。

しかし、現実には、彼は内面的にも社会的にも危機に直面していた。その頃の日記には、「死」という言葉が頻繁に現われる。

噫、死なうか、田舎にかくれようか、はたまたモット苦闘をつづけようか？
（中略）

誰か知らぬまに殺してくれぬであらうか！　寝てる間に！（六月二七日）
死にたくなつた。死といふ外に安けさを求める工夫はない様に思へる。生活の苦痛！（中略）死にたい、けれども自ら死なうとはしない！（六月二九日）
死にたいといふ考が沸いた！（七月一七日）
何事も自分の満心の興をひくものがない！　ああ生命に倦むといふのがこれかしら。何事も深い興がなく、極端な破壊――自殺――の考がチラチラと心を唆す。（七月一九日）
死の囁きを聞いてゐる時だけ、何となく心が一番安らかな様な気がする。（七月二〇日）
一日故山の事許り考へた。単純な生活が恋しい。何もかもいらぬ。唯故郷の山が恋しい。死にたい。（七月二三日）〔五：二八八―二〇七〕

彼を捉えた絶望感は生活苦に由来していた。死への憧れが脳裏をかすめるとともに、函館に残してきた家族や野辺地の父のことが浮かんでくる。しかも、自分は下宿代も払えない、煙草代すらもないと告白するほど、生活は困窮していた。彼の窮乏生活を見かねて、支援してくれていたのが友人の金田一京助であった。下宿代の立替えや著作の新聞掲載の斡旋など、温かい支援を続けていた。しかし、家族を東京に呼び寄せることは不可能であった。九月二九日夜に、母が函館を去って岩見沢の姉の許に行ったことを、妻と妹からの手紙で知った。

啄木のこのような精神状況をニヒリズムと呼ぶのは、あまりにも即物的ではあるが、存在の根源的意味を喪失した精神の闇に注目したい。自らの生活の基盤を喪失し存在の意味を無化する精神的闇の中に佇む状況が、「居場所」喪失の観念としてのニヒリズムとして彼を強く捉えていた。

第四節　国家意識の再生と時代閉塞状況

一　国家の発見

ニヒリズム的状況に沈淪（ちんりん）していた啄木が、精神的に再生する契機が生じたのは一九〇九（明治四二）年のことである。但し、日記には八月以降は絶望や死への思いの記述が見えなくなったのは、何かふっ切れるような事情があったのかも知れない。七月二七日の日記には、下宿代の催促で追い立てを告知されたことと、その死活問題を「何とか自分で解決せねばならぬという考」〔五：三一〇〕に至ったことを記しているので、即物的なニヒリズムに対して現実的な決断によって開き直ったのであろうか。

この年の三月に東京朝日新聞社に校正係として採用され、収入は家族四人が暮らすことはできるほどはあった。六月一六日に家族が上京して来たが、妻と母との確執が深刻になり、一〇月二日には節子が娘京子を連れて盛岡の実家に帰る一幕もあった。金銭面では、借財の返済と彼自身のルーズな金銭感覚のために、依然として生活苦は解消されず、よく知られている「ローマ字日記」の内容からは荒んだ生活が垣間見られる。

「ローマ字日記」は「すぐれた自然主義的な文体の作品となって、表出されている」[12]と評されるほど、文学の素材的価値を持っている。しかし、啄木がそれを文芸として創造する気がなかった。上述のように、自然主義に対して距離を置いているからである。「作家の人生に対する態度は、傍観ではいけぬ」（「ローマ字日記」一九〇九（明治四二年）四月一〇日）〔六：一二七〕と述べているように、「現実曝露」に留まる文学に対して批判的なのである。

彼はすでに北海道滞在中に、社会主義について「一切の人間を生活の不条理なる苦痛から解放すること」としたのは右に述べた通りである。人生に対する傍観的態度が何の救いにもならないのは、彼自身が身をもって痛感し続けていることである。その中で、文学に何ができるのであろうか、彼自身に即して言えば、自分のみならず家族さえも追い詰めてまで専心しようとする文学とは何であるのか、文学の存在理由を根本から問うことになる自己探求が始まったのである。

啄木はその年の前半期には、デスペレートな心的状況を脱却できなかった。「ローマ字日記」の四月一七日には、次のような記述がある。

泣きたい！　真に泣きたい！

「断然文学を止めよう。」一人で言ってみた、

「止めて、どうする？　何をする？」

「Death」と答えるほかないのだ。実際予は何をすればよいのだ？　予〔の〕することは何があるだろうか？

（中略）

とにかく問題は一つだ、いかにして生活の責任の重さを感じないようになろうか？――これだ。〔六：一四五〕

上述のように、新聞社の給料は、その気になれば一家が暮らしていけるだけのものであったのもかかわらず、金銭感覚のルーズさが是正されないことは確かに問題であった。しかし、それ以上に、「虚業」としての文学に生きようとすることの空しさが、重圧として彼にのしかかっていたと見るべきであろう。「文学者とは、空しき夢を見て一生何事をもえ為さぬものぞ」（「正直に言えば」）〔四：二〇六〕と述べているのは、彼の心底から発せられた苦悩の言葉であろう。文学そのものへの懐疑から、まだ明確な転生の道筋が見えていなかったのである。

これ以上落ちるところのないニヒリズム、「「Death」と答えるほかない」ないようなニヒリズムから、彼の自己探求は出発しなければならなかった。彼の自然主義批判も自己探求のベクトル構成の一要素であった。同年の後期には、転生の道筋の過程で、国家の意義が見出されていくのである。

一九〇九（明治四二）年秋に発表された「百回通信」では、政治や社会に対する視点が明確に出ている。「百回通信」は、彼の高等小学校時代の恩師で後に『岩手日報』の主筆となった新渡戸仙岳の厚意で、同紙に連載したものである。公衆向けの言説であるため、時事問題にアプローチする必要があったのであろうが、このことは「時代＝社会の諸問題を、自己の定立点である〈日常〉のレベルで観察し、考察することを意味する(13)」ことになった。必ずしも明確ではなかった彼の文学と社会との接点が、ようやく見え始めたと言ってよいのではないか。

彼は社会に対する視線の彼方にある日本の国家の現状を、成り上がり階層のようなものとして批判する。

日本の国情は恰も成り上りの新華族の如し。交際には慣れず、金は無し、家の普請、庭の手入、それ相応に格式を張つて行かねばならぬところに、他から見えぬ気兼遣繰ある事にて、年中心配の絶間なく候。小生は日本人の一等国呼ばはりを聞く事に冷々致候。〔四：一八三―一八四〕

啄木の「一等国」批判については前述した。日露戦争の段階では、卑俗な現実を批判し世俗に超然たるロマン主義詩人として、彼自身の理想を反映した「天才」の出現を期待した。時代精神の国民的指導者の出現が現実には不可能である上に、彼自身の生活が世俗に超然とすることを許さないものであった。彼は渋民村退去後のデラシネ状況の下で、漸く生活人としての立場を受け入れざるを得ないことを認識したのである。

その立場から、永井荷風の『新帰朝者の日記』における「非愛国的傾向」を批判しているが、その中に彼の現状認識の転換が現われている。荷風は日記形式で日本文明を批判しているが、啄木は自らも現日本文明には満足していないことを断った上で、荷風の意見に対して失望と厭悪を抱くものと酷評する。

荷風氏の非愛国思想なるものは、実は欧米心酔思想也。も少し適切に言へば、氏が昨年迄数年間滞在して、遊楽

これ事としたる巴里生活の回顧のみ。〔四：一九四〕

それは、都会で享楽生活を送った放蕩息子が帰郷して、垢抜けのしない田舎生活を侮蔑するようなものと感じたからである。すなわち、啄木によれば、荷風の言説は、「一等国」批判であるが、では、いかにして日本の精神性をいかに高めるかという視点を欠いているのである。現状に不満があるならば、その改善方法を考えて提言することに進むべきであるとする。

啄木は日本の現状に満足せず、しかも軽薄な「非愛国」の徒にも加担することなく、日本の現状に対する自己の姿勢を明確に述べる。

在来の倫理思想を排するものは、更に一層深大なる倫理思想を有する者ならざる可らず。而して現在の日本を愛する能はざる者は、また更に一層真に日本を愛する者ならざる可らず。（同上）〔四：一九五〕

ワグナーに傾倒した体験を持つ啄木にとっては、渡欧できるものならしてみたいと当然思ったであろう。洋行して享楽的な生活を体験した荷風に、羨望を感じることがなかったと言えば嘘であるかもしれない。しかし、彼の荷風批判の本質は決してルサンチマンのみで捉えることできない。貧困に苦しむ生活苦労人の視点からは、確かに荷風の生活感覚は能天気なものに映り、不快感を催すものであったであろうが、荷風批判は決して感情論に終始したのではない。生活人としての知的射程に国家を収めることによって、いかに日本の現状を克服するのか、さらに、それを文学の中にどのように取り上げていくのかを、荷風批判の中から掬い上げていったのである。

二　時代閉塞の認識

当時は戊申詔書の煥発に象徴されるように、個人主義的思考の成長と国家主義的価値意識の減退は、時代精神の傾向の一面として現われていた。それが「一等国」意識の裏返しとしての、国家的課題達成の反動から来る弛緩と認識された。支配層は社会主義もその一環として憂慮していた。戊申詔書が発布されたのは、啄木が生活苦に呻吟していた一九〇八（明治四一）年一〇月のことであった。

国家の立場によれば、啄木のような公的には無用の文学を望んで家族を路頭に迷わす輩は望ましい存在ではなかったであろう。「煩悶」という言葉が流行するように、人生の意義に苦悩するだけで、天下国家を視野の外に置く青年層も危険視されるものであった。荷風のような西洋の遊楽体験から日本文明を見下す輩も、天下国家の問題から目を逸らす同類であった。

戊申詔書から一年のうちに、啄木は思想的転換に入った。決してこの詔書の故ではなかったが、明治国家が国家主義の強化を図った段階で、国家意識を含めた価値観の変化が生じたことが、思想史的に注目される。

> 国家！　国家！
> 国家といふ問題は、今の一部の人達の考へてゐるように、そんなに軽い問題であらうか？
> （中略）
> 今、私にとつては、国家に就いて考へる事は、同時に「日本に居るべきか、去るべきか」といふ事を考へる事になつて来た。（「きれぎれに浮かんだ感じと回想」）〔四：二二二〕

この問題提起によれば、自然主義が社会の因襲を批判したように、「国家といふ既定の権力に対しても、其懐疑の鋒先を向けねばならぬ」（「性急な思想」）〔四：二四八〕のである。自然主義が明治末期の社会的現実を深く凝視するならば、当然その背後の国家も凝視の対象となるべきであった。しかし、自然主義者は結局は私生活の中に逃げ込み、自らの社会的視野を狭めた。啄木が自然主義に歯痒さを感じたのは、国家を無視すること、あるいは無関心であることであった。彼にとって、国家とは「強力な敵手として幻想なしに評価[14]」すべき対象であった。

啄木の立場は、国家の問題は看過できないものであると言っているが、国家の存在を否定していない。国家と折り合う余地は保留されている。彼はロマン主義を「弱き心の所産」（「巻煙草」）（四：二四五）として、誰にも、またいつの時代にでも存在するものと理解するが、「現実との直面を避けようとする心理[15]」が現実否認に結びついたものとして、彼にとってはロマン主義の立場は批判されるべきものであった。彼は「この身体、この心を全く盲目的に感情の命令の下に投げ出して了ふ事は出来ない」（同上）（四：二四五）と、ロマン主義との訣別を表明する。国家へのスタンスに関しては、視線を向けようとしない点では自然主義もともに否定されるべきであった。

啄木にとっては、今や国家は無条件に従属する対象ではなかった。国家から遠心的に「私化」の中に埋没する者も、「一等国」の自負の下に国家主義を信奉する者も、国家を問題化しない限り、国家の強権に籠絡されたことと同じなのである。このような「理想を失ひ、方向を失ひ、出口を失つた状態」（「時代閉塞の現状」）（四：二六七―二六八）を、彼は「時代閉塞」と呼ぶ。そして、青年層の「内訌的、自滅的傾向」は時代閉塞の結果であるとする。その傾向は時代の特徴となった「煩悶」のことであるが、彼にとっては、闇の中に佇むように人生の意味に煩悶するよりも、「明日」に向かって歩み出すべきなのである。

閉塞状況を打破すること、彼はこれを「明日の考察！　これ実に我々が今日に於て為すべき唯一である」（四：二六九）として、文学にその課題を求めている。「明日」に考察を傾け「今日」を批評することによって、文学はその精神を回復することができるとする。啄木には国家の「明日」は、我が身の「明日」と同様にいまだ明確な姿は見えなかった。しかし、ニヒリズムに追い詰められて、「文学者の生活などは空虚なものに過ぎぬ」（「明治四十四年当用日記」一月三日）（四：一七二）と自棄的に言い放った頃からは、彼の進むべき道の輪郭が見えてきたように思われる。それは文学の公的意義の発見である。すなわち、個人が国家といかに調和できるかを試みる文学の可能性であった。

橋川文三は啄木において文学と生活に関わる問題が、ともに「国家の問題へと止揚され集約された」[16]と考える。啄木は、同時代の日本の国家組織は強力である故に、「真に国家と個人との関係に就いて真面目に疑惑を懐いた人があるとするならば、其人の疑惑乃至反抗」(「性急な思想」)(四：二四八)は痛切にならざるを得ないと述べている。では、国家と個人の間にどのような関係が成り立つと考えたのであろうか。

第五節　啄木の社会主義思想

一　啄木の社会主義思想

先述のように、啄木は小樽時代に社会主義に接したが、冷淡な姿勢を取っている。一九〇七(明治四〇)年九月二一日の日記には「所謂社会主義は予の常に冷笑する所、(中略)社会主義は要するに低き問題なり必然の要求によって起れるものなりとは此の夜の議論の相一致せる所なりき」(五：一六七)と記している。このときの議論の相手が主張する社会主義についてはわかる部分もあるが、低次元の思想であるという認識を示している。翌年一月の小樽での演説会の印象でも、階級の問題よりも人間の存在苦からの解放の方に関心を示していた。

彼が社会主義に関心を示すようになるのは、先述のように一九〇九(明治四二)年の頃と考えられる[17]。その理解は政策論として容認するものであった。「百回通信」では社会主義について次のように述べている。

世には社会主義とさへ言へば、直に眉をひそむる手合多く候。然し乍ら、既に立憲政体が国民の権利を認容したる以上、其政策は国民多数の安寧福利を目的としたるものならざる可らざる事勿論に候。(「百回通信」)(四：一九九)

ここでは、いわゆる民本主義的な考え方を示し、政府は社会主義の中から「実行し得べきだけを採りて以て、政策の基礎とすべき先天の約束を有する者と可申候」（同上）〔四：一九九〕と述べている。それは社会主義をイデオロギーとして主張するものではない。工場法の制定についても、「労働問題に予め危険を保留して置く」べきもので、結局は労働者の権利を守るものではなく、「帝国の安寧の為」の法律でなければならないと主張する〔四：二〇二〕。

これでは、労資協調主義というよりは、むしろビスマルク流の「アメとムチ」的政策と変わるところはない。彼が理想と考える社会主義は、「人類の生活を担保し、安心して之を改善せしむる」〔四：二〇二〕ことを目指すものとする。そのために、既存の政府に社会政策を行うことが求められるとする点では、社会改良を主張する議会政策論の立場に近い。

啄木の社会主義に対するスタンスに変化が現われるのは、大逆事件直後のことであった。「明治四十四年当用日記」の補遺の中の一九一〇（明治四三）年六月中の重要記事として、「幸徳秋水陰謀事件発覚し、予の思想に一大変革ありたり。これよりボツボツ社会主義に関する書籍雑誌を聚む」〔六：二二五〕と記し、その年の回顧の中で「思想上に於ては重大な年」（同上）〔六：二二六〕として、社会主義問題との遭遇を挙げているが、思考結果については「為政者の抑圧非理を極め、予をしてこれを発表する能はざらしめたり」（同上）〔六：二二六〕と述べている。

年末の裁判の様子については、弁護士平出修を通じて情報を入手した。一九一一（明治四四）年一月五日の日記には、平出から借りた幸徳秋水の陳弁書を熱心に筆写しながら、「幸徳は決して自ら今度のやうな無謀を敢えてする男ではない」（同上）〔六：一八五〕という感想を記している。日記には、さらに大逆事件関係の記録の筆写や社会主義関係の読書に持続的に専念したことが記されている。「寝ては金の事を考へた。もう今度の一日には社から前借も出来さうにない」（同上、四月二五日）〔六：二一〇〕という記事が混じるほど困窮を極めた生活において、「後々への記念のため」（同上、一月二四日）〔六：一九二〕に金になるとは思えない記録の筆写を続けるのは、文学の徒としての使命感の故かもしれない。

問題は、啄木の社会主義理解の思想的な質がどのように変化したかであるが、この点については、まず基本的には暴力革命を否定していることがうかがわれる。大逆事件発覚の直後の執筆と推定される「所謂今度の事」では、行動の動機が善であっても、「我々の社会の安寧を乱さんとする何者に対しても、それを許す可き何等の理由を有つてゐない」〔四：二七五〕と主張している。しかし、ヨーロッパの無政府主義に触れて、行動は過激であるが、理論には「殆んど何等の危険な要素を含んでゐない」〔同上〕〔四：二七六〕ことを指摘する。すなわち、無政府主義は暴力革命によって理想の実現を目指すが、その理想は「凡ての人間が私慾を絶滅して完全なる個人にまで発達した状態に対する、熱烈なる憧憬」〔同上〕〔四：二七六〕であるようなユートピア思想であると理解している。

啄木は「A LETTER FROM PRISON」に、年頭に筆写した幸徳の陳弁書を掲載し、それに付した彼の意見の中で幸徳が「無政府主義と暗殺主義とを混同する誤解に対して極力弁明したといふことは、極めて意味あることである」〔四：三五八〕と述べている。幸徳は、無政府主義とは一種の哲学で、「今日の如き権力、武力で強制的に統治する制度がなくなつて、道徳、仁愛を以て結合せる、相互扶助、共同生活の社会を現出する」〔同上〕〔四：三四〇〕ことを目指す思想的運動であるとし、この思想の信奉者が暗殺者であるというのはまったくの誤解であると主張する。

彼は革命についても、それは「旧来の制度、組織が朽廃衰弊の極崩壊し去つて、新たな社会組織が起り来るの作用」〔同上〕〔四：三四二〕であり、社会進化の過程で自然に現われるもので、明治維新を例示して、木戸孝允、大久保利通、西郷隆盛らも革命の気運に乗じたが故に成功したと言う。しかし、新しい社会が育つための準備として革命運動が必要であり、そのために言論活動や労働者、小作人の直接行動があるとして、維新以前の尊王思想や百姓一揆、大塩平八郎の乱などを指摘する。

啄木の基本的姿勢はユートピア的理想への共鳴と暴力革命の否定である。その上で、彼は右に引用した「決して自ら今度のやうな無謀を敢えてする男ではない」〔六：一八五〕という表現によって、無政府主義と「暗殺主義」とを峻別した幸徳の姿勢を評価している。

では、啄木は改良主義的な議会政策論を採る修正社会主義の立場を表明しているのかと言えば、その捉え方は微妙である。彼は、『国民新聞』が社会主義を否定し、福祉は「強大なる国家の社会政策によつてのみ得られる」と書いていることに涙を流して憤っている（一月一九日）〔六：一六〇〕。彼から見れば、民心を籠絡する国家の強権がユートピア的理想と同じ社会政策を実施し得るはずがないのである。彼は国家の強権を批判するが、国家自体の存在理由を否定してはいない。人民は理想もなく国家の強権に従属することを批判するが、国家を内部から突き動かす精神が時代閉塞を打破すると考えている。従って、彼にとっての社会主義とは、教条的な闘争方針にこだわることなく、何よりも民衆が強権的籠絡から解放されて自らの公共的役割を果たすことを促すべき思想であった。

啄木の社会主義思想がさらに転換したとすることについては、友人金田一京助の証言がある。金田一によれば、ある日、啄木が訪ねて来て次のように語ったという。

「（中略）今僕は思想上の一転期に立っている。やっぱり此の世界は、此の儘でよかったのです。幸徳一派の考えには重大な過誤があったことを今明白に知った」そう云って「今僕の懐くこんな思想は何と呼ぶべきものだかは自分にも未だ解らない。こんな正反対な語を二つ連ねたら、笑われるかも知れないが、強いて呼べば社会主義的帝国主義ですなあ[18]」。

金田一の伝える啄木の言葉には、思想的転換として、現状肯定と幸徳秋水批判が「社会的帝国主義」の枠組みを構成している。この挿話は啄木の変節と受け取られることもあるが、金田一証言の信憑性を疑う説も少なくない。啄木自身の書いたものがなく、金田一の記憶を裏づける資料がないので、決定的なことは言えないが、もし啄木が金田一を訪問して「社会主義的帝国主義」を語ったとすれば、金田一の記憶による限りでは、一九一一（明治四四）年の六月下旬と推定される。岩城之徳は当時の啄木の健康状態、当時はクロポトキンに関心を持っていたこと、さらに啄木と金田一との間が疎遠となっていたことなどを根拠として、その頃の啄木の思想的転換はあり得なかったとする。[19]

「社会主義的帝国主義」とはわかりにくい概念であるが、社会主義的国家主義、あるいは国家社会主義と同義と考えられている。一九一一（明治四四）年六月五日の日記には、「北輝次郎の「純正社会主義の哲学」を読んだ」（六：二一四）と記しているが、啄木が北一輝の思想をどのように理解したかは、日記・評論ともに記述がないので不明である。北一輝の社会主義論が、啄木の「社会主義的帝国主義」にいかに影響したかは明らかにし難い。

同年一一月一二日の日記には、友人丸谷喜市との議論のことを記している。それによると、丸谷は「社会主義は到底実行されないと信ずる」と言い、続いて「二人の何となくこの三四ヶ月間よりも近づいた事を感じた。予は彼が国家社会主義者たるに止まつた事を、彼としては当然の事と思ふ」（六：二二二）と述べている。丸谷は当時東京商科大学に在学する経済学徒で、議会主義的な社会政策論の立場に立っている。啄木の表現によれば、丸谷の言う社会主義の実行不可能性とは直接行動論のことであり、国家社会主義とは議会政策論を意味していると考えてよい。では、二人が「近づいた」とは、議会政策論を共有するようになったとも解されるが、そう考えるならば、啄木が幸徳秋水を批判したことは納得される。

啄木と丸谷の接近は、国家の存在意義を否定することなく、社会政策が人民本位であるとする基本線を確認し合ったことを言うものと解することも可能である。恐らく丸谷は経済学徒として社会政策理論の学問的見解を表明したのであろう。もしその上で、金田一証言が事実ではなく、啄木が社会主義路線を基本的に否定していないのならば、啄木は国家の強権を問題視することで、それに対峙し得る人民の主体的自立を社会改革の基礎と考えていたのではないか。

逆に、金田一証言の通り「幸徳一派」の誤りを認識していたとすれば、国家の強権は専制的なものという理解ではなく、社会政策を上から進めて行く安定的統治を考えていたのであろうか。啄木の国家観のポイントは、個人が国家によっていかに安住の場を保障されるかという、個人主義と国家主義が調和した思想であったと考えられる。しかし、そのように考えても、彼が本心から「此の世界は、此の儘でよかった」と言えたのかは疑問である。当時の桂内閣も、立憲政友会の西園寺内閣も、生活苦に喘ぐ彼の期待には沿うとは考えられなかったであろう。金田一京助を訪問したことの事実確認が不可能である上は、同概念に対する言及はこれで留めるしかない。

二　啄木における国家と文学

啄木が短歌文学に開眼した時、その創作活動は実生活や現実の政治的問題などに社会的基礎をまったく欠いていた。旧制中学の生徒としてはそれが自然なことであったが、狭い社会において観念のみの飛翔によって創造された言語空間には、若い身ながら詩的才能の片鱗を示すものがあった。しかし、一〇代の少年として実生活との関わりが希薄であるために、詩的源泉の幅には限界があった。

文学は当然ながらその歴史的環境を反映する。透谷文学が政治における挫折を体験することで成立したとすれば、啄木文学の場合は、自己探求の出発点となった中学校中退と上京での挫折感は非政治的なものであった。しかし、自己探求の過程でロマン主義的政治観を形成し、文学に自己表現を課題として投げ込みつつ、次第に社会に眼を開いていった。

ここに啄木文学の新たな出発があるが、ただちに生活と文学とのジレンマに陥ることになった。若くして生活に追われ貧窮の中に身を置くことになり、文学の創造に専念する余裕が得られなかった。焦燥感ばかりが募ると、一層意にかなった創作ができなくなる。

彼は詩人の役割を次のように述べている。

> 真の詩人とは、自己を改善し、自己の哲学を実行せんとするに政治家の如き勇気を有し、自己の生活を統一するに実業家の如き熱心を有し、さうして常に科学者の如き明敏なる判断と野蛮人の如き率直なる態度を以て、自己の

心に起り来る時々刻々の変化を、飾らず偽らず、極めて平気に正直に記載し報告するところの人でなければならぬ。
（「弓町より（食ふべき詩）」）〔四：二一七〕

抽象的かつ理想的な定義であるが、自己の感情を忠実に表現すべきであるとする主張である。さらに、論説のタイトルの「食ふべき詩」とは「実人生と何等の間隔なき心持ちを以て歌ふ詩」〔四：二一五〕の意であると説明しているので、詩人としての視角が現実に向けられている上での感情表現でなければならないとしている。「きれぎれに浮かんだ感じと回想」における国家の発見は、文学が実生活に足を着けて自己探求を進めるとき、文学と生活が「止揚され集約された」[20]問題として現われたものである。

しかし、それは到達点ではない。文学の進むべき道筋が見えただけであって、啄木はさらに進まなければならないのである。「時代閉塞の現状」のような自然主義批判の評論や、大逆事件に関するコメントなど、時代の課題を凝視した言説はあったが、自らの文学的創造の営為は彼の理想に沿ってなされたわけではないのである。一九一〇（明治四三）年の全体的な反省として、「予の文学的努力は主として短歌の上に限られたり。これ時間の乏しきによる」〔四：二二六〕と記していることは、彼にとって短歌が決して彼の文学的営為のすべてであるという認識を持っていなかったことを意味している。無論、彼の短歌には、彼の感情を的確に表現した傑作が多いのは事実である。その上で、彼は詩人的使命感を果たすべき文学を、「時間の乏しき」故をもって創造し得なかったことを遺憾としているのである。時間のなさとは実は生活苦など家庭の事情であろうか。啄木自身が文学と実生活を止揚して国家の問題、特に晩年に関心を深めた社会主義の問題を文学の中に取り上げる試みができなかったのである。その悲痛な思いと苦悩が、すぐれた短歌の源泉となったことは、逆説的ではあるが事実であった。

透谷や啄木を見る限りでは、明治の日本で文学に携わることは、文字通り自らの骨身を削り、家族を路頭に迷わせることも辞せぬ覚悟を必要としたかのような印象を受ける。森鷗外の生活は、陸軍軍医として公職にあった森林太郎の一面によって支えられ、夏目漱石も当初は一高や東大の英語教師夏目金之助としての生活を持っていた。漱石の場合は後に教職を離れたが、朝日新聞社専属の作家となったことが社会生活を補強していた。しかし、文筆を生業とする作家たちは、文学活動の成否に生活がかかっていた。極論すれば、作品の売れ行きは読者層の獲得に左右されるのであるから、暴露趣味的な私小説でも読者を確保できれば、それ自体で成功と言うべきであった。

啄木が志向した文学は政治的なものを理論化する試みを持つという意味では、いわゆる私小説レベルよりもはるかな高みを目指すものであった。しかし、その代償として、彼の生活は文士たちよりも困窮し、鷗外・漱石のように公的領域に居場所を保持することもできなかった。啄木の生活はついに明るいものになることなく終わってしまった。一九一二（明治四五）年四月一三日、肺結核によって二七歳で死去した。啄木は明治国家の転換期に故郷喪失状況に追い込まれたが故に、内部崩壊の危機に直面しつつ自らの志を国家に向けたところで、「居場所」とならないままに窮死したのである。

注

（1）筒井清忠『日本型「教養」の運命──歴史社会学的考察──』岩波書店、一九九五年、五─七頁。
（2）小西豊治『石川啄木と北一輝』伝統と現代社、一九八〇年、一七二頁。
（3）岩城之徳「啄木晩年の思想転回説について」『啄木全集』第八巻、筑摩書房、一九七九年、三一〇頁。
（4）小西前掲書、二六〇頁。
（5）岩城之徳（近藤典彦編）『石川啄木と幸徳秋水事件』吉川弘文館、一九九六年、一二五頁以下。
（6）田中礼『啄木とその系譜』洋々社、二〇〇二年、一七四頁。
（7）近藤典彦は、啄木がクロポトキンの『麵麭の略取』を読んだことが、社会主義への傾斜の大きな要因であったとし、その時期を一九〇九（明治四二）一〇月中旬から翌年二月上旬の間と推定している。近藤『石川啄木──国家を撃つ者──』同時代社、一九八九年、一四〇頁。
（8）『漱石全集』第一一巻、岩波書店、一九六六年、三三四頁。
（9）『漱石全集』第一一巻、三四三頁。

(10) 橋川文三『昭和維新試論』朝日新聞社、一九九三年、一〇五頁。
(11) 鹿野政直『近代精神の道程――ナショナリズムをめぐって――』花神社、一九七七年、一〇九頁。
(12) 石田省育『石川啄木論』近代文藝社、一九八二年、一〇五頁。
(13) 上田博『石川啄木　抒情と思想』三一書房、一九九四年、二三二頁。
(14) 『橋川集』第三巻、二二四頁。
(15) 松本健一『石川啄木』筑摩書房、一九八二年、二二二頁。
(16) 『橋川集』第三巻、二二二頁。
(17) 注(7)参照。
(18) 金田一京助「追想記その折々」『金田一京助全集』第一三巻、三省堂、一九九三年、一六〇頁。
(19) 注(5)に同じ(岩城(近藤編)前掲書、二五頁)。
(20) 注(16)参照。

第六章　中里介山におけるニヒリズムと政治

第一節　介山論の課題と考察の視角について

一　中里介山研究の課題

政治思想史研究の対象として、中里介山は先行の章で取り上げた北村透谷や石川啄木以上に奇異な印象は免れないであろう。一般に、介山は長編小説『大菩薩峠』の作者として有名であり、文学史的には大衆文学の先駆的存在と位置づけられている。大衆向けの文芸が量産され、エンターテインメント的な軽さが売りになっている観がある現在から見れば、大衆文学に思想的課題を編み込むことの可能性に疑義を抱かれても決して不思議なことではない。

このように述べると、介山に大衆作家のレッテルを貼ることから出発したことになるが、彼自身は大衆作家と呼ばれ、作品を大衆文学と呼ばれることを、「この上もない迷惑千万なこと」（「信仰と人生」）〔二〇：一〇〇〕と嫌っていた。彼は『大菩薩峠』について、「この人生のつきないところの業を、私は写して見たいという考えである、業を写すために現われたところの人間を躍らせるのである」（同上）〔二〇：一一三〕と述べている。「業」とは、仏教で言う人間の妄執から生じる喜怒哀楽の諸相である。

大乗仏教では、一切の衆生を「業」から済度することを誓願した菩薩行に生きることを尊重する。彼は人間の「業」の姿を描くことによって、その彼方の菩薩行を示そうとするものであった。従って、彼の認識では『大菩薩峠』は大衆小説ではなく、「大乗小説」であるべきと考えていた。[1]

しかし、介山の意図は何であれ、『大菩薩峠』の中に造形された机竜之助という虚無的な剣士像は大衆に大きくアピールし、後続の大衆文学のヒーロー像にも影響を与えたという点から考えると、介山を大衆文学の先駆者と理解することをあながち否定することはできない。タイトルは作品の発端に舞台となった大菩薩峠に由来するが、次第に菩薩行の自覚とともに、現実の峠が人の上り下りの往来の場ということから、「上通下達の聖賢の要路であり、上求菩提下化衆生の菩薩の地位であり、また天上と地獄との間の人間の立場でもある」として、「人生そのものの表徴」と捉えるようになっていた（「峠という字」）〔二〇：四八〕。しかし、介山はこの作品の執筆当初から菩薩行の表現を考えていたのではない。この作品が仇討話を軸に据えた大衆文学として始まったことは明らかであった。

介山を思想史の対象とする場合の奇異性は、大衆文学と思想とのミスマッチによるものと言えるが、彼の仕事は結果的に大衆文学の範疇に編入されることになったとしても、むしろ文学に携わろうとした原点の思想的意味を考えると、透谷や啄木が直面した思想的課題と同質のものが介山の中に見出されるのである。

介山は一八八五（明治一八）年生まれであるから、啄木と同世代に属することになる。彼らはともに日露戦争後には貧困に悩まされているが、介山が父との確執の果てに故郷の多摩を去って上京した頃は、啄木は上京して挫折の痛みを味わい失意のうちに帰郷していた。しかし、啄木の場合、父が住職の地位を追われることが原因となって、彼も故郷を離れざるを得なくなった。事情は個別的であったが、彼らはともに日本の国家的膨張期に故郷喪失者となることを余儀なくされたのである。

故郷喪失という観念は、すでに序章で述べたことであるが、文字通りの意味では、何らかの事情で生まれ故郷から離れざるを得なかった状況を示すものである。近代化過程の進行は社会的に人間の移動を可能にし、故郷喪失を日常的に作り出して行った。しかし、夢破れ挫折に陥ることの連鎖の中で、公的領域において自らの「居場所」が得られなかったとき、文字通りの故郷さえも回想と悔恨のよすが以外の何物でもなく、ニヒリズムと把握されるべき現存在の空しさに付きまとわれることになる。

彼らは青年期に安定した社会的地位を得られなかったこと、さらに彼らが選び取ることになった文学の社会的意義の低さから、彼らは精神的にも「居場所」のない故郷喪失者たらざるを得なかった。そのような明治末期の状況の中で、啄木は夢を果たすことなく夭折し、介山は啄木の死の翌々年に後の成功作品『大菩薩峠』の執筆を開始したのである。

彼らは明治国家の黄昏に、きわめて近似した社会的境遇にありながら、啄木は悲惨な生涯を若くして終えることになり、介山は大衆文学作家としての成功と安定とを獲得した。結局は生死が文字通り人生の明暗を分岐させてしまったのである。「居場所」の模索については、啄木はついに得ることなく夭折したのである。無論、彼らの間に人間関係は存在しないので、介山が啄木の残した問題を自覚的に継承しようとしたことは、透谷の場合と同様に存在しない。しかし、思想史的ないし精神史的には、介山は結果的に啄木が直面しながら未完となった思想的課題を、その文学に反映させることになったのである。

介山の場合も、大逆事件に象徴される国家の強権の前に佇まざるを得なかったが、その屈折感を文学に反転させたところから活路を開くことになった。啄木は文壇に参入することができず貧困の中で病死したが、介山は都新聞社に入ったことが結果的に幸いした。大衆向けの小説を発表するようになったことが作家としての成功に導くことになった。しかし、介山の思想的課題いわゆる大衆文学の中で持続されることになったのである。

二　介山研究の視角

『大菩薩峠』は一九一三（大正二）年に『都新聞』に連載を始め、以後断続的に一九四一（昭和一六）年まで書き継がれたものである。介山は一九四四（昭和一九）年に死去しているので、彼の人生の後半部がこの作品の執筆に当てられたことになる。作品の最初の部分では、剣士宇津木兵馬が机竜之助を兄の仇として追う仇討物語を軸として展開している。ところが、巻を追うにつれて、多彩な登場人物によって錯綜した筋書きが織りなされ、そこに介山自身の饒舌が挿入されることによって、きわめて長大な作品となった。その結果、初期の仇討のテーマは後退し、主人公たる人物も不分明になり、作品構成上の緊密性はまったく失われてしまった。時代背景も最初から幕末の一時期に設定されたまま、最後まで時間的推移がほとんどない状態である。このような冗長さから見れば、『大菩薩峠』は大衆文学の先駆的作品として評価されるにもかかわらず、大河的な長編小説としては失敗作であると言わざるを得ない。

しかし、皮肉なことに、介山の思想は『大菩薩峠』を長編小説としては失敗作とした部分にこそ見出されるのである。ストーリーとは直接関係のないような饒舌や、散漫化した構成そのものの中に、彼の思想が見え隠れしているのである。従って、介山に対する思想史的アプローチは、この作品の文芸性が破綻したと言われる部分を照射することによって、彼の思想を解読できるのである。

しかし、介山研究は大衆作家という評価が固定していた段階では、文学研究方面でもさほど活発ではなかった。文芸としての『大菩薩峠』やヒーロー机竜之助についての感想やコメントなどは決して少なくなかったが、『大菩薩峠』を含めた介山の仕事を思想史的に考察する研究が出たのは戦後になってからのことである。介山を単なる大衆作家とは捉えず、近代日本の思想的課題を文学に理論化しようとする観点からの考察が大きな特徴である。

尾崎秀樹は介山の評価について、次のように述べている。

大衆文学の先駆者的作家として位置づけることは、ふるくなった。文学創造の仕事をふくめて、彼の足跡は大衆文学の枠からはみ出している。しいて言うならば大衆文学の可能性を顕示した作家、あるいは思索家というべきだろう。（2）

「大衆文学の可能性」とはこれだけではわかりにくいが、大衆文学に思想の表現を可能としたことと解されるであろう。介山は「小説は、或は芸術は人類最高の思想に頭を置いて而して万人共通の思想感情に立脚せねばならぬものであります」（「信仰と人生」）〔二〇：一〇二〕と述べているが、先述の通り大衆文学作家と規定されることは嫌っていた。しかし、尾崎の評価は、必ずしも大衆文学作家であることを否定したものではなく、むしろ大衆文学の思想表現の可能性を見出す見解と言える。

思想史研究の領域では、鹿野政直が大正デモクラシーの根底に流れる土着的世界観として、青年団運動及び大本教と並んで、大衆文学の中里介山を取り上げた研究が注目される。大正デモクラシーの底流をなす反近代的価値観が超国家主義に自己同定を求めながら、ギャップの果てに現実の国家に絶望していく精神状況を分析した(3)。また、松本健一は評伝的研究において、介山が自らを「草莽（そうもう）」と位置づけつつ、民衆の視線から国家の理想像を追い、超国家主義に幻想を抱き続けた軌跡が『大菩薩峠』であると理解した(4)。

さらに、一九九〇年代以降では、『大菩薩峠』を脱構築的に読み解く方法が示された。今村仁司は「いったんは著者＝作品という考え方を放棄することだ、つまりあたかも著者が存在しないかのように作品を読むこと(5)」に軸足をおいて、身体、ユートピア、漂泊など人間存在に関わる諸観念をテクストのキーワードとして、作品全体の世界を読み解こうとした。このようなテクスト論的な読み方は、現代社会思想における重要な諸問題について考察の視座を示すものとして大変興味深い。

文学における思想表現という切り口から『大菩薩峠』を分析した研究としては、すでに京都大学人文科学研究所の共同研究の中で、橋本峰雄が『大菩薩峠』を土俗的（シャーマニズム的）・封建的（儒教的）・近代的（西洋的）の日本文化の三層構造に、根を下ろして展開された観念世界の表現とする分析に示されている(6)。最近では、野口良平の業績もテクスト論の一環と考えてよいが、野口の関心は介山の観念世界の展開の中に、人間存在の無明と救済という解決の見えない「原問題」と社会変革の問題とが区分されていることである。この二つの問題について、いかに相関関係を描くのかが『大菩薩峠』の課題であると考える(7)。

著者＝作品の基本図式に立脚してテクストを歴史的文脈において捉える思想史としては、テクストの背後に後退した主体の歴史的実像をいかに引き戻すかが課題であろう。その意味では、成田龍一は作品をモダニズム、ユートピア、ジェンダーなどの諸概念を中心に脱構築的に読み解きつつ、介山は民衆世界の変容を描くことによって、同時代の日本国家を批判するものと理解する。すなわち、『大菩薩峠』は時代設定を幕末としているが、「帝国・日本の自己像とその異形が書き留められた(8)」と見るべきであるとする。従って、描かれた民衆世界は近代思想の諸概念をキーワードとして、日本の近代化への反措定を読み解こうとする。これは、介山の文学作品自体を思想のテクストとして読み解くことを目指すものとして、思想史研究の上からも注目すべきであろう。

総じて介山の思想史的研究の関心は、文学的言説の反近代主義的傾向に集中する傾向にある。しかし、それ故に、彼に反近代主義者というイデオロギー的評価を下しても、大きな意味があることではない。状況が超国家主義に暗転する時期に、モダニズムに対してネガティヴの姿勢を取りながらも、理想の国家に自らの「居場所」として期待をつなぐ思想的営為を考察することが、彼の文学に対して問いかけられるべき課題である。

介山の思想を考察するためには『大菩薩峠』を対象とすることは不可欠であるが、その論究は次章で行うとして、本章では『大菩薩峠』の執筆に至るまでの祖想的特徴として、彼が明治末期に心を捕えられた心の闇としてのニヒリズムと、それを克服しようとする自己探求の政治の原型を明らかにしたい。

第二節　介山の精神形成

一　社会意識の原基形成

介山の人間形成を辿る手がかりとして、彼が一九〇四（明治三七）年に書いた「予は如何にして社会主義者となりし乎」を取り上げる。彼は次のように四点の社会主義に傾斜した理由を挙げている。

第一、余は幼少より一種の天才あることを自覚せるものなるに貧困の為め思う様に勉強が出来ぬのみか、その好まざる仕事を無理にやらされ十五の時から上京して今に自労自炊の生活を離れぬこと、第二、余は所謂三多摩の中で自由党熱高潮の地方に生まれたものだからその感化で肩揚げの取れぬ中から名家先生の演説を聴く事を最も好み遠きを厭わず何所までも赴き、その後上京して芝に住居せし頃には職業を欠勤してでも日曜日には必ずユニテリアン講堂に走せて村井知至氏、安部磯雄等氏の講演を熱心に傾聴したこと、第三、貧困の為に余のホームが微塵に砕かれてしまいこれが余をして現社会を激しく呪詛せしむる原因となったこと、第四、読書によりて社会主義を明かに知りかつこれを益々固く信じ得るに至ったこと等である。〔二〇：六〕

この文章は、『平民新聞』が実施した社会主義者となった動機に関するアンケートに答えたもので、介山が青年期に入ってから自らの生活を振り返った結果の記述である。この言説は社会主義に傾斜した要因という点以上に、彼の政治意識の原点を探る上で重要である。列挙する諸要因のうち、第四の読書の内容は不明で、いつ頃どのような本を読んだのかはわからない。どのようなものにせよ、年少の頃に社会主義関係の本を読むことは考えられないので、この要因が最も新しいものと考えてよいであろう。

第一の不本意な就労と第三の家庭の崩壊は、根本的には家庭の貧困に起因するものとして共通している。第二として演説好きであったことを挙げているが、その前半部は彼の郷里の歴史的風土の強調であり、後半部は彼の社会的環境との関係を示している。とはいえ、むしろ後者の方が自覚的に政治意識形成の原基的条件として作用したと理解されるであろう。従って、自由民権運動の思想的影響はそれほど強くはなかったと考えるべきであろう。

彼は一八八五（明治一八）年四月四日、神奈川県（現在は東京都）西多摩郡羽村に生まれた。本名は弥之助であるが、本書では一貫して介山と呼ぶことにする。いわゆる武州三多摩地方は、自由民権運動高揚の地として有名である。彼の誕生の年に、北村透谷に深い心の傷を与えた大阪事件が発生した。加波山事件、自由党の解党宣言、秩父事件などは彼が生まれる約半年前のことである。自由民権運動は急進グループの突出的行動を経て凋落の一途を辿っていた。大日本帝国憲法の公布は彼が数え年五歳のとき、翌年の最初の総選挙は彼が六歳のときである。

本書において先に述べたように、吉野泰三と石阪昌孝との確執が展開していた頃である。帝国議会や県会の候補のために、諸処方々で演説会が行われていたであろう。少年の介山にも、その情報はある程度伝わって来たであろう。しかし、小学校に入学する前後の年頃の少年が、政治演説の内容を理解することはあり得ない。もし彼が政治活動を、インパクトを伴って記憶に残したとすれば、壮士たちの演説や行動などの雰囲気であったと考えられる。

中里家が自由民権運動に深く関わったことはないが、介山の両親の媒酌人を務めた指田茂十郎は一八七九（明治一二）年に、西多摩郡から神奈川県会議員に選出された三名の中の一人であった。このときには、議員の中に北多摩郡の吉野泰三、南多摩郡の石阪昌孝など、透谷ゆかりの人物がいたことは興味深い。しかし、介山にとっての指田の影響力は、「茂十郎を成功者とみ、父親を失敗者と見る意識」(9)を持った程度であった。

しかし、政治運動のインパクトがあったとしても、それが青年期まで持続されたのではなく、社会主義運動の高揚の中に自らの身を置くことによって、藩閥権力に抵抗した風土に育ったことを、青年期の反権力的姿勢の源流として再発見したのではないかと思われる。従って、自由民権イデオロギーが彼の政治意識の基層に蓄積されていたとは考えられないのである。しかし、志を掲げて奔走する志士仁人としての人間像が、介山にとって政治的人間の理想であるとする意識が確立されたと見るべきであろう。このことが、社会主義に限らず、後年の政治意識を規定することになるのである。

二　家庭の貧困の問題

右に引用した介山の社会主義への傾斜の要因のうち、強調されているのは家庭の貧困である。明治以降では、封建的社会と異なって身分制の桎梏（しっこく）から解放され出世の階梯を上ることができるのは、才能に応じて受けることができる近代教育の成果であった。しかし、才能相応の教育を受ける機会を奪われ、若い時期から生計を立てるために屈折した人生を歩まざるを得ないことを余儀なくさせた家庭の貧困に対して、深い怨恨の情を抱いたのであろう。この生活体験は彼の社会主義体験に留まらず、後年の人生観や世界観に影響を与えているので、彼の人間形成の歴史的特徴を考察する上で留意すべきであろう。

介山の生家中里家は名主を務める家柄であったと言われるが、実は彼の祖父安蔵より以前のことはわからない。父は弥十郎、母はハナ、その夫婦の次男であったが、長男一郎が三歳で夭折したために、彼が事実上の長男であった。他に姉一人、弟二人、妹三人があった。介山の本名弥之助は父の一字をもらったとも言えるが、三菱合名会社の岩崎弥之助に因んだとも言われる。中里家は岩崎家とは何の関係もないが、当時三菱を創業した土佐の岩崎弥太郎とその弟弥之助は成功者として有名で、世間ではそれにあやかる気持ちで命名することがよくあったという。弥十郎は自分の名の一字を与えながら、成功者にあやかりたいという思いを込めたのであろう。

介山自身が、「中農として田畑四五町程度の押しも押されぬ百姓で代々過ごして来たものと思われる」(10)（「哀々父母」）と記しているように、中里家は安定した農民階層に属していた。中里家は維新後に農業を兼ねて精米業を営んでいたが、弥十郎は家業を顧みることが少なく、ハナとの口論が絶えなかったという。農作業が嫌いで、農作業に出るときでも着流し姿で、鍬を人に持たせるほどであったという。彼自身は将棋が好きで、賭将棋に深入りしたことが家産を傾ける一因となったことになったと言われる。弥十郎は羽村に新聞店が開業されたときに広告文を書くなど、決して「時代おくれのたんなる遊び人ではなかった」(11)と言われるが、家産の蕩尽には、彼の性格が大きく影響したことは否定できない。後年の父との確執や農本主義のような「土」の思想に深く傾斜する原基的要因は、この中に醸成されていたと考えられる。

一八九二（明治二五）年、弥十郎の岳父加藤藤三郎が横須賀で貿易商を営んでいるところへ行って、共同で商売をすることになった。しかし、一八九四（明治二七）年、営業不振のため一家ともども羽村に帰り綿屋を始めることになった。これも営業不振のため長く続かなかった。松方デフレ後の企業勃興ブームの時期ならば、決して無謀な選択とも言えなかったであろうが、日清戦争前後の設備投資が進展した段階では、競争力の小さい個人的な商業活動が成功する時代は終わっていた。時勢を見る目においても、弥十郎は企業家としての才覚を欠いていたのかも知れなかった。要因をいかに考えるとも、中里家が没落したことは動かし得ない事実であった。

松本健一は、中里家が家産を減らし没落したからと言っても、必ずしも極貧生活に転落したわけではないと考え、中里家が「平均的に貧しい農家へと失墜したこと[12]」の失墜観こそが、介山の意識に深く食い込んだことを重視している。貧困となったことは事実であるが、家庭内の不和などで家庭の雰囲気が暗くなったことの方が、多感な介山に人生の暗い裏面を見せることで、彼の社会認形成の上で深い精神的創傷となったのではないであろうか。

介山は横須賀への一家転出とともに転校し、羽村帰村とともに西多摩小学校に復学することになった。この頃は家が貧窮化していたために、成績が優秀であったにもかかわらず、家の経済状態から上級学校への進学は断念せざるを得なかった。その才を見抜いて勉学に便宜を計らったのが、西多摩小学校の校長佐々黙柳であった。黙柳は独身であったので、介山が高等科に入ったときに、彼を自宅に寄寓させて身辺の世話をさせるとともに、勉学の便宜を計らった。そのお蔭で、介山は黙柳の蔵書を読む機会を与えられた。介山の文才を発見したのも黙柳であった。

一八九八（明治三一）年、介山は小学校を卒業すると仕事に就かざるを得なかった。彼自身は中学校に進学したかったが、父が家庭の貧困のために反対した。「亀先生」こと村の漢学教師の羽村亀吉の紹介で、東京で「亀先生」の知人で三重県技師の西松次郎邸の書生となったが、下男扱いされたことに憤慨して帰郷した。しかし、当時の中里家の生計は彼の双肩にかかっていると言ってよかった。結局は再度上京することになったが、弥十郎はもともと介山の上京を快く思わなかったので、再度の上京の意思を知ると激怒した。同年七月、介山は再び上京し、自炊しながら電話交換手見習として日本橋浪速町の電話交換局に勤務することになった。昼は神田正則英語学校に通い、夜は電話交換手として勤務した。

一九〇〇（明治三三）年、電話交換手が女性に切り替えられたため、失職し帰郷した。帰郷後は西多摩小学校で代用教員を務めたが、この頃に同僚でクリスチャンの久保川きせ子に好意を抱き、彼女とともにキリスト教の伝道や教会建設に尽力することになった。その傍ら正教員資格を取得するために講習を受け、最終的に正教員資格を取得したのは一九〇四（明治三七）年六月のことであった。久保川きせ子は早くから父を亡くし職業に就くことになった女性であり、自立心が強かったが、キリスト教信仰がそれを支えていたと考えられる。松本は介山が彼女に抱いた好意をプラトニック・ラブと推測しているが[13]、しっかりした七歳年上の美人同僚に対して抱いた、一種の憧れのようなものであったと思われる。彼女のキリスト教伝道に協力したことも、彼女とともに活動することの充足感が得られたからではないかと思われる。たとえ洗礼を受けるまでには至らなくとも、キリスト教に接近したことで、その人道主義的精神に触れる機会となったであろう。

一九〇三（明治三六）年、彼は教師を退職するが、直接的には意に反した異動に憤慨したことによるという。この年、久保川きせ子が結婚したが、それが退職の原因になったのではない。伊藤和也は、介山の後の独身主義の遠因となった「現実の対女性関係の蹉跌、不如意」[14]に関連した女性たちのうちにきせ子を入れているが、憧れの女性の結婚には一抹の寂しさは感じても、人生を大きく屈折させるほどの痛手ではなかったであろう。退職事情の真相は郡視学並木鹿之助が師範学校出身の縁者の異動を優先し、正規の学校を出ていない上にキリスト教に関心を持つようになった介山を無視したことであった[15]。

介山の異動は、実は彼の方から山間の小学校を希望して願い出たものであった。山間部を希望したのは、郡視学の干渉が気に食わなかったからと言われるが、この頃の介山に教育を自己の天職と心得て生きようとするほどの信念があったかどうかはわからない。生活のために働かざるを得ず、しかも生活破綻の原因であるにもかかわらず口うるさく干渉する父から離れたいという気持ちがあったかも知れない。しかし、介山が辞令を受けた異動先は、同じ西多摩郡内の五日市町小学校であった。ここに至って、彼は西多摩には未練なく退職に踏み切ったのであろう。

弥十郎との確執は、退職によって沸点に達した観があった。彼はついに父に無断で上京し、この年の九月に上京し赤羽の岩淵小学校の教員として勤務した。翌年に小学校の正教員の免許を取得したのである。世情は日露開戦に向けて大きく動いていた。啄木は夢破れて帰郷した後、故郷で代用教員をしながら日露開戦に素朴なナショナリズムを高揚させたが、介山は郷里を脱出して上京し、教員をしながら反戦論に近づいていくのである。『平民新聞』の寄稿者となるのはこの頃であった。

介山を追うように、母と弟健が上京して同居し、さらに翌一九〇四（明治三七）年に妹のケイとミヨ、弟の幸作も上京して生活に加わったので、父以外の家族が集まることになった。家族たちの賃労働が家計の補助となった。一九〇五（明治三八）年四月に、介山は麻布の慈育小学校に転ずるが、その傍ら貧困家庭の児童を集めて教育を行っている。地道な活動であるが、社会主義の影響を受けて彼なりの思想の実践を試みたのであろう。その間、父は意地を張り続けて、羽村を動かず味噌倉の二階で一人暮しを続けた。しかし、病気が悪化すると家族が恋しくなり、折れて東京で家族の世話になることになった。弥十郎が死去したのは、一九一〇（明治四三）年七月のことであった。

弥十郎が死去したのは、介山が数え年で二五歳のことであった。彼の青年期を通じて、父との間は深刻な不和の状態がほとんどであった。父に対する印象が良くないのはそのためである。父の死に際しても冷淡であったという。「思う様に勉強が出来ぬのみか、その好まざる仕事を無理にやらされ」たことも、「余のホームが微塵に砕かれ」たことも、貧困を理由としているが、その影には弥十郎の人となりが存在していたことを言外に語っているようである。介山に岩崎弥之助にあやかった命名をするほどであったから、息子に期するところがなかったわけではないであろう。しかし、社会生活には意のままにならないことなどいくらでもあるものである。才覚がないと言えばそれまでであるが、そこに生活人としての苦労があった。若い介山にそれを思いやることは無理であったかも知れない。『大菩薩峠』においても、主要な登場人物の多くが「故郷と家庭とを喪失したアウト・ロウであり、行手にさだかな目標も持たぬ漂泊者、放浪者」[16]であり、彼自身も独身主義を通して家庭を持とうとしなかったことも、潜在的に父の負のイメージが影響したとも考えられるのではないか。

しかし、介山は後年父のことを次のように回想している。

父は苦しい身上の火渡りばかり歩ませられて、その成果に至っては一つも見ることが出来ず、世間にも子供にも誰にも同情されず惨憺たる生涯を終ってしまった。思えばわが父ほど不幸な人は世に二人とあるまいと思われる。[17]

（「哀々父母」）

「哀々父母」の執筆は、介山が死去する前年の一九四三（昭和一八）年のことであるから、歳月の流れ中で彼自身が人生経験を重ね、父の人生行路を思いやる余裕が生じたのであろう。同じ回想の中で、介山が少年であった横須賀時代に寒い夕暮れの海岸を父母が歩む姿を思い浮かべて、「何とも云えぬ哀しい思がする」[18]（同上）と感想を洩らしているのも、父への怨恨が洗い流されて残った感慨なのであろう。

三　社会主義体験

介山が社会主義に傾斜した理由については、右に引用した「予は如何にして社会主義者となりし乎」に述べている通りであるが、社会主義者と言える活動として指摘できるのは、『平民新聞』に寄稿したことである。幸徳秋水には深く心酔したところはあるが、現実的な社会主義運動にコミットすることはなかった。ここでは、介山のきわめて限られた時期における社会主義思想の質を考察することにする。

介山が社会主義に傾倒した期間はきわめて短い。幸徳秋水や堺利彦らが平民社を結成したのは、日露開戦に先立つ一九〇三（明治三六）年のことであった。この年は、先述のように彼が郷里での教師を退職して上京した年で、折から父との不和が深刻になっていた頃であった。しかも、彼は以前に上京したときに、貧民たちの生活をつぶさに見る機会があった。羽村に帰ったときも、郷里の様子を「貧乏人は日増に殖え申候、家内の風波は到る処に高く、滞納処分を受けたる者二十戸以上に及び申候」（「帰郷だより」）〔二〇：五〕と記している。彼自身の生活状況も含めて、貧困は現実的な問題であった。上京の後、貧困家庭の児童の教育に尽力したことも、社会主義思想の実践の一環であったと思われるのは右に述べた通りである。

生活上の問題を原点として持ちながら、『平民新聞』に近づくことで反戦運動に傾斜することになった。彼は日露戦争を次のように指摘している。

露国宮廷を中心とせる帝国主義者と日本現政府を代表する帝国主義者との間の衝突に過ぎぬ。横暴なる資本家制度を助長する帝国主義者が自分勝手に戦争を惹起し、彼等が偶然にして有せる権力を濫用して無辜の人を殺し、無用の財を費さしめるのである。（「戦争と宗教家」）〔二〇：一六〕

彼は「露を伐つよりは帝国主義者を伐つは更に急なり」（同上）〔二〇：一六〕として、日露「平民」の反帝国主義的連携を主張する。この反戦論は、平民社の「今や日露両国の政府は各其帝国主義的慾望を達せんが為めに、漫に兵火の端を開けり」[19]（幸徳秋水「与露国社会党」）として、日露戦争を帝国主義戦争と捉えることによって、「諸君と我等と全世界の社会主義者は、此共通の敵に向つて、勇悍なる戦闘を成さゞる可らず」[20]（同上）とする民衆への呼びかけと同趣旨である。

しかし、幸徳と介山との間には、わずかながらイデオロギー的に距離感が感じられる。幸徳の場合、マルクスの有名な全世界のプロレタリアート団結のスローガンを掲げて、社会主義の反戦的団結を主張している。これに対して、介山の場合は、幸徳と共通する論旨を、戦争を非人道的なものとする普遍的反戦論の中に位置づけつつ、批判の鉾先を「遠く理想の境に憧(あこが)れて少くとも現世の腐敗を救う宗教家」(「戦争と宗教家」)〔二〇：一六〕が反戦を主張しないことに向ける。

反戦を主張せずあるいは戦争を賛美する宗教家の姿勢を、介山は権力への迎合として厳しく批判する。彼にとっては、「国家ありての人民で無く、人民の福利ありての国家である」(同上)〔二〇：一六〕ことが理想なのである。ここに言う「福利」の内容については何も述べていないが、宗教家の使命を語る文脈の中にあることを考慮するならば、福祉国家的な政策に限定することなく、精神的な「安心立命」の保障と理解しているとみるべきであろう。従って、国家が戦争という悲惨な状況を作り出しているときは、宗教家こそが心の問題の立場から率先して戦争反対に立つべきであると主張するのである。

この反戦論は社会主義的というよりは、むしろ内村鑑三の主張に近い。それは介山が宗教に深い関心を持っていたというのではなく、彼の内面にわだかまるものが社会主義にも、また宗教にも接近する契機となっていたが、それが十分に論理化されていなかったからではないか。日露戦争批判の言説を組み立てる過程で、彼の思想的核心が見えてきたのであろう。一九〇五(明治三八)年、内村鑑三主宰の『新希望』に発表した「予が懺悔」においては、社会主義体験を次のように自己批判している。

余は社会主義者なりき。余は社会主義の真理を知る。然も余が社会主義に趣きし動機は根底に於て誤れり。救い、助け、愛さんが為に社会主義に趣かずして怨み、憤り、呪わんが為にこれに走せたり。

あゝ危険、真に危険なりき、余は将にバイロニズムを奉じて我からこの世間の道徳と宗教とを冷笑し破壊せんと欲したり。〔二〇：二〇〕

その動機とは、人生の早い時期に貧困を身をもって味わったが故の怨恨であった。しかし、貧困を社会問題として取り上げ、社会の変革を通じて貧困問題の解決を主張する社会主義思想の人道主義的な核心部分は正しく把握していた。彼は社会主義に関わることになった動機を反省しているのであって、社会主義そのものを否定したのではない。「婆言」では、「人生の不安職業無きより甚だしきは無し。我党の士主義に熱烈なるは可矣。職業を軽んずる事あらば大なる僻事也」（二〇：二二）と述べているのは、地に足を着けた生活の重要性を主張しているが、「我党」と表現しているように、社会主義者であることを自覚している。この文章は社会主義者の人格の低さの指摘に対して、「これ直に余を戒むるの警声にあらずや」（同上）（二〇：二一）という自戒をもって受け止めた上で書いたものである。ここに言う社会主義者の人格問題が、具体的にどのようなことを言うのかは明らかではないが、イデオロギーの絶対性を前提として観念的な行動主義に走ることへの批判とすれば、「指導者の地位にあらんとする者、豈道徳的要意無くして可ならんや」（同上）（二〇：二一）という主張は、社会主義運動に実生活おける幸福追求を求めるものであり、指導者は志士仁人的「英雄」を期待していることを意味するものである。

しかし、当時、社会主義運動そのものが重大な分裂の危機を抱えていた。一九〇一（明治三四）年に社会民主党が結成されたときの綱領は、議会を通じて社会政策の実現を図る議会政策論の路線を掲げていた。同党は治安警察法によって即時解散を命じられたが、一九〇六（明治三九）年に成立した日本社会党も同じ路線を掲げていた。その間に、日露戦争に対して反戦論を展開したが、戦争の終結とともに、反戦運動も目的を失って沈滞した。

日露戦争が進行中の一九〇五（明治三八）年五月、児玉花外、小野有香、山田滴海、山口孤剣、中里介山、原霞外、白柳秀湖が発起人となって火鞭会を結成された。「告白」の名で呼ばれた同会の綱領は次のようなものである。

一、火鞭会は科学万能主義に抗して、人類の迷妄を打破し、現代の文明を批評して、黙移暗遷する時代の黒潮に棹す

二、火鞭会は芸術の為めに芸術をなさず、形式と技巧とに束縛せられたる軟弱なる文学を排し、芸術の根底に横たはれる、人生及び人道の光に触れんとす[21]（以下略）

第二に掲げた芸術至上主義を排し人生・人道に触れる文学を実践するために、同年九月に『火鞭』が発刊された。文学と社会主義との交渉の最も初期のものとして知られるが、イデオロギー性や文芸としての完成度の問題はあるが、社会問題に関心を持った文学青年たちの主張の舞台として注目される。『火鞭』は一九〇六（明治三九）年五月、通巻第九号をもって終刊した。当局の社会主義弾圧の姿勢と財政難が原因であった。

その年の六月、幸徳秋水がアメリカで無政府主義の影響を受けて帰国し、日本社会党主催の歓迎演説会でいわゆる直接行動論を表明した。日本社会党は結党時には「国法の範囲内において社会主義を主張す」（同党党則）として議会政策論を表明していたが、幸徳の主張を容れて党則を「社会主義の実行を目的とす」と、合法主義の表現を削除する変更を行った。そのため、翌一九〇七（明治四〇）年一月、日本社会党は結社禁止命令を受けて解散した。

介山は直接行動論に同調することはなかった。そこまで革命の論理を内面化していなかったのである。このことが彼の社会主義思想の質を示している。彼は社会主義への傾斜の要因として、家庭の貧困を強調していた。しかも、「怨み、憤り、呪わんが為」と言っているように、社会に対するルサンチマンを内面に向かって屈折させていた。そこから戦略的な階級闘争理論を構築することは、心の壁を破らない限りほとんど不可能であった。日露戦争直後の時期における社会主義の状況は、そこまで理論構成を進めてはいなかった。幸徳秋水は直接行動論に傾斜していたが、必ずしも運動の主流となっていたわけではない。一九〇八（明治四一）年の赤旗事件に現われたように、議会政策論と直接行動論とが対立を激化させつつ、社会主義運動そのものは衰退した。一九一〇（明治四三）年の大逆事件は、理論的根拠が脆弱な日本の社会主義に止めを刺すようなものであった。

第三節　介山の思想的転換と民衆観

一　「土」の思想への転換

一九〇六（明治三九）年、介山は「小さき理想」で閉塞状況の打破を目指して人格の陶冶を主張した。

今の我は実に醜い我だ。苦しい時には泣き、弱い時にはすがり、窮した時には叫ぶ僕は理想を実行する前にこの弱い醜い自分の人格を鍛錬せねばならぬ。少なくとも権威ある人格を鍛え上げねばならぬ。（「小さき理想」）〔二〇：一八〕

介山は社会に対する憎悪が、人格の弱さに起因するものと考えたのである。日露戦争が終わり、反戦論の目標が消えたとき、彼も社会主義の意味を問い直す機会ができたのであろう。そのとき、彼は思想の重さに対して、自分の足が生活の大地をしっかりと踏んでいないことをつくづくと思い知ったと考えられる。「小さき理想」の発表より先に、彼は火鞭会を退会していた。一九〇五（明治三八）年一一月の『火鞭』第三号に「わが発起人介山中里君、頃日感ずるところあり、宗教の人たらんがために、物質界の羈絆（きはん）を逃れんとし、筆を文壇に断たんとす。依つて先づ本会との関係を解かる(22)」という記事が載せられている。

すでに、久保川きせ子のキリスト教の布教活動に協力し、ユニテリアンの演説を熱心に聴いたほどであるから、宗教とりわけキリスト教に傾倒する条件は存在した。上述のように、内村鑑三主宰の雑誌に寄稿していることもその現われである。しかし、この段階での「宗教の人」とは特定の教派の信奉者ではなく、心の問題に真摯に向き合おうとする求道者に近いものと見るべきであろう。貧困、人間関係、反戦など社会の現状に不満を覚え憤怒の言説を繰り出しても、わが身一つの安らぎさえも得られないことに社会主義の限界を感じたのであろう。従って、「宗教の人」たることは、彼にとっては自己探求の新たな出発であった。

「小さき理想」はトルストイの『イワンの馬鹿』の影響下に書かれたものである。介山はトルストイを通じて信仰、学識、人格もすべて労働を離れると無意味であると感じた。「僕は今まで何主義とか何哲学とか云うものに欺された」（同上）〔二〇：一九〕と言っているように、彼はここに至って思想の曲がり角に差しかかっていることを自覚したのである。ここに言う理想とは、「人間は自分で食うだけは自分の腕で直接に地を耕して食わねばならぬ」（同上）〔二〇：一八〕ということの実践であった。彼は階級闘争を掲げて社会主義革命を目指す変革の道を選ばず、トルストイを例に示しながら、人格の鍛錬を主張した。

> 我等もとより、斯の如き絶大の人格に企て及ぶ可くもない。けれども平凡なる一農民としての人格だけは鍛練せねばならぬのもまたこれだけの義務はある。（中略）一村に一人の平凡なる人格があれば一村は必ず感化されるのである。
>
> 僕は兎に角この平凡なる人格を鍛え上げる事が出来たら郷里に帰農する。そして三百日働き六十五日を学術の研究と自家の趣味と教育と宗教との為に費やすのだ。（同上）〔二〇：一九〕

土に密着して生産に従事しつつ村落の指導者となることは、二宮尊徳のような老農のイメージを思わせるものがある。しかし、尊徳の倫理が農村指導の実践から導き出されたのに対して、介山の場合は思想が先行し、文字通り「理想」に留まっている。このような「土」の思想の主張は、父との確執に対する彼なりの決着のつけ方であったと考えられる。父弥十郎の個性は、介山にとって父の負のイメージを大きくする要因であった。農業を嫌い家産を傾けた結果、家庭の不幸の元凶となった父を嫌い、羽村で教員をしていた頃は連日のように父との対立を繰り返していたことで、父への負のイメージはますます増幅されていった。

しかし、そのような深層心理的要因が決定的なものとは考えられない。実生活に足を着けることは、同じ頃に故郷喪失状況の下に生活苦と自己探求の苦闘していた石川啄木と同様に、介山にとっても切実な課題であった。「土」の思想を主張しながら東京に留まる介山を、火鞭会同人の大塚甲山は次のように批判した。


中里介山君は品性修養の為に東京においでになるさうだ、が、二宮尊徳翁の品性は朴素なる村民と、頽れたる軒と、田の泥と、森の颪の間に養成されたものである、尊徳翁は百姓の稽古に江戸へは出なかつた。[23]

甲山の指摘は介山の痛いところを突いている。彼自身も、上京と「土」の思想の実践の矛盾をよく自覚していた。「甲山君の言わるる如く僕の出京は大なる誤謬である。余が農業を捨てて出京したのは要するに「名」と云う虚栄心の為すところで一言も弁護することは出来ぬ」（「甲山君に答う」）（二〇：一九）と自己批判する。

介山は甲山の批判を認めた上で、ただちに帰農しない理由を、都会に留まって虚栄心がいかに人間の自然を害しつつあるか、また、その害悪を説き戒める見識を身につけることとする。負け惜しみの苦しい弁明のように聞こえるが、中里家の没落で帰るべき「土」のない故郷喪失者となった身としては、このようにしか言えなかった。

「小さき理想」を執筆した一九〇六（明治三九）年段階では、まだ社会主義と完全に絶縁していたわけではない。直接行動論が台頭するのもこれより後である。従って、人格論は社会主義革命の路線とは無関係で、彼が社会主義に親近性を持つに至ったメンタリティの表現である。介山は中里家の没落の最大の原因が父の性格にあると考えていた。父との確執も、心理学的な第二反抗期の現象以上に、深刻な家庭内紛争の様相を呈していた。社会主義は貧困の原因が経済構造にあると論じた。いかに解釈しようとも、現実に重く迫る家庭の問題を解決しない限り、彼に安らぎはなかった。「土」の思想は現実には限界を抱えてはいるものの、社会主義への傾斜の動機である社会への「呪詛」を止揚する契機を含んでいるものと考えられた。しかし、「土」に根を下ろすべき社会的条件を整えるという現実的課題を解決しない限り、観念論に足を掬われ続けることになるであろう。さらに、その壁を突破するには、自らの生きるべき道を公的領域の中に確立しなければならなかった。

二　政治における英雄待望と民衆観

一九〇六（明治三九）年一二月、介山は都新聞社に記者見習として入社した。苦労して正教員の資格を取るほど努力し、貧困児童の教育に携わるほどの活動をしていたにもかかわらず、教員を退職したのは何故なのか。東京での教員時代に、父以外の家族全員が転がり込んで来たために、生計をしっかりと立てる必要は確かにあった。しかし、それ以上に、彼は文筆活動を始めたいと考えていたからではないか。

彼は決して政治への関心を忘れず、権力と民衆のはざまに立つべき「英雄」を文筆活動を通じて模索するようになる。ここに、彼なりの政治と文学の交叉の形態を見ることができる。しかし、政治への期待を文学によって表現することは、現実政治から距離を置くことになるが、同時に批判的な視点を築く契機ともなるのである。

介山は、最初の本格的な長編小説として、一九〇九（明治四二）年に『氷の花』を発表した。作品の末尾に記された「千尺積んだる氷の中に人の情で花が咲く」という俗謡がタイトルの由来であるが、確かに通俗的な「人情」がこの作品の主題としてクローズアップされている。天保期を時代背景として、強欲な商人川崎屋孫右衛門が打ちこわしを受けて以来、店の誠実な使用人藤吉と川崎屋の愛娘お澄が運命に翻弄されるが、大団円では二人は晴れて結ばれることになる。孫右衛門も堅実な商いに精励し余財を世のために投じ尊敬を集めるほどになった。孫右衛門の心を開かせたのは、最終的には二宮尊徳の欲を捨てる生き方の教えと、人生の苦労人淡海和尚の一喝であった。個人の道徳に帰するストーリーの構成は通俗的であった。しかし、作品の結末の部分において、人情の陰に隠れていた社会観が語られるようになる。世に不満を抱く海賊の首領近藤重五郎は、尊王攘夷を主張する関新之介と海賊行為の是非について論議をする。新之介の海賊行為批判に対して、重五郎は次のように反駁する。

「粟を盗むものは罰せられ国を盗むものは王となる。織田の天下を豊臣が盗み、豊臣の天下を徳川が盗む。饑饉に乗じて暴利を貪る町人も、小前を窘めて年貢を絞る地主等も詮じ詰むれば皆盗人じゃ。この世に盗人でないものが幾人ある。ただ不憫なはこれらの盗人に虐げらるる力弱き小民じゃ」〔一三：四九六〕

「小民」を救済するために尊王攘夷こそが必要と言う新之介に対して、重五郎は幕府を倒したところで幕府ができる、「秩序は腕の強い者が立てる、多数の弱者を抑える道具じゃ。我等如きつむじ曲りはその秩序が気に入らぬ、その秩序を壊して見たい」〔一三：四九六〕と応酬し、二人はそのまま別れることになる。

豊臣・徳川に明治国家を、商人に資本家をそれぞれ置換すると、「力弱き小民」は近代日本の民衆に重なり、介山の社会観が明らかになってくる。さらに、新之介の論理において、徳川幕府に資本主義を重ねると、尊王攘夷はプロレタリア革命と解されることになる。その場合、新之介の言う倒幕後の新しい秩序は、重五郎にとってはプロレタリア独裁で、彼の秩序否定は無政府主義と解することになるのであろうか。

重五郎はこの作品ではあくまで脇役であるが、介山はこの反骨の快男児を登場させることによって、彼自身の本音を語らせたのであろう。重五郎は結末近くで、欲の亡者宮浦屋万右衛門を懲らしめるために、計略によって財産を奪取する。しかし、天下を掌握することは盗み同然と言い切る彼も、徳川幕府支配を実力で打倒する意図はなかった。すなわち、重五郎は新之介とは異なり、社会変革に対する親近性はまったくなかった。換言すれば、介山自身が重五郎を通じて語りたかったことは、いかなる国家体制であっても、政治権力は常に「小民」を抑圧する装置に過ぎないということであった。

民衆として生きることの苦労をつぶさに体験し、社会主義に傾斜したこともある介山のことであるから、「力弱き小民」に対する思い入れも一段と強かったであろう。しかし、ここでは社会主義思想に基づく階級意識を持って、その民衆観を述べているのではない。彼はこの段階ではすでに社会主義を離脱し、「小さき理想」によって直耕の生活を主張していた。ここに言う「力弱き小民」も、村落にあって額に汗して自ら土を耕し、自給自足に生きる小農民を意味しているであろう。彼は社会主義的階級論の枠組みで把握された人民ではなく、思想で理解される以前の牧歌的な農民像を理想として掲げたのである。

しかし、この「土」の思想には問題があった。一つは、介山自身が土を離れたところから直耕論を主張しても、説得力に乏しいことである。これは、「余が農業を捨てて出京したのは要するに「名」と云う虚栄心の為すところで一言も弁解することは出来ぬ」（「甲山君に答う」）（二〇：一九）と述べているところからも察せられるように、彼自身が痛感するところであった。彼はこのテーマを生涯の課題として抱え込みつつ、『大菩薩峠』の中で村での教育と勧農に専念する与八として人格的に表現し、さらに後年の西隣村塾での農業生産と教育活動の実践へとつながっていくのである。

もう一つの問題として、牧歌的な農民生活は、現実には資本主義の展開によって浸食されつつあった。彼が社会主義に走ったこと自体が、彼において、すでに牧歌的な農民像が単なる理想に過ぎないことを認識していたことを意味している。そして、この問題は、たとえ社会主義から離脱しても、近代日本の現実として彼につきまとうものであった。「土」の思想を掲げて行く以上、彼にとって近代日本の社会的現実との葛藤は不可避であった。この軋轢は大逆事件によって極点に達した。この事件を機に、彼は「人の書ける文字」に吐露されたような文筆活動の空しさを痛感するとともに、一九一〇（明治四三）年九月に始まった『高野の義人』においては、民衆のために改革の旗印を掲げて闘う志士仁人像を確立していくのである。

『高野の義人』では、享保期に高野山の暴政を直訴する寺領の名主戸谷新右衛門と、彼を側面から支援する浪人横川早苗の動きに、破戒僧良春と新右衛門の子新九郎の許嫁芳野との愛欲や、最後に早苗と結ばれる桜茶屋のお兼の動きなどのロマンスをからませてストーリーが展開する。新右衛門は将軍徳川吉宗に直訴するが、結局は高野山に送り返され石子詰めの刑に処されて死ぬ。しかし、幕府の内偵はひそかに進み、勝ったと思い安心していた高野山の悪僧学道は最後に没落し、新九郎が亡父の跡を継いで名主となることで大団円を迎える。

戸谷新右衛門は民衆のために身命を賭して行動するという意味で志士仁人である。『氷の花』の近藤重五郎の海賊を反体制的なゲリラ的行動とすれば、新右衛門の場合は現体制を前提として下から善政を求める批判活動である。新右衛門を刑死させた措置は、権力の非情さを強調するものである。

この作品の開始前の五月に大逆事件の検挙が始まるので、戸谷新右衛門の高野山の暴政批判と刑死の結末は、この事件を象徴するものと考えられる。重五郎も新右衛門もともに、体制を変革した後の新たな秩序構想があったわけではなかった。彼らは圧制に苦しむ民衆にとっては、志士仁人的な英雄であった。都新聞社に入ってスタートを切った介山の文学活動は、政治を英雄待望論によって捉えようとした。彼の英雄論は「力弱き小民」的民衆観と表裏一体の観念を形成するもので、山路愛山が主張した時代の潮流をリードする英雄観とは異なるものである。民衆が政治的主体という認識に覚醒していないが故に、民衆を圧制から救済するべき英雄の到来が待望されるのである。この民衆観は前近代的である。

しかし、現実の民衆はもっとしたたかであった。一九〇五（明治三八）年の日比谷焼打ち事件における民衆の行動、一九一二〜一三（大正元〜二）年のいわゆる大正政変において桂内閣倒閣の際の民衆の行動は、政治過程において民衆が主体として浮上してきたことを示すものである。石橋湛山は民衆が選挙権を持たないが故に暴動という挙に出ざるを得なかったが、普通選挙制が存在していたら「今日の如く国論の沸騰したるに当たって、決して山本内閣は出現し得ざりしなり、また政友会といえども薩閥と相結ぶを得ざりしなり」(24)というほど、民衆を評価している。

介山はそれほど民衆の政治的力量を評価していたわけではなかった。すでに見たように、自由民権運動の伝統につながることを自覚していていたが、志士仁人的な「英雄」の存在が必要と考えていた。松本健一は介山の政治観を

「政治への幻想」[25]と端的に表現した。確かに、彼は後年ユートピア的国家秩序を模索したように、終生幻想的政治観から自由になることはできなかった。しかし、介山にとっての「英雄」とはユートピアを掲げたこと自体よりも、むしろ現実とユートピアの間に架橋することを図って苦闘する者であった。

彼は初期の文章において、「平和画家」ヴァシーリー・ヴェレシチャーギンの死を悼む文章を発表した（「嗚呼ヴェレスチャギン」）。彼は日露戦争において、一九〇四（明治三七）年四月一三日に、旅順口で機雷に触れて轟沈したロシア艦ペトロパヴロフスク号とともに海底に沈んだのである。介山は「直観に訴えて戦争の最も怖る可き、最も愚劣なるを教えんとするの平和主義者なりき」（二〇：七）と讃えている。

介山にとっては、日露戦争のときにも敵味方を超えて、死をも恐れることなく平和を絵画によって伝えようとしたヴェレシチャーギンは「英雄」であった。「基督教の純主張と当世流行の忠君愛国説との暗問を明解すべく」（「今人古人」）（二〇：三五）精神的苦闘を展開した内村鑑三も、その意味では「英雄」であった。このような英雄待望論が後年の彼の政治思想を規定していくことになる。

第四節　還相としての政治

一　宗教への旋回

大逆事件は社会主義者に対してのみならず、文筆家たちに対しても大きな衝撃であった。石川啄木が国家の強権に閉塞観を吐露したように、介山も「人の書ける文字」において、文筆の空しさを吐露していた。

この冬、病を熱海に養い、ある時、海岸で出でて砂地の滑らかなるを愛し、携えたる竹杖もて、縦横に文字を書きて楽しみき、曰くEternity 曰くHumanity 曰く李白、曰く高青邱――ややありて、顧みれば、書けるところの文字、悉く海波に洗い去られて、痕跡も留めざりき。
あゝ、人の書ける文字は凡て斯くの如きものなるべしと思いぬ。〔二〇：二九〕

「この冬、病を熱海に養い、ある時、海岸に出て」とは、一九一一（明治四四）年に喀血し肺結核初期と診断されて、静養したときのことを示している。この年の一月に、幸徳秋水ら大逆事件の有罪判決が下り早々に刑が執行された直後に当たるので、この文章に大逆事件の衝撃が影響したと考えてよいであろう。

松本健一は砂に書いた文字が、政治に翻弄された唐と明の詩人の名、及び永遠性と人間性の観念であったことについて、「文学と政治との関係はどうあるべきか、文学による自己表現（人間性）はどうあるべきか、そしてその文学は永遠であるか」[26]に苦悩していたことを象徴的に表わすものと解している。

介山はこの頃には、すでに都新聞社に入って文筆活動に携わっていた。後述するように、彼は政治の問題を、時代小説という設定をもって描く試みをしていた。この年は『島原城』を発表していた。いわゆる島原の乱を描くことで、権力と農民の闘いを主題とする作品であった。この作品自体が権力から忌避されたわけではないが、介山は明治末期の国家状況の下で、政治と向き合う文学の難しさを痛感することで、結果的には透谷や啄木と共通する課題に向き合うことになったのである。

介山は社会主義とはそれほど深く関わってはいなかったと考えられるので、大逆事件が彼にとって衝撃となったのは、国家が人民を抑圧する暴力性を感じたことではないかと思われる。上述のように、彼にとっては、国家は人民の福利を保障するべきものであるにもかかわらず、福利への道を正そうとする社会主義を無慈悲にも封殺した。彼は政治運動として社会主義を受け入れたのではなく、閉塞的な状況にあって心の拠り所として理解していた。彼が東京に出て社会主義に接した頃は故郷喪失者となっていた。その喪失感を社会主義は補填することはできなかったが、国家もまた救ってくれるものではなかったのである。介山は明治末期に自らの「居場所」が見出せない底深いニヒリズムの淵に沈んでいたのである。

介山はトルストイを通じて、批判ばかりで展望のない精神生活から脱却する契機を発見した。そこから「土」に生きること、及び宗教を人格の基礎とすることの二つの方向性が生まれた。彼の現実の生活状況から考えて、ただちに「土」に生きる生活は実行することが困難であったが、父との確執については、父の生き方をはっきりと否とし得るだけの姿勢が獲得されたのである。彼は社会主義を離脱するとき、「宗教の人」たらんと述べたことについては、先述の通り特定の信仰の立場ではなかった。ここに言う「宗教」は仏教の可能性はあるが、必ずしも決定的なものであったとは思われない。トルストイやキリスト教にも関心を持っていたからである。しかし、思想遍歴の果てに聖徳太子に至りついたとき、彼の仏教への傾斜は決定的となった。

彼の仏教への関心の持ち方は、素朴な信仰というスタイルではない。彼は出家するつもりはないし、仏教学研究者となるつもりもなかった。松本健一は介山の仏教的スタンスを「安心立命の地を求めての、現世での絶望的な抗がい」[27]と表現しているが、確かに求道のための苦闘者というイメージが最も正鵠を射た理解であるかも知れない。従って、自己探求の思想的営為の一形態であり、特定の宗派にこだわりはなかった。

一九一二（明治四五）年、介山は西大久保で「三教合同生活」と称する生活を始めた。彼と友人でキリスト教徒秋元巳太郎、介山の従弟で国学院で神道を学ぶ宮沢一の三人が、一軒の家を借りて生活を始めるものであったが、たまたま「三教」が同居することになったと思われる。この時期には、介山は一応仏教の信奉者という立場であった。介山は読経し、秋元は讃美歌を歌い、宮崎は祝詞をあげるという騒々しさであったが、当然彼らの間に各自の信仰に基づく対話があったであろう。三人がそれぞれ家を引き払って、「三教」の共同生活が終わったのは一九一四（大正三）年であった。介山にとっては、この生活は異なる宗教の間の差異を認識する機会となったであろう。結果的には、各宗教の差異を認識した上で、自らの仏教理解に自信を深めることになったであろう。

彼は法然に関心を持ったが、既成教団と対抗することを恐れず、専修念仏を心の問題として貫こうとした宗教者としての純粋性に惹かれたのであろう。法然の浄土教が南都北嶺と対立していた頃は、源平の争乱から鎌倉幕府が成立する秩序の転換期であった。政治社会の混乱の中で、この世を生き抜く力としての念仏を伝え、衆生とともに乱世を歩もうとする彼の姿勢に深く感銘を受けたことも考えられる。社会的に承認された宗教行為に囚われることなく、宗教の本質に迫ろうとする試みの過程で聖徳太子に遭遇することになる。

介山が聖徳太子に関心を持つ背景として、明治末期に聖徳太子の評価が高まるという事情があった。その契機は、一九〇三（明治三六）年が十七条憲法の制定より一三〇〇年という区切りの年に当たり、聖徳太子奉賛の行事が行われるなどにより、聖徳太子の評価が高まったことであった。書物も刊行され、介山にとっても、仏教との関連で聖徳太子に関心を向ける契機となったと考えられる。

介山は一九二七（昭和二）年六月より、聖徳太子を主人公とする小説「夢殿」を『改造』で連載し始めた。その前文「創作「夢殿」について」では、聖徳太子に傾倒した理由を次のように述べている。

歴史研究の為にやったのではなく、創作の感興に駆られて渉り歩いたというのでもなく、実は本心にやみ難き追求があって、物心共に悩みきって、道を求め歩いた結果が聖徳太子のお膝元まで計らず導かれて行ったという次第である。〔二五：二五〕

彼が聖徳太子に傾斜した内面的要因として指摘する「物心」の悩みとは、貧困を含めた社会生活上のさまざまな塵労と、それ故に閉塞感の中で心に広がる空しさを一括りにして説明しているのであろう。当然、社会主義も含まれることになる。「道を求め歩いた」とは主として書物を渉猟したことを指すものであろう。彼が聖徳太子に魅力を感じたのは、釈迦が王子の地位を捨てて出家したのに対して、聖徳太子がその地位を捨てず最後まで世俗世界に留まろうとした「逃避せざるの生涯」〔二五：二六〕にあったと思われる。それは、介山自身が自らの「逃避せざる」生き方を切望していた故と考えられる。

彼は社会主義の信奉に象徴されるような志士的気概に基づく政治的活動と、実生活に足を置かないために陥ったイデオロギーの空転状況とのギャップの中で、自らの生きるべき道を見失っていた。それをここでは一種のニヒリズム的状況として捉えるが、それを超克してなおも世俗世界に足を着けて生きるための力を求めて宗教に傾いたと考えられる。従って、彼にとっての宗教とは、自らを現実から遮断するものであってはならなかった。

しかし、仏教に傾斜したことで、彼の安心立命が得られニヒリズムの克服が完成したわけではない。むしろニヒリズムと隣合わせになりつつ、世俗世界との接点を持とうとしていたのである。時代は啄木が「時代閉塞」と把握した様相を呈していた。啄木が国家の強権を批判しつつ、国家を射程に収めて社会主義に近づいたのに対して、介山は社会主義から遠ざかり、仏教的世界観を拠り所として政治を捉える視点を樹立しようとしたのである。

二 「現世」への回帰

介山は自らの存在の根拠を模索することに必死であった。社会主義が自己探求の結末となり得ないことを悟った後は、トルストイを経て仏教に赴いたが、トルストイから仏教に至る必然性はまったく存在しなかった。彼は思想に依拠して安住できるとは考えていなかった。生活苦を現実に体験した身としては、安心立命は現世に足を着けて歩みつつ確立すべきものであった。都新聞社に入社し生計の手段を確固たるものにすることによって、彼はようやく思想を確立し語る段階に入ることができたのである。その矢先に発生したのが大逆事件であった。彼が「人の書ける文字」において述べた文筆的営為の空しさは、国家権力の前に思想が語れないことについての苛立ちの表現であるが、国家そのものに対する敵対的態度を示したものではない。国家そのものを否定したわけではなかったが、安心立命の地でもなかった。

介山は仏教に関心を持ったが、隠遁者タイプではなく、むしろ世俗的な人物であった。独身主義を貫いて家庭を持とうとしなかったが、決して厭世的ではなかった。後に『大菩薩峠』の舞台化や映画化にクレームをつけたり、時局を批判したり、農業と教育を一体化した西隣村塾を経営したり、彼は現世の地上にしっかりと足を着けて行動していた。この世俗志向性を裏づけていたものこそが、宗教の還相的論理であるという精神構造を考慮すべきであろう。逆説的な説明であるが、出世間主義的な仏教的求道精神が、介山の世俗性の存在意義を支えていたとも言えるのである。従って、彼は「安心立命の地」を求めたが、その苦闘は必ずしも「絶望的」とは限らなかったと考えられるのである。

もとより、彼の内面において、安心立命志向と世俗志向とが常に均衡を保っていたわけではない。現世に対する一種の挫折意識と、そこからの反転の試みとが相剋を続けていた。彼の大乗的菩薩思想はそのような相剋を止揚するところに成立したものであった。彼の「菩薩道」の思想については、改めて次章で取り上げるので、ここでは一般的な仏教思想を示しておく。

大乗仏教の根本思想によれば[28]、自分が彼岸に渡る前に一切の衆生を再度する利他行を実践する人を菩薩という。菩薩行は一切諸法を空と観ずる「空」の哲学によって基礎づけられる。空観によれば、煩悩も空であるが故に、無明のうちに輪廻することも、それを消し去ってニルヴァーナ（涅槃）に入ることも、ともに異なるものではないとされる。人間の世俗生活そのものが煩悩即菩提の仏国土を現ずることになると解される。従って、大乗仏教は在家仏教としての性格を強く持っている。在家において、「上求菩提」の往相的観念と「下化衆生」の還相的観念を、不二のものとして実践することが求められる。

介山が大乗的菩薩思想に見出したのは、むしろ還相のために安心立命を獲得することであった。社会主義にも近づき、民衆としての生活苦を経験した彼にとって、還相とは端的には政治であると言うことができる。従って、往還両相をめぐる言説は彼特有の政治思想として読むことができる。彼は明治末期にその思想的原型を形成し、『大菩薩峠』において理想の国家像を菩薩道の政治の世界として追求することになるのである。

注

（1）尾崎秀樹『修羅――明治の秋――』新潮社、一九七三年、二六頁。
（2）尾崎秀樹『中里介山――孤高の思索者――』勁草書房、一九八〇年、二頁。
（3）鹿野政直『大正デモクラシーの底流――〝土俗〟的精神への回帰――』日本放送出版協会、一九七三年。
（4）松本健一『中里介山』朝日新聞社、一九七八年。
（5）今村仁司『「大菩薩峠」を読む――峠の旅人』筑摩書房、一九九六年、二〇三頁。
（6）橋本峰雄「『大菩薩峠』論」桑原武夫編『文学理論の研究』岩波書店、一九六七年。
（7）野口良平『「大菩薩峠」の世界像』平凡社、二〇〇九年。
（8）成田龍一『「大菩薩峠」論』青土社、二〇〇六年、二一頁。
（9）松本前掲書、二五頁。
（10）『作家の自伝四五　中里介山』日本図書センター、一九九七年、一二頁。
（11）柞木田龍善『大菩薩峠作者　中里介山伝〔復刻増補版〕』天心菩薩会、一九八七年、三〇頁。
（12）松本前掲書、三八頁。
（13）同上書、七八頁。
（14）伊藤和也『中里介山論――『大菩薩峠』の周辺――』未来工房、一九八一年、一三九頁。
（15）柞木田前掲書、七七頁。
（16）橋本前掲論文、二五六―二五七頁。
（17）前掲自伝、一五―一六頁。
（18）同上書、二一頁。
（19）林茂・西田長寿編『平民新聞論説集』岩波文庫、一九六一年、二二頁。
（20）前掲『平民新聞論説集』二二頁。
（21）綱領は、西田勝「雑誌『火鞭』の成立について――人民的美の組織的追求の先駆――」『文学』一九五三年一〇月号に掲載されているものを引用。同論文、五二頁。
（22）『火鞭』第一巻第三号、三四頁。引用は労働運動史研究会編『明治社会主義史料集　補遺Ⅷ』明治文献資料刊行会、一九六三年所収の復刻版による。同史料集、一八〇頁。
（23）『火鞭〔前掲復刻版〕』第二巻第一号、二二頁。前掲史料集、四三三頁。
（24）松尾尊兊編『石橋湛山評論集』岩波文庫、一九八四年、四〇―四一頁。

(25) 松本前掲書、三三頁。
(26) 同上書、一四一頁。
(27) 同上書、一二頁。
(28) 大乗仏教の思想については、中村元『インド思想史〔第二版〕』岩波書店、一九六八年、一一九頁以下、高崎直道「大乗仏教の形成」『岩波講座　東洋思想』第八巻(インド仏教一)、岩波書店、一九八八年、一四九頁以下に拠った。

第七章　中里介山の大乗的政治観と国家

第一節　『大菩薩峠』論の視角

『大菩薩峠』は一九一三（大正二）年に『都新聞』に連載を始め、以後何度かの中断期を含めつつ、一九四一（昭和一六）年まで書き継がれたものである。介山の人生の後半部がこの作品の執筆に充てられたのである。作品は「です・ます」体の講釈調で書かれているために読みやすく、彼自身の思想や意見が地の文に語られているので、この作品は彼の世界観ないし人生観を非体系的にではあるが、端的に表現している。しかし、文芸的精度の観点からは、彼の思想に関する言説は作品をいたずらに冗長にするだけの「雑談」として切り捨てられてしまわれるであろう。

作品は介山の死によって未完に終わったが、それだけでも執筆に費やされた二八年の歳月は、読者が世代交代するほどの期間であった。これほどまでに長く作品執筆を引き伸ばしながらついに結末に至らなかったのは、読者に対するサービスという点では良いとは言えない。しかし、それ以上に、彼を書くという行為に駆り立てた切実な内面的事情が優先されたと考えるべきであろう。内面からの働きを思想と呼ぶことは安易に過ぎるかも知れないが、自己探求の切実さが思想を紡ぎ出したと言うべきである。

『大菩薩峠』の読み方に関する先行研究については、前章で介山研究の現状の一環で取り上げた部分で触れたので、ここでは重複を避けたい。本書の根本課題は、文学活動の中で進められた自己探求が、究極的に国家との和解を果たす思想的営為となり得るか否かの解明であるが、介山においては、その問題は安心立命の境地と「地上の楽土」を理想とする国家との和解として現われた。介山や啄木の世代にとっては、国家と個人との間に亀裂が存在することが自覚されていた。彼らの文学には表現形式の差はあれ、価値観においてその問題が投影されていた。

前章で見たように、介山の政治意識は志士仁人的であり、その民衆観もムラで「土」に生きる牧歌的な被治者の姿であった。彼にとって、政治とは民衆に安住の場を保障すべきものであったが、大逆事件は文筆活動の空しさを思い知ることになった事件であった。さらに、大正政変を経て米騒動などの民衆運動の台頭、さらにいわゆる普通選挙制の実現の要求などの大正デモクラシーの時代相は、彼の牧歌的民衆観が時代に適合しないことを示していた。しかし、彼は近代的人間像を構築して国家と向き合う方向には進まなかった。国家からの疎外は、自らを底辺の民衆の中に位置づける方向に作用し、そこから人間を「衆生」と捉えることによって、地上の楽土としての可能性を国家に求めようとしたのである。本章では、介山が自己探求の果てに描いた理想の国家像と政治への視点の特徴を考察することを課題とするものである。

第二節　『大菩薩峠』執筆期の区分をめぐって

一　『大菩薩峠』の性格の変化

前章では、介山の初期の思想的課題が『大菩薩峠』に流入して行く契機を、明治末期の国家状況の下で考察した。『大菩薩峠』の思想を読み解く作業は次節以下で行うが、ここでは彼の思想的位置を俯瞰する意味で、この作品の全体像と読解上の課題を提示しておく。まず、仇討小説として出発したストーリーの初期的部分の梗概を示しておく。

幕末の頃、沢井村の甲源一刀流の剣士机竜之助は、大菩薩峠で老巡礼を意味も無く斬殺する。老巡礼と一緒にいた孫娘お松は、盗賊の七兵衛に助けられ江戸に出る。竜之助は御嶽神社の奉納試合の前に、対戦する相手宇津木文之丞の妻お浜を凌辱し、試合で文之丞を打ち殺して、お浜とともに江戸に出る。文之丞の弟兵馬は兄の仇討のために江戸へ出てお松に出会うが、彼女は兵馬に思いを寄せるようになる。一方、竜之助とお浜は江戸で夫婦暮らしをし、郁太郎という子までなすが、腐れ縁のため諍いが絶えなかった。ついに彼は諍いの果てにお浜を斬り、京都に行き新選組に加盟する。捨てられた郁太郎は、沢井村の水車小屋の番人であった与八に養育されることになる。与八は竜之助の父机弾正に恩義を感じていたが、竜之助に脅迫され心ならずもお浜の拐取に加担させられてしまう。彼はそれを罪業として懺悔しつつ郁太郎の養育に専心する。

竜之助は新選組加盟中に島原の遊郭で錯乱し、大和路にさまよい出て三輪明神の神官植田丹後守に救われ、丹後守に父の面影を重ねてひとときの安らぎを得る。しかし、三輪の街でお浜と瓜二つのお豊という女性に会い、二人は腐れ縁的に結ばれる。ところが、三輪に住む金蔵という男が彼女に恋慕し奪い取り、三輪を出奔する。竜之助も三輪を出て伊賀上野に至り、天誅組の浪士たちと知り合い彼らの尊王攘夷の挙兵に参加する。天誅組の挙兵は失敗し、竜之助も敗走の途中で火薬で失明する。

彼は紀州龍神の湯に行き、眼の療治のために山中に籠る。龍神の温泉宿には、金蔵の縁者がいたために、その伝手で金蔵とお豊は宿屋の手伝いをしていた。しかし、お豊は竜之助と再会しまた縁りを戻してしまう。そこへ、竜之助を追う兵馬が山中に入ろうとして、お豊に阻止される。金蔵はお豊と兵馬が密通していると誤解し、嫉妬に狂い挙句の果てに龍神の村に火事を起こしてしまう。竜之助はこの騒ぎの最中に金蔵を斬り、お豊とともに龍神の村から姿を消す。

以上は、作品が仇討小説としてのまとまりを維持していた最初の部分に当たる「甲源一刀流の巻」から「龍神の巻」までを、竜之助の行動を中心とした梗概である。その他、作品の展開過程で重要な役割を演じるメンバーとして、変わり者の町医者の道庵、乱行の旗本神尾主膳などが登場している。

以下、「間の山の巻」からは盲目となった竜之助の無明の彷徨が果てしなく続くとともに、多彩な登場人物の行動が絡まりながら展開し、竜之助の影は相対的に薄らいで行く。この巻以降の登場人物では、「間の山節」を唄う間の山の芸人お玉（本名はお君、以下お君の名で統一する）、彼女と同じ間の山生まれの大道芸人で棒術の名手米友、旗本で後に南海の孤島で理想郷を建設しようとする駒井能登守（甚三郎）、盲目で饒舌の僧侶弁信、甲州有野村の「馬大尽」藤原伊太夫の娘で顔に火傷の跡を持ち激しい気性のお銀などが、作品展開の上で大きな役割を持つことになる。なお、お銀は作品中では一貫して「お銀様」と表現されているので、ここではその表現を採用することにする。

『大菩薩峠』は介山の死によって未完に終わったが、最初の「甲源一刀流の巻」から最終巻の「椰子林の巻」までを一読すると、作品の構成が大きく変化していることに気づく。当初の構想では、宇津木兵馬が仇討を成就し、ハッピーエンドを迎えることになっていた。[1] 通俗的には、仇討をする方が善、討たれる側が悪とされるから、兵馬が主人公のように見えるが、ここでは徹底した虚無的心性を持った竜之助が主人公で、兵馬は脇役になっていると思われる。竜之助が介山の内面にわだかまるニヒリズムから生まれたと言える特異な人物像であり、これを主人公としたことは確実である。ニヒルであるところから魅力があり、しかも罪業の故に討たれるところに、大衆の正義感を裏切らない配慮があった。

ところが、この構想は作品展開の途上で失われ、竜之助は虚無的な彷徨を続けるのみならず、雑多な登場人物の中に紛れ込んで影が薄くなり、果ては実在とも幽霊ともわからないような希薄な存在になってしまうのである。従って、竜之助を仇として追い続けることに存在の意味が与えられていた兵馬が、生彩を欠く人物になっていくのも当然である。作品の冒頭の場面で竜之助に斬殺された老巡礼の孫娘お松は、兵馬を慕うという筋書きになっていた。彼らは共通の仇を持つ身であるから、互いに助け合いながら恋愛が進行し、悲願成就の暁にはめでたく結ばれる結末が来るであろうと想像することは難くない。ところが、構想の意外な展開は、お松を妙好人の与八とともに村の児童教育に専念する女性に変え、さらに南海の孤島で自由の国家を建設しようとする駒井甚三郎の妻へと変身させていくのである。このように、仇討小説の構成要素となっていた作品初期の登場人物たちは、ストーリーの展開過程においてまったく異なったキャラクターに転換していったのである。これが作品の性格の変化を的確に示している。

二　区分設定の思想的意味

『大菩薩峠』の性格の変化は、介山の思想的変化を示すことでもある。従って、思想史的研究は作品の変化の意味を探ろうとした。

鹿野政直は『大菩薩峠』の執筆過程における変化を、次のような区分を設定して説明する。[2] 執筆過程における中断期の存在に注目して、それぞれの中断期を境とすることで、執筆時期をA群（一九一三年九月〜一九一五年七月）、B群（一九一七年一〇月〜一九二一年一〇月）、C群（一九二五年一月〜一九三〇年七月）、D群（一九三一年四月〜一九三五年六月）、E群（一九三八年二月〜一九四一年八月）の五群に分ける。各群の時代背景については次のように説明される。

A群においては大逆事件を去ること遠くない時代、B群においては米騒動を中心とする時代、C群においては政党政治の時代、D群においては「満州事変」からファシズム化の時代、E群においては日中戦争の時代であった。そうしてこれらの時代は、『大菩薩峠』の内容にそれぞれ大きな影をおとしているのである。[3]

各群の背景となる時代の特徴は確かにその通りである。しかし、時代が「『大菩薩峠』の内容にそれぞれ大きな影をおとしている」ことの評価については、単に作品上の素材として利用しただけでは足りず、作品の構成の変化や中断の意味を総合的に判断しなければならない。『大菩薩峠』の執筆期に相当する時期は、大正政変の後、「憲政の常道」の確立に向かいながら、大正後期から昭和初期にかけての相次ぐ恐慌を経て、やがて十五年戦争への突入と政党政治の否定へと、日本の近代立憲国家が暗転していく時代であった。この歴史的展開過程を五つの時期に区切ることができたとしても、介山自身が時勢の変化と自らの課題との関連を確立しなければ意味がない。それは作品構成の上で何らかの形で投影されるはずである。

松本健一は、作品執筆の上で実質的変化を探ろうとする試みを示した。松本は鹿野の提示した区分を基本的に評価しつつ、中断期に注目しその思想的重みを考える。まず、鹿野の言うA・B間の第一の中断期は、第二以下の中断期に比べると特別な意味を持ち、作品執筆上からも重要であると考える。それは、『大菩薩峠』が新たな構想に移行するために、「作者の思想的深化の用意にこそ当てられた[4]」ということである。構想の転換の意義については、松本は「大逆事件の衝撃とか、女性の裏切りによるショックとかは、内面的に醸成しなおされて、そういった権力悪、女性悪をも認めたうえで人間を救抜することは可能かといったところへ、作者が作品のテーマを移さざるをえなかったのである[5]」と説明する。

「女性の裏切り」とは、都新聞社の受付の仕事をしていた遠藤妙子が、彼と関係を持ちながら社長の楠本正敏の妾になったことを指している。遠藤家では楠本社長の庇護で生活を支えていたので、介山の出入りを差し止めるまでに至ったという。この手痛い打撃が介山の女性不信の原因となったと言われる。『大菩薩峠』でも、お松のような知的で自立した女性は例外で、お浜やお豊のように男が破滅する契機を持った女性、受動的で結局は不幸になったお君、またお銀様の激しい気性で暴君的な一面など、女性についてはプラス評価となるような描き方をしていない。遠藤妙子への不信がいつまでも尾を引いていたかは定かではないが、作品構成から見る限りでは、「女性悪」の問題は克服されていなかったのではないかと思われる。

鹿野は、B群への移行の背景を、米友やお君などの民衆を描くことをもって、「大逆事件後の状況のなかで、ニヒルな剣士に時代への想念をたくしえた介山が、未来へつながるあらたな階層をふたたび視野にとりいれはじめた[6]」と説明する。A・B間の中断期を介山の思想的転換に関わる段階と評価することは、両氏に共通している。

次に、B・C間の中断期は、B群の最後の部分である「禹門三級の巻」をもって作品を一応完結させる意思を持っていたから、明白な中断である。[7] ここで作品の完結を宣言しながら、改めて「無明の巻」以下が執筆されていくのは、介山が作品執筆に通じて思想的課題を探求する内的必然性を認識したからと考えられる。松本の表現を借用すれば「思想的深化」を果たした、すなわち、ここに至ってこそ介山の内面的諸問題の醸成を見、以後宗教的テーマを構想の中に拡大させていくことに自信を得たのではないかと考えられる。従って、B群からC群への移行は構想の継続的発展であって、決して作品の性格を変化させるものではない。その意味では、ここで中断期を強調する積極的意義は認めがたいと思われる。もちろん、この段階でも、彼の時代認識が作中の人物を通じて、あるいは直接的に語られているが、宗教的世界観という大きな枠組みの中に収まっているのである。

鹿野の言う第三中断期（C・D群の間）も同様の観点から、積極的な意味を認めることは難しい。松本によれば、「無視してもいいくらいの短い作者の休養期」[8]に過ぎず、何よりもこの中断期を介在させながら、作品の性格に根本的変化が見られないのである。この中断期には、第一次世界大戦後の戦後恐慌及び関東大震災が起こり、社会不安が色濃く進行していた。その状況が彼の時代認識に影響を与えていたことは確かであるが、宗教小説としての基本的枠組みは維持されていた。

第四中断期（D・E群の間）は明らかに転換期としての意味が認められる。E群では宗教的世界観に代わって、政治思想が前面に迫り出して来るのである。E群の執筆期に相当する時期は、二・二六事件の直後からアジア・太平洋戦争開戦の直前までの時期であった。政党政治が崩壊し戦時体制が確立する過程であるから、作品も切迫する時局を反映するようになった。作品中では、お銀様は胆吹山麓で専制国家を建設するが、民衆の反乱で崩壊する。一方、元旗本駒井甚三郎は南海の孤島に自由主義国家の建設を目指す。但し、介山の死によって作品が未完のまま終わったので、国家建設の結末も描かれなかった。竜之助や兵馬など仇討小説以来の人物も登場するが、いよいよ影が薄くなっていった。

それにしても、介山はなぜ文芸としての完成度を崩してまでも、『大菩薩峠』における世界観の語りに固執したのであろうか。中断期を含めて、実に二八年の長きにわたる一つの作品の執筆は、滝沢馬琴の『南総里見八犬伝』執筆と並ぶ大事業である。初期の読者が青年であった場合に、結末で中年となるほどの長さである。読み続ける根気強さもかなりのものであるが、それほど長く読者を引きつけた介山の創作意欲もまた並々ならぬものである。その創作意欲を持続させた理由としては、作品を期待する読者の意向はもちろん考えられるが、やはり彼自身の内面の語りが執筆を持続させたのであろう。仇討をテーマとした作品構成から、宗教的世界観の語りを経て政治思想の語りへと主題は変化したが、それぞれの段階における主題が重層的に関連しながら重心をシフトさせて行ったために、『大菩薩峠』の執筆自体は放棄されることはなかったのである。

本書では、「龍神の巻」までの仇討小説段階を前期とし、「間の山の巻」から「禹門三級の巻」を経て「恐山の巻」までを宗教小説段階と一括することで中期とし、「農奴の巻」から最後の「椰子林の巻」までを政治思想小説と把握し後期とする三区分を設定したい。その上で、介山は『大菩薩峠』をどのような思想によって開始したのか。それが宗教的世界観にシフトしたのはなぜか、さらにその上に政治はいかなる意味を持って語られたのか。それらの諸問題の考察を進めることによって、介山の思想史的研究の後半部とする。

第三節　大乗的世界観の展開

一　「カルマ曼陀羅」の世界

前節で述べたように、『大菩薩峠』は机竜之助が火薬で失明する「龍神の巻」を区切りとして、作品の性格を変化させていく。彼の失明は「心の窓」を閉ざすものとして、無明の闇に沈むことを意味している。竜之助は物語における役割は、宇津木兵馬に兄の仇として追われることではなく、作品全体の基調的思想の表現を担うことになるのである。

『大菩薩峠』において宗教的世界観が展開されるのは、小論の区分に言う中期であるが、介山はその仏教的世界観を「カルマ曼陀羅」と呼んでいる。仏教によれば、「カルマ」（業）とは人間存在の根本にある妄執から起こる種々の行動を言い、人間はそれによって「迷いの生存（輪廻）のうちに没入」[9]しているのである。「曼陀羅」とは元来密教で諸尊を安置し祭儀を行うための壇を意味していたが、やがて大日如来を中心に諸尊を配置した図を意味するようになった。[10]介山は「カルマ」によって繰り広げられる人間の愛憎の絵図をこのように表現したものであろう。

介山は作品中期の最初に当たる「間の山の巻」において、遊芸人お玉（本名お君）が歌う「間の山節」を紹介している。間の山とは伊勢神宮の内宮と外宮の間の地を指し、介山は「間の山節」に深い関心を持って採集している。彼はすでに発表している『清澄（きよずみ）に帰れる日蓮』でもこの歌謡を取り上げている。『大菩薩峠』では歌詞は次のようになっている。

夕べあしたの鐘の声、寂滅為楽と響けども、聞いて驚く人もなし、花は散りても春は咲き、鳥は古巣に帰れども、行きて帰らぬ死出の旅

『清澄に帰れる日蓮』に引用されたものとは、後半部の句が異なっているが、主題は同じである。日蓮は宗教者として、この歌を聞いて人生を「死出の旅」と認識することによって、生きることの意味の大きさを悟ることに反転した。西洋中世に説かれた「メメント・モーリ」（Memento mori 死を思え）と同じ精神的境位である。『大菩薩峠』では人生の無常をことさらに強調する役割を担っているのである。確かに、日蓮の悟りへの反転の裏を返せば、人間は存在理由を見出せない限り、無明の闇の中でひたすら死出の旅路を急ぐようなものであった。

失明した竜之助の眼の治療のために苦界に身を沈めたお豊は、お君の歌を聞いて、「死にたい、死にたい、いっそ

死んでしまおうかしら」（一：二七一）と思い自殺してしまう（「間の山の巻」）。お君はお豊から竜之助宛の金と遺書を託され、彼に渡す際に歌によってお豊に自殺させた自分の責任を告白する。しかし、竜之助は「歌うものは勝手に歌い、死ぬ者は勝手に死ぬ」（一：三〇六）と冷ややかに突き放す（同上）。一見無慈悲な態度であるが、尾崎秀樹はこの表現を、竜之助のニヒルな相貌裡に「寂滅為楽と響く朝夕の鐘の音に象徴された無常感と大慈悲が秘められているのではないか」[11]と解する。「死ぬ者は勝手に死ぬ」という論法の言外に、「それでも生きなければならぬ」という人間存在の理法が読み取れることになるであろう。

しかし、後にお君さえも自らの歌の哀調に引かれて、それを契機に自殺してしまうのである（「無明の巻」）。さらに別の場面では、放浪の武士仏頂寺弥助と丸山勇仙は、「どう考えても、生きる口実を見失ったから、これから本当に死んで見せるのだ」（一〇：四二）と言って、小鳥峠の上で二人とも自殺する（「新月の巻」）。死を思いつつ生きることは宗教の説く真理であるが、生きることの意味を見失ったときに死の誘惑が迫って来る。そのような危うさと隣り合わせの人間存在の実相が示されている。

ところが、机竜之助自身には存在の目的もなければ、死への衝動もない。従って、自殺することもない。彼は「拙者というものは、もう疾うの昔に死んでいるのだ、今、こうやっている拙者は、ぬけ殻だ、幽霊だ、影法師だ」（「安房の国の巻」）（四：九四）と告白するが、この醒めた述懐には無明の闇に陥った苦悩や清浄世界への欣求はない。彼は失明後に「最初から俺の心は闇であった」（「龍神の巻」）（一：二五二）と告白するように、まさに過去遠々の昔から「心の闇」の中にあった。むしろ、竜之助は「心の闇」そのもの、人間存在の無明そのものを象徴するものである。橋本峰雄は竜之助を「荒魂から和魂となり「祖霊」の中に消えてゆく」[12]ものとしているが、むしろ「間の山節」の基調音を象徴する人間存在の真理として、死出の旅路の途上にある人間の空しさをまとって存在し続けるものである。

『大菩薩峠』が仏教的ニヒリズムを表現するだけのことであるならば、この作品を執筆し続けることは無意味であろう。存在の虚無が最初から真理として提示されている以上、作品の展開をいかに進めるとも、金太郎飴のようにどこを切っても同じ切り口しか見えない平板なストーリーとなるからである。しかし、介山はニヒリズムを結論としてではなく、出発点として書いたのである。彼は「上求菩提、下化衆生」という言葉を好んで使ったが、この言葉こそニヒリズムからの脱却の志向を示すものであった。

作品では、この言葉の前半「上求菩提」を具現するものとして、弁信という僧侶を登場させる。弁信は盲目の小法師で、一旦弁舌を振るうと留まるところを知らないほど雄弁である。清澄山の出身と設定されているので、日蓮を連想させる。しかし、実在した日蓮よりは、むしろ『清澄に帰れる日蓮』で描かれた作中人物としての日蓮を重ねつつ、前に進んだ姿として設定していると考えられる。介山が描いた日蓮は、「間の山節」の無常感を突き抜けることで空しい現世に留まるべきことを悟り、現世に回帰する菩薩行に出発しようと決意した。弁信はまさに菩薩行に挺身する姿であった。弁信が盲目とされたことは、彼の菩薩行の出発点たる「無明長夜の闇に迷う身」（「安房の国の巻」）（四：九）という自覚の象徴的表現である。罪業消滅の行に精進する弁信の全存在によって、「上求菩提」の精神を造形したのである。

弁信が長々と語る仏教思想は、作品の随所に現われる。これを総合し要約すれば、概ね次のように整理できるであろう。

人間存在はまさに死出の旅そのものであり、しかも罪業を負っている、人生の旅は罪業消滅の過程であるが、自らの罪業は一切の衆生を済度することによって消滅する、衆生済度は彼岸に渡らしめることである、しかし、彼岸とは現世を超越した世界ではなく、現世こそが心の持ち方によって彼岸たり得る、結局は真如も無明も心のあり方による、よって、衆生済度は真如の実相を見るべく心の眼を開かせることである、という大乗的菩薩道の思想である。

この世界観に立脚することによって、竜之助と弁信との関係が明らかになってくる。両者は盲目の状態にある。竜之助は無明の闇そのものとして、人間存在の絶対的否定者であるのに対して、弁信は無明の闇から光明世界を不断に欣求している。あるとき、流浪中の竜之助と弁信は甲州の月見寺に滞在することになる。竜之助はここでも夜に辻斬りにさまよい出る。それを指摘する弁信を、竜之助は斬ろうとして、両者は月見寺の卒塔婆を挟んで立つ。竜之助の剣は卒塔婆を両断し、弁信の体には赤い糸のような血を流す傷をつける（「無明の巻」）。

この場面における竜之助と弁信は、もはや人間的ではない。幽霊や幻という意味ではなく、現世の夾雑物を一切捨象したという意味で、人間的ではないのである。すなわち、無明と菩薩行との対決の象徴化と言うべきである。竜之助の両断した卒塔婆の文言「若残一人　我不成仏」と「我不惜身命　但惜無上道」は弁信の菩薩行の心そのものである。それ以来、弁信が流す糸のような血は竜之助の罪業を象徴するものとなる。

しかし、無明と真如の不二を示す挿話として、竜之助が夢の中で血の池地獄のほとりで弁信から金剛水をもらって渇を癒す場面を描いている。そのとき、二人はともに遠い昔に会ったような気がすると語る。弁信は竜之助に対して、「おたがい同志、まだ生まれないさきのお友達であったのではないでしょうか」（八：二八四）と言う（「弁信の巻」）。この挿話には、竜之助の存在の謎が解き明かされている。菩薩行に徹して現世に留まり続ける限り、無明を自らの宿業として背負い続けなければならず、その意味では煩悩と悟りとは不可分、無明と菩提の不二という大乗仏教の世界観が示されている。

ここにストーリーの構成上の問題として、弁信が竜之助を済度する可能性があるかという問題がある。弁信は菩薩思想の主張者として設定されているが、人間存在の真理そのものとしての意義も持っている。しかし、無明そのものである竜之助には済度の契機はない。この作品は、弁信と竜之助が人間存在の真理として、人間の営みの基調低音の中に永劫に存在し続け、「心は高く霊界を慕えども、足は地上を離るること能わざるそのあこがれ。耳に虚空の妙音の天上にのぼり行くを聞けども、身は片雲の風にさそわれて漂泊に終る人生の悲哀」（「鈴慕の巻」）（六：三〇六）の空しさを担いつつ、なおも地上を歩み続けることが、「下化衆生」の諸相として描かれることになるであろう。純粋の宗教小説であるならば、竜之助と弁信な葛藤のみで構成されるが、介山が目指す現世志向は、この作品の中に多様な衆生の営みを描くことによって完成されることになるのである。

っている。一切の衆生を無明から解脱させ、彼岸の悟りの世界に渡すことが菩薩行の実践であった。しかし、済度して彼岸に渡らせることは、決して死後の世界に行くことを意味するものではない。無明も救済もすべてこの世のことであり、寂光浄土は此岸に現出すべきものであった。世に棲む身としては無明からは逃れ難く、むしろ無明とともに生きながら捉われない心を持つことによって、此岸は自ずから浄土たり得る。これは作品における弁信の教説であるが、同時に介山自身が到達した大乗的観念でもある。介山は大乗的観念を基礎に、「下化衆生」としての社会問題へのアプローチを作品の中に取り込んでいくことになる。

二　「衆生」としての民衆とその現実

『大菩薩峠』の連載が始まった一九一三（大正二）年は、第一次護憲運動で第三次桂太郎内閣が総辞職に追い込まれたが、そのときに民衆が国会議事堂を包囲し、交番や政府系新聞社などを焼打ちする動きが生じた。一九一八（大正七）年には米騒動が勃発した。作品は米騒動の約一年前から宗教小説へと転換していくが、民衆運動の季節すなわち「大正デモクラシー」の開幕に際して、民衆の現実を作品の中に位置づけていく。

特徴ある民衆像としては、物語の最初の段階から、江戸の町医者道庵が登場する。彼は徹底した平等主義者で、誰からも薬礼は一八文しか受け取らない。彼の家の隣に外国貿易で大儲けした成金の鰡八が越してきたとき、その成り上がり趣味の豪遊ぶりが気に食わないために、喧嘩をするうちに道庵の攻撃がエスカレートし、ついに奉行所から処分を受けることになる。鰡八は第一次世界大戦の好景気とともに出現した船成金の象徴である。道庵の鰡八攻撃は船成金への風刺の表現である。

また、道庵は江戸市中で「貧窮組」の打ちこわし騒動が発生したとき、「いったい物持ちというやつが癪にさわる、歩が成金になったような面をしやがって」（「市中騒動の巻」）（二：一一二）と言って貧窮組を煽動するが、「俺は大塩平八郎ではねえから、危なくなれば逃げるよ」（同上）（二：一一三）と言うところは、ただの煽動者に留まり民衆の味方として行動するが、民衆運動の指導者としては限界を示している。道庵は、介山の社会運動観の造形と考えられる。介山は貧窮組騒動について、「幸いなことに、大塩もトロツキーも出て来なかったから、それを天下国家の問題にまで持ち上げる豪傑は入って来ないで、小無頼漢のうち抜目のないのが、これを利用することになりました」（同上）（二：一一三）と説明している。それは、社会運動はすぐれた指導者の有無で革命にもなれば群衆の暴動にもなるということである。

作品中に抵抗精神が旺盛な自由人として登場するのが米友である。彼は「間の山節」を唄うお君と同じ伊勢間の山の出身で、体は子供のように小さいが、れっきとした大人で、しかも独特の棒術の使い手である。お君が盗みの濡衣を着せられて役人に追われたとき、米友は彼女を助け役人に抵抗するが、彼は「汝たちが手向えをするように仕かけるから手向えするんだ」（「間の山の巻」）（一：二八七）と言う。彼は追い詰められるとギリギリのところで抵抗するが、『氷の花』の近藤重五郎のような骨太の理念はなく、『高野の義人』の戸谷新右衛門のような命を賭けた実践性もない。彼は抵抗はするが、変革のヴィジョンを持たない。「右を向いても、左を向いても癪にさわる世の中だ。（中略）命なんぞは惜しかあねえや、この世の中に未練なんぞはありゃしねえんだ」（「禹門三級の巻」）（四：二〇一―二〇二）とニヒルな感情を吐露することもある。それでいて、彼は正義感を最後まで失わない。

米友は民衆の無言の思想を体現するものとして、作品中の魅力的なキャラクターの一人として評価されるが、彼の自由な精神は近代人とは同質的ではない。国家や社会の構成主体としての個人主義に基づく自由ではなく、むしろ天地の理と一体化した捉われのない闊達な精神と言うべきである。あたかも神妙の域に達した彼の棒術のように、天地の理が彼を動かすと言うべきであろうか。米友は特定の信仰を持っているわけではないが、無自覚の菩薩行を実践しているようなものである。しかし、米友にも限界がある。彼は「土」から離れた故郷喪失者である。彼は「下化衆生」を地に足を着けて実践することができない。

介山は「下化衆生」の実践者の役割を与八に当てている。彼は孤児であったが、竜之助の父机弾正の計らいで、水車小屋の番人として働いていた。彼は実は盗賊七兵衛の子であったが、彼自身は知らない。これは作品中でも意味を持っていない。作品の冒頭で、竜之助は与八を脅迫して、宇津木文之丞の妻お浜の凌辱を手伝わせる。彼はその罪に苦しみ、懺悔の心をもって慢心和尚から地蔵和讃を教えてもらい、地蔵菩薩像を作りながら竜之助とお浜の間に生まれた子郁太郎の養育に当たることになる。後には植林事業や村の子どもたちの教育事業にも携わることになる。彼は清らかな信仰心と謙虚な人柄によって人々から慕われ、生産の大地にしっかりと足を着けて歩んでいる。与八の事業を手伝っていたお松は、与八が毎晩行う読経に「悲しみ」を聞く。それは「身心そのままを、限りなき広い世界へうつされて行くような、甘い、楽しい、やわらかな色を包むの悲しみ」(「みちりやの巻」)(六：一四)であった。心の持ち方によって現世が自ずから寂光土を現出する美しい心境の表現である。与八の世界こそ「下化衆生」の精神を象徴するものである。お松が去った後は、彼は郁太郎を連れて諸国勧化の旅に出、その途中でお銀様の実家藤原伊太夫邸にしばらく滞在することになる。彼はここでも無欲な精神を持って、労働と子どもたちの教育に専心し、人々から信頼され慕われるようになる。

与八は一口で言えば、前近代的な民衆の典型である。信仰を持って生産に生きようとする妙好人タイプで、自然に沿って生きる姿勢は二宮尊徳を連想させる。しかし、その精神の純粋性はむしろ菩薩的である。その意味では、介山が社会主義から「宗教の人」に転じた精神的遍歴の理想的到達点は与八的人間像であったと考えられる。

道庵、米友、与八の三名はいずれもさまざまな意味で、介山にとっての民衆の理想像の各面を示している。米友は反権力的な側面を象徴し、秩序への求心性は稀薄である。勿論、その性は善良で正義感は強いが、行動は常に受動的である。道庵の場合、その平等主義により反権力的性は強いが、米友に比してその行動には能動的な面が見られる。彼はある程度のカリスマ性を持っているが、権力的な指導者とはならない。二人に共通するのは、民衆運動によって権力に抵抗する姿勢を持っているが、自らは権力を保持することのない被治者としての民衆の姿である。ここに与八の要素を加味するならば、支配と被支配の対立関係を大乗的菩薩思想によって止揚することを試みる介山の民衆観が示される。
民衆サイドから見た場合、介山が理想とする社会を作中人物に即して比喩的に表現すると、与八的生き方が尊重され、米友が怒ることなく、道庵が罵ることのない世の到来が理想とされることになる。

第四節　国家幻想の成立

一　超国家主義と『大菩薩峠』

『大菩薩峠』の政治思想小説化の時期がファシズム期と重なるのは、介山が同時代の政治的潮流に深い関心を持っていたことを示すものであり、しかも、ファシズムの時代に何らかの形で関わろうとした現われであると考えられる。これについては、介山の晩年の思想的状況はファシズムへの傾斜を示しながらも、日本文学報国会への加盟を拒否するなど、国家の翼賛体制に対しては距離を置いているように見える。

前章では、明治国家の転換期に対応した介山の精神的軌跡の解明を行ってきた。そこにおいて、彼は青年期における精神的混沌の中から仏教的世界観に傾斜し、『大菩薩峠』はその世界観に基づいて「カルマ曼陀羅」として描かれてきた。では、衆生済度の菩薩道から、いかにファシズムへの傾斜が現われるのか。その問題を作品から読み解くことにする。

ファシズムとは、資本主義が危機的状況に瀕した段階で後進的な資本主義諸国に出現した権力形態であり、個人の価値の否認、議会制民主主義の否定と独裁への傾斜、共産主義及び人民革命への反対などがその特質として説明される[13]。

日本の場合、大正期における資本主義の発展が、第一次世界大戦後経済的危機に陥り、大戦中のロシア革命や米騒動を契機に、保守層に社会主義革命勃発への不安が漂い、そのような危機的状況の認識の下に、軍部による国家改造運動の台頭と国家独占資本主義への旋回が発生したのである。その意味では、日本ファシズムの成立前史を大正後期に求め、昭和戦前期をファシズム期と規定することができる。[14] さらに、価値観の転換に注目するならば、明治末期におけるニヒリズム的状況にその遠い源流が求められるであろう。

『大菩薩峠』の宗教小説段階としての出発は、第一次世界大戦中に求められる。この部分の最初の巻である「間の山の巻」は一九一七(大正六)年に連載が開始されている。作品の宗教的基調音は一九三五(昭和一〇)年に幕を閉じる「恐山の巻」に至るまで一応は維持されているが、政治に対する関心も深く、満州事変の前後の時期からは時局に対する発言も次第に高まった感がある。それは、大正デモクラシーからファシズム期に至る時代に対する彼なりの意見の表明なのである。

この時期の介山の社会意識については、右に指摘したように、民衆運動の力をひしひしと感じつつも、民衆を一面ではデマゴーグによって煽動される大衆として把握していたことからも、その否定的民衆観の一端をうかがうことができる。しかし、それは民衆の側にのみ否定的要因を求めるのではなく、『大菩薩峠』の中でゴロツキの「デモ倉」や「プロ亀」として嫌悪感を込めて表現されるように、社会運動そのものに不信感を持っているのである。作中では、「デモ倉」「プロ亀」は最初は道庵の取り巻きとして登場するが、次第に離れていき、道庵から「三ぴん、折助」と愚弄されていた金茶金十郎らの取り巻きとなった。その特徴は次のように説明されている。

本来、デモ倉と言い、プロ亀と言い、道庵ある間は、天晴れ貧民の味方で、先棒をかついでいたが、本来何も特別の主義信念があって、道庵と行動を共にしていたといふわけではなく、道庵に一杯飲ませられたのと、道庵の一面に備わっている暴君的独断に圧迫されて、寄りたかっていたのだから、少しでも、そのおみきと、圧迫から離しておかれれば、どっちへどうにでもなる連中です。(「畜生谷の巻」)〔七:二八〇〕

「デモ倉」はデモクラシーの、「プロ亀」はプロレタリア革命の、それぞれ揶揄を込めた表現であるが、この場合は特定の運動家を指しているわけではなく、社会運動そのものへの皮肉であろう。道庵の「おみき」と「圧迫」とは権力的な「アメとムチ」を指すのであろうが、道庵は決して狡猾な権力者型ではない。デマゴーグ的な要素がないわけでもないが、民衆を意図的に煽動するのではなく、単に祝祭好きの平和的な人物と言うべきであろう。それに対して、「デモ倉」「プロ亀」たちは、民衆に便乗しながら社会の風向きに応じて立ち回る嫌らしさを持っているのである。上述のように、すぐれた指導者を欠いた社会運動の末路の揶揄である。

「弁信の巻」では、取り巻きを率いた金茶金十郎らが騒ぐ場面が出てくるが、そのかけ声が「ファッショ」となっている。「弁信の巻」の執筆は満州事変以降になるから、ファシズム期の時流に対する揶揄であることは確かである。但し、これはファシズムに迎合する輩への揶揄ではあっても、ファシズムそのものに対する批判ではない。「デモ倉」「プロ亀」らが取り巻きの中にいることについても、リベラリズムや左翼運動の転向を問題にしているわけでもない。主義主張もなく動く群衆とそれに便乗する軽薄な運動の弱点を指摘するものであろう。

彼は当時の世界的脅威として、「ソビエットの新組織と、亜米利加の金力の外にはありますまい」(「日本の一平民として支那及び支那国民に与うる書」)〔二〇：一九〇〕と述べている。これはイデオロギーではなく、国家の強権と財力の重要性の指摘である。しかし、そのような物理的な力によって国家の存立が危うくなる現実を、介山は中国に見るのである。中国の伝統を愛する介山にとって、「武勇ある日本人が支那をこのままにして置いては、どうにも仕方がないではないか」(「米国を見る」)〔二〇：二一〇〕という思いでいたところに、満州事変が勃発したのである。

彼は満州事変を、「東亜建設の大使命が徹骨徹髄、日本の肩に落ちて来たことは、回避すべからざる大事実」(同上)〔二〇：二一〇〕と捉えた。すなわち、彼は日本の国家的使命を国際的正義の実現に置いているが、国家の強権や財力を笠に着た力の正義ではなく、道義的国家による秩序作りの可能性を、日本に期待していたことを意味する。しかし、それはあくまで理想であって、彼に具体的な秩序構想があったわけではない。

国内に関しても、大正デモクラシーの高揚の潮流の中で、財力を武器とするブルジョワジーが政治にも大きな影響力を発揮していた。『大菩薩峠』において、「十八文医者」の道庵にさんざん愚弄される成金の鰡八の醜態ぶり（「鰡八の巻」）や、山を乱開発しロープウェイのような装置を敷設して参詣客の増加を狙い、「トカク、近頃は金でございますね」（「白骨の巻」）（五：一〇九）と臆面もなく言う強欲な寺僧を七兵衛に批判させる場面が描かれているが、この部分から介山のブルジョワジーに対する嫌悪感を読み取ることができる。このブルジョワジーへの嫌悪は、人心さえも動かし得る財力への反感に置き換えることができる。彼は資本主義秩序を否定したのではなく、金の魔力に翻弄される人間を批判したものである。従って、満州事変に対する快哉も、成金ブーム以来金に浮かれた人心に、新たな使命感の覚醒のために下された一大痛棒であると考えたところから発せられたものである。ここには、アジア侵略に対する批判や反省はなく、むしろ大アジア主義をきわめて善意に解しているのである。

介山が国家体制をめぐる政治的イデオロギーに対してまったく無関心あるいは無知であったわけではないが、切実に関心を向けたのは、民衆側の政治意識の質であった。彼が『氷の花』や『高野の義人』などを書いた明治末期と、『大菩薩峠』の「間の山の巻」が始まった大正中期とでは、民衆の動向は大きく異なっている。民衆が政治過程への影響力を拡張し、普通選挙制の実現に向かって時代の趨勢は進んでいくのであるが、彼が憂慮したのは「デモ倉」「プロ亀」の類であった。彼らが「ファッショ」に迎合することを揶揄したが、民衆のファッショ化する要因については論及していなかった。

大正デモクラシーの政治システム＝政党政治は、政治を憲法と議会の枠組みにおいて限定するものであるから、介山が理想とした志士仁人的な「英雄」の活躍は必ずしも保障されなかった。政治を志す者は、憲法と法律の規定に従って、総選挙を経て議会に進出するのが本筋であった。さもなくば、運動家として院外団体を指揮するなどの行動を通じて、政治過程に参加するしかなかった。いずれにしても、政治家としての成否は、選挙民の意向に左右されるところが少なくないと言ってよい。当時の選挙制度は、すべての国民に参政権を認める、いわゆる普通選挙ではなかったが、その要求運動が高揚し、参政権の枠組みは確実に拡がりつつあった。

介山にとっては、この傾向は必ずしも歓迎できないものであった。彼によれば、多数による政治とは、「進歩した高尚な堅実な選ばれた少数のレベルにまで多数を引き上げるということ」（「信仰と人生」）〔二〇：八三〕でなければならなかった。彼から見れば、多数とは群集心理の勝利になる危険性が感じられたのである。一方では、選挙では財力が物を言う現実をも痛感せざるを得なかった。彼は「今日、選挙は金であるということになっているのも、選挙の根本観念が誤ってしまっている」（同上）〔二〇：八四〕と述べているように、「選挙は金」の論理を否定している。

彼の大衆の政治参加を批判する論理によれば、大衆をエリートの域にまで「引き上げる」ことができない限り、「デモクラシー」の政治は否定されることになる。「選挙は金」の現実の視点は、政党とブルジョワジーの癒着の認識に立脚している。この両視点の交叉するところに、資本主義段階における政党政治の否定という政治思想が成立する。

五・一五事件の直後に、「政権が政党の手に落ちてはならぬということを痛感し」（「非常時局論」）〔二〇：二六三―二六四〕たが、この段階では、彼は、政党政治を止揚した政治形態の理想像を明確に持っていたわけではない。以下で論じるような国家構想を『大菩薩峠』の中で模索していたが、確固たる政治的理想になり切ってはいなかった。ただ、五・一五事件に、腐敗した政党政治の打破を期待した姿勢から、ここでもファシズムに対する素朴な信頼を読み取ることができるであろう。

二　二つの国家像

介山は、『大菩薩峠』の宗教小説段階において、政治思想の表明として、二つの異なった国家の構築過程を描いた。この二つの国家は、それぞれ胆吹王国、椰子林共和国と呼ばれる。まず、その国家像の概要を述べる。

お銀様は継母の憎悪のために顔に火傷を負い、常に顔を頭巾で包んでいる。気性は火のように激しく、激しい憤怒の念を抱いて生きている。あるとき、藤原邸が火災で焼亡した。彼女は火事を見て、火はすべてを平等に焼き亡ぼす故に「火は力です、火は愛です、わたしはあの火にあこがれる」(「めいろの巻」)〔六:二七五〕と、火を讃美する。これは能動的ニヒリズムの象徴と解され、竜之助の受動的ニヒリズムと対置される。彼女は火災後の邸宅の再建をよそ目に、架空・実在を問わず伝えられるあらゆる「悪女」を祀るために、「悪女塚」と称する異様なスフィンクスの建立を企図する。ところが、彼女はスフィンクスを放置して旅に出、美濃に至って土地を購入して理想の国づくりを始めようとする。

彼女によれば、人の世には「静かに思いのままに生きて行ける道」(「不破の関の巻」)〔九:六八〕があるはずであり、それに基づいて「何をしようとも自分の限界が犯されない限り、他の自由を妨げてはならない」(同上)〔九:六九〕という世界を、自らの手で作ることを考え、胆吹山(伊吹山)の山麓に建設しようとする。

この胆吹山麓国家は、「自由な、圧制者と被圧制者のない、搾取者と被搾取者のない、しかしながら、統制と自給とのある新しき国家」(「胆吹の巻」)〔九:二六〇〕で、構成員には絶対的な自由が認められる。しかし、お銀様によれば、「絶対の自由を許すところには、絶対の力がなければならないのです」〔九:二九三〕として、国家の理想を守るために圧制が是認される。すなわち、防衛と征服という名において「絶対の暴虐」が許されるのである。「絶対の自由」を保障し、「絶対の暴虐」を行使する権能は、お銀様一身にのみ備わっている。すなわち、胆吹王国は、お銀様を女王とする専制国家である。

しかし、欲望と力によって成り立つこの国家は、農民たちの不満を引き起こし、お銀様の留守中に農民反乱に見舞われる。反乱は、留守を預かっていた王国の幹部によって鎮圧されるが、この事件を契機として、彼女はユートピア建設への情熱を失っていく。こうして、お銀様は滅び行く胆吹王国を脱出して、山科で古美術蒐集の生活に没入していくのである。

椰子林共和国

甲府勤番支配の駒井能登守（甚三郎）は、乱行の故に甲府勤番に回された旗本神尾主膳の謀略のために、窮地に追い込まれ職を去った。近代科学に造詣の深い駒井は、その後科学の研究に没頭しながら、自由主義的な立場から植民事業を目指すようになる。彼は植民事業の理想を次のように語る。

われわれが新しい土地を開こうとするのは、自らも王にならず、人をも王にせず、人間らしい自由な生活をのみ求めたいからです。（「みちりやの巻」）〔六：七二〕

駒井は武力による侵略と専制的支配を否定する。「鋤と鍬で開いた土地は、永久の宝を開く」（「弁信の巻」）〔八：二九九〕ことを主張する。彼の目指すユートピアは、平和と労働を基礎に個人の自由と平等が認められる社会である。しかし、彼の研究所に滞在している画家の田山白雲は、正義を遂行するためにも権力的統制は必要であると考えている。

ある日、駒井と白雲は浜辺を歩いていて、流れ着いた一個のビンを拾う。その中には、ウィリアム・ペンの名で、次のような意味の英文を記した紙片が入っていた。

政府の目的というものは、人民と相尊敬し合って権力を行使せねばならぬものだ、権力を濫用してはならん、服従の無き自由は混乱であって、自由の無き服従は奴隷である（以下略）（「Ocean の巻」）〔六：三六二〕

駒井はこの政治思想に共鳴するが、白雲は民衆への不信を示し、「政府は治むべし、人民は服従すべし、それでたくさんですよ」〔同上〕〔六：三六三〕と言う。

駒井は研究所が暴徒に襲撃されたのを機に、研究所に滞在していた人々を引き連れて、新天地の建設を求めて航海に乗り出して行く。白雲も駒井の協力者として、行動を共にする。一行は、太平洋上の一無人島に上陸し、ユートピア建設に着手しようとする。ところが、その島で先住の一人のヨーロッパ人に会う。彼は「異人氏」と表現されている。「異人氏」は西洋文明を嫌悪して無人島に逃げ出して来たと言う。駒井は彼に植民事業への参加を呼びかけるが、「異人氏」はそれを断り、「新たなる征服者が来た時は、先住民族は逃げ出さなければなりません」〔「椰子林の巻」〕〔一二：三四〇〕として、島を去ると答える。彼は駒井のユートピア建設の失敗を予言して島を去る。

大きな宗教、大きな哲学、大きな科学、みな東洋から出ました、今、西洋だけが文明開化のように見えるのは、それは表面だけです、西洋の文明開化は短い間の虹です、やがて亡びますよ〔以下略〕〔同上〕〔一二：三四一〕

「異人氏」の意見は、駒井のユートピア建設が西洋文明を原理とする限り、物質文明による人間の堕落と征服欲が破綻をもたらすということである。

胆吹王国の場合、その建設から崩壊までの顛末が描かれているのに対して、椰子林共和国が、その挫折を匂わせつつ終わっているのは、介山の死によって『大菩薩峠』が未完に終わった故であり、もし彼が存命して執筆を継続していたならば、遠からず椰子林共和国の挫折の場面が描かれたであろうことは、想像に難くない。

この二つの国家像が、当時の日本の理想を表現しているということは、さまざまな論者によって指摘されている。胆吹王国が、日本の現実を反映したファッショ的ユートピアであり、椰子林共和国が介山の理想を表現しているとするのが、ほぼ共通した見解である。しかし、尾崎秀樹が指摘するように[15]、介山は果たして前者を批判の対象とし、後者を理想としていたのであろうか。もしそうであるならば、彼は反ファシズム的で自由主義的な思想家ということになる。彼は、「デモクラシー」の政治を批判し、ファシズム体制への転換に活路を求めた。この思想傾向と、『大菩薩峠』における国家像との関係はどう理解すべきなのか。

結論から言えば、二つの国家像はともに介山の理想を体現したものであると考える。正しく言えば、理想の一面を表現している。二つの国家を、崩壊させ、あるいは建設の挫折を予言するのは、彼がこの国家に理想を託しつつも、全面的に肯定し切れない何かを感じていたからであろう。松本健一は介山の思想の現実主義的側面が胆吹王国に、理想主義的側面が椰子林共和国に、それぞれ表現されているとする[16]。介山は当初より否定する意図を持って二つのユートピアを描いたのではなく、やはり正の方向性を持った思い入れを抱いて描いたのである。その意味では、松本の見解は説得力がある。しかし、介山は両ユートピアを全面的に肯定していたわけではなく、否定的要素が内在することを承知の上で描いたと考えられる。そうすることによって、二つのユートピアを止揚する道を求めたのではないであろうか。

お銀様の国家は、「絶対の自由」と自給的な生産活動を存立の原理とした。それは、駒井の場合も同じであって、自給的な生産活動が国家存立の基礎として尊重され、個人相互の自由は対立しない限りにおいて許容された。しかし、胆吹王国の場合、人間の欲望の肯定を前提として、強力な統制の必要性を主張している。

ところが、民衆はお銀様の「善意」を理解せず、統制に従おうとしないのである。王国は民衆の一揆に襲撃されるが、彼女は王国の末期的状況の中で、「人間というやつは度し難いものだ、人間というやつは救うよりは殺した方が慈悲だ」（「農奴の巻」）（一一：二五七）という悲観的な人間観を吐露するのである。この憤怒は、机竜之助が体現する破壊的ニヒリズムと同レベルのものではなく、むしろ風向き次第でどうにでもなるという、介山自信の大衆への不信の代弁と見るべきである。

介山は椰子林共和国についても否定的要素を記述する。駒井は国家の構成員相互の自由が尊重され、相犯すことのない限り、各自の欲望を肯定することを宣言していた。ところが、椰子林共和国の構成員で、行きがかり上参加した「マドロス氏」と呼ばれる外国人と、やはり行きがかり的な参加者で怠惰な女性「もゆる子」は、労働もせずに食物を盗んだ。それを、構成員のひとり茂太郎は次のように歌う。

お饅頭をこしらえる人と／それを盗む人／せっかく殿様が／新しい国をこしらえても／汗水を流して働く人と／寝ていてお饅頭を食べる人とが／あっては何もなりますまい／（中略）／お饅頭の掠奪は／パンの搾取ということには／なりませんか（以下略）（「不破の関の巻」）〔九：二九―三〇〕

「マドロス氏」と「もゆる子」の行為は、意図的な労働の搾取というよりは、むしろ労働を嫌悪する怠惰である。怠惰への非難は、介山の初期以来のいわゆる「土の思想」の主張と同じものである。彼が、敢えて駒井の理想国に怠惰分子を持ち込んだのは、人間の本性の一面として安逸志向を否定できないと考えていたからであろう。椰子林共和国は一種の社会契約を前提とした国家であるが、介山にとっては、人間は社会契約を支えるほどの理性的動物とは考えられないのである。駒井の同志田山白雲が、民衆蔑視という言説で介山の大衆不信を代弁している。

この両ユートピアに共通して指摘し得る否定的側面は、必ずしも理性的合理的に行動しない大衆に対する不信感である。お銀様はそれを人間の宿命的な一面であると知るが故に、厳格な統制をもって臨もうとする。それは、介山が理想とし待望した「英雄」のイメージに近い。その結果として、胆吹王国は強力な専制支配によりかえって民衆反乱を惹起する。駒井も欲望を最小限度で統制することによって、秩序を維持しようとする。彼は英雄の到来を望まないし、彼自身も英雄になろうとはしない。しかし、その理想に流れた甘さを、現実主義者の白雲や反文明論者の「異人氏」から批判されるのである。

介山が二つのユートピアを通じて問いかけたのは、大衆と英雄の問題であった。両者の安定した関係の実現が、自由主義または専制主義のいずれの体制においてより可能なのか、また双方に内在する負の要素をいかに止揚するかの問題を、『大菩薩峠』を通じて問いかけたのである。

第五節　介山の政治的理想

一　危機意識

介山は、一九三六（昭和一一）年二月の第一九回総選挙に立候補し落選した。前年八月に相沢三郎中佐が陸軍省軍務局長永田鉄山少将を斬殺する事件が、白昼に陸軍省内で発生した。この背後には、国家改造構想をめぐって陸軍内部における皇道・統制両派の抗争が深刻化していた。また、この総選挙の一年前には、貴族院において憲法学者美濃部達吉に対して、その学説が反国体的であるということで論戦が開始された。いわゆる天皇機関説事件の発生である。当時の岡田啓介内閣は国体明徴声明を発し、美濃部の関係著書を絶版とすることで一応の決着を見た。自由主義のファシズムに対する屈服を象徴する事件であった。この総選挙の直後には、皇道派青年将校を中心とする、国家改造を目指すクーデタが勃発した。いわゆる二・二六事件である。介山が総選挙立候補という形で政治参加を目指していた頃、時代の趨勢としては、ファシズム運動が突出しつつ国家改造に向けて急旋回をしようとしていた。

介山は、天皇機関説事件後まもなくの一九三五（昭和一〇）年六月、『大菩薩峠』の「恐山の巻」を終えた。次の「農奴の巻」をもって作品が再開されるのが、一九三八（昭和一三）年二月日中戦争の最中であった。彼の総選挙立候補は、この二年半の間になされたのである。この時期に進行するファッショ化の時流が、彼の政治行動に影響を与えたと当然考えるべきである。彼はこのときまでに、『大菩薩峠』において二つの国家像の可能性を追求していた。統制か自由か、このいずれに対しても完璧な拠り所を確保することなく、時局への切迫感が彼をして筆を中断せしめたのであろう。

このあたりの事情を、彼は『粛選録』所収の「選挙公報に掲げたる政見」において、日本の非常時を次のように認識している。

> 日本の非常時は千載一遇の積極的非常時である。満州事変を転期として、国力は発展し、貿易は伸長し、全世界の脅威となり驚異となっている。同時に全世界の嫉妬ともなり憎悪ともなっていることは免れ難い。〔二〇：二七三〕

しかるに、彼は「明治大帝が下し給えるところの立憲の大制を輔翼修成し奉る能わず議会及び政党の堕落を今日の如きものにして」（同上）〔二〇：二七三〕と指摘し、彼らに非常時に対処し「真正の大国民たる品性」（同上）〔二〇：二七四〕を作ることは期し難いとする。よって、自分は「議会政治を否認しない、従って政党政治を呪詛するものではない」（同上）〔二〇：二七四〕が、議会や政党を「堕落」から救出するためには、新人の興起が必要であると考えている。

彼は自分を文筆家と呼んだ上で、文学は「余輩の一表現の手段に過ぎない、随時随機、文学身を以て度すべき時は文学身を以て度するのである。政治身を以て度すべき時は政治身を以て度すべき使命がある」（同上）〔二〇：二七四〕として、自分は国家の非常時に当たって、政界に乗り出したいというのが立候補の趣旨である。

この文章は、在野の憂国の士を思わせる慷慨調が目につくばかりで、具体的な政策のアピールもなく、内容はきわめて抽象的である。ただ、議会政治を擁護するという主張だけが明確である。やはり『粛選録』所収の「わが選挙体験」によれば、「立憲政治ノ転覆」〔二〇：二九〇〕を救済することが焦眉の急であるから、通常の場合ならば政策論争が必要であるが、「今日ノ場合ニ於テハ政策ハ第二第三ノ問題」〔二〇：二九〇〕としている。では、いかに憲政を回復するかというに、具体的な権力構想は示されず、ただ「精神的爆弾勇士ガ必要ナノデアル」〔二〇：二九一〕とする。

彼の政治論の根底に流れるものは、観念的な徳治主義及び精神主義である。これが彼の政治思想の性格であるとともに限界でもある。彼が作家としての知名度とは裏腹に落選したのも、この限界の故と考えられる。落選の体験が、再び彼を「文学身を以て度する」ことに引き戻したのである。こうして再開された『大菩薩峠』において、自由と専制の問題の問いかけを継続したのである。

立候補以前の『大菩薩峠』は、宗教的世界観の枠組みの中で政治的テーマを取り上げていたが、ここに再開された最終段階では、宗教的世界観は後退して政治思想がクローズアップされてくるのである。現実政治に対しては観念論しか主張できなかったが、ユートピア構想となると精彩を放っている。介山にとって、胆吹王国も椰子林共和国もともに否定されなければならなかった。前者は、国家存立の前提が悲観的な人間観であり、権力者と民衆の間に信頼関係が存在しなかった。後者の場合は、田山白雲に象徴される胆吹王国の政治思想が内包されているにもかかわらず、駒井にはそれを克服する論理を持ち得なかった。駒井の路線は「マドロス氏」や「もゆる子」のような欲望主義の蔓延を止め難いし、白雲の路線は胆吹王国と同じ結末に至るはずであった。

二　農本主義思想

介山が二つの国家の末路を明らかにしたとき、すでにこれらを止揚するユートピア構想を持っていたはずである。新たなユートピアは農本主義と言うべき観念を基本思想としていた。彼は、作品再開最初の「農奴の巻」において、長広舌を振るう弁信を登場させて、「この世の中に存在するいろいろの仕事のうちで、農がいちばん正しい職業でございます」（二一：一五三）と言わせ、農を楽しむ生き方を長々と語らせるのである。「カルマ曼荼羅」の解説者であった弁信法師を勧農論者に転換させたのは、介山自身が新たなユートピアの模索を語ろうとしたからである。

但し、弁信は常に解説者であって、実践家ではない。お銀様や駒井は、彼らの国家の経済的基礎として農業を最重視しているという意味では、農本主義者であるという点で共通しているが、彼らの国家建設は否定される。勧農の実践家として登場する人物の一人に、与八がいる。彼は村の妙好人と言うべき存在で、敬虔な仏教信仰を持って農業に精励している。与八の性格や行動の原理は、長い作品展開を通じて一貫していて、介山が最も理想とする人物であったと考えられる。その与八が「椰子林の巻」において、荒地の開拓や非常時のための作物栽培などを遊説する勧農家として登場するのである。

さらに、武州刎村の百姓弥之助なる人物が登場する。彼は与八の勧化活動の席に現われて、農業の重要性を語る。武州の刎村すなわち羽村は介山の郷里であり、弥之助は彼の本名である。ついに、作者自身が作中に登場したのであるが、彼の主張するところは以下のようなものである。

「百姓」とは本来は万民の意であったが、その基本業は農であり、農こそ国家の根源である、日本は古来「天皇の国にして百姓の国」(「椰子林の巻」)〔一二:三九五〕であったが、後世中間勢力が出るに及んで、その横暴のために「百姓」は蔑視された、今「日本の政治の革新は、天皇と百姓の間を、古の美風に帰すこと」(同上)〔一二:三九五〕であり、「日本の百姓たるものは、自らが天皇の大御宝たることを畏み、専らこの道をつとめ」(同上)〔一二:三九六〕るべきである。弁信、与八、弥之助に語らせたところの総合が、介山自身の農本主義思想である。

この思想は、『大菩薩峠』の最終段階と併行して執筆された回想的自伝『百姓弥之助の話』においては、「日本百姓道」として克明に語られている。「百姓弥之助」は上述の作中人物の弥之助とほとんど同じキャラクターであるのは当然であるが、「日本帝国の忠実なる一平民に過ぎない」(『百姓弥之助の話』)〔一九:五〕とされる。彼によれば、国家には治者と被治者しかなく、「治める者は即ち帝王であり、治めらるる者が即ち百姓なのである」〔一九:二七三〕とする。その国家の原理を基礎に、「一般人民即ち百姓は皇祖皇宗の神威に絶対の信頼ができていた」〔一九:二七六〕という考えを基軸にして、「百姓」の姿を統治体制の変遷との関連の下に歴史的に叙述したのが、「日本百姓道」の言説である。弥之助は国家改造こそ言わないが、イデオロギー的には超国家主義にかなり近い。

「日本百姓道」についても、また『大菩薩峠』の勧農論者についても、きわめて具体的な農作業のことが語られているのは、介山自身が農業活動に従事していたからである。彼は一九二二（大正一一）年四月に、高尾山妙音谷に住むようになった頃から、農業と教育を結合させる活動を実践するようになった。これを受けて、農業生産と人格陶冶を目指す西隣村塾が羽村に開設されたのは、一九三〇（昭和五）年五月のことであった。

この大正末期から昭和初期にかけての一九二〇年代は、海外では第一次世界大戦やロシア革命、国内の米騒動などの内外の激動に続いて、慢性化した経済的危機の時代に、自給自足の拠点を築こうとするものであった。かつて抱いた「土」の思想の実践とも言えるが、現実は厳しく塾は長続きしなかった。農業生産の指導と教育機関の経営を両立させることには困難があった。彼は執筆活動も続けているので、彼の農業論は自ら鍬や鋤を取るよりも知識が先行していたと考えられ、二宮尊徳など過去の老農たちとの差が大きかったであろう。

西隣村塾の経営は成功したとは言えないが、松本健一はその塾の意義を「近代日本の政治的現実のもとにあって、それを拒み、農業に拠って自給自足をめざすコンミューンとして想定されていたこと[17]」と説明する。確かに、観念のみであったが、「土」の思想に基づく農業生産と人格陶冶のユートピア構想を保持していたからこそ、胆吹王国及び椰子林共和国の挫折を描くことができたと言える。

文字通り「土」に足を着けた生産活動と人格陶冶こそが、彼にとって真の意味での自由を保障するものであった。胆吹王国は人格陶冶の基本原理を欠き、力による支配に最終的に依拠する体制であるが故に崩壊した。椰子林共和国は「異人氏」の登場によって挫折の予言で終わったが、田山白雲をメンバーとして設定することで、絶対の自由のみで国家を維持しようとする楽観論を批判した。

作品の最終段階において、刎村の弥之助など勧農論者を次々と登場させたのは、二つのユートピアにそれぞれ内在する矛盾を克服する道を示すためであったと考えられる。しかし、第三の農本主義的ユートピアの構想は、一九四四（昭和一九）年四月の介山の死をもって未完のままに終わる。「椰子林の巻」の擱筆は一九四一（昭和一六）年八月のことであるから、晩年の三年足らずの時期は、彼のユートピア構想にとって深化の機会であったとも考えられる。しかし、戦時下のことではあったし、彼の健康もこの頃は悪化していたようであるから、ユートピア構想も素描に留まっていたかも知れない。いずれにせよ、『大菩薩峠』と『百姓弥之助の話』において展開された農本主義思想が、彼の政治思想の到達点であったのである。

三　「居場所」としての「草莽（そうもう）」

介山は、明治後期の国家主義の後退と民衆の台頭を予感させる時代的趨勢のうちに、精神形成期を送り、その思想遍歴を文筆活動を通じて開始した。彼は家庭的事情により出世の階梯を上り得なかった。ここに由来する閉塞感が、内面的な「修羅」を自覚せしめ、その自覚を梃子として菩薩行の欣求への反転が可能となったのである。民衆の時代とも言える大正期に、明治国家から解放された時代の行方をよそに、大乗的世界観の構築に専念したのである。

前章で述べたように、大乗仏教では現世の仏国土たるべきであったので、菩薩思想に依拠した『大菩薩峠』の基本理念によれば、無明の闇に迷う衆生は、現世において安心立命を得られることを悟るべきであった。介山は明治末期以来社会問題に関心を持っていたが、その解決の道を政策よりも、むしろ心の持ち方の方にシフトするようになった。仏教に接近した段階で、国家をいかに楽土たらしめるかという問題を『大菩薩峠』で追求することになった。ここでも政策はあまり問題にされなかった。楽土建設の担い手として英雄が待望されるが、民衆を導く手段としては、自由と統制のいずれが可能かというのが、彼にとっての政治的課題であった。既成の権力には何らの期待もできないと、彼は感じていた。しかし、彼自身もその問題には決定的な解答を得ることなく、ムラに生きる一民衆の立場に回帰することによって、国家に昇華する回路を求めたのである。

彼にとっては、日本の現実政治における堕落の元凶はブルジョワジーと政党であった。しかし、彼にはそれを変革する論理はなかった。彼の政治論はすぐれて精神主義的であった。政権構想を持たなかったからこそ、精神主義的な理解によって、ファシズムに現状打破の契機を期待したのである。それはファシズムに対する素朴な信頼であり、またそれ以上のものでもない。従って、ファシズムに対する過剰なまでの自己同定もない代わりに、あまりにも深い幻滅もなかったのではないか。松本健一が言うように、介山は静かに草莽に消えて行ったという印象が強い[18]。但し、ここに言う草莽とは、幕末の吉田松陰の言うような藩秩序の外側を意味するものではなく、文字通り草深いムラと言うべきものである。彼は「わが立処」において、次のように表現している。

天佑を保全し
万世一系の
皇統を継がせ給ふ
大八洲、日の本の
武蔵野の草莽の中に
いとも、かそけき
微中の微臣
平中の平民
（中略）
世に拙作を送り
世の余録に養はる
我は生れ得て野の子にして
遂に野の人に養はる
草莽はわが終の住処にして

平民は、その天分也（二〇：五五―五六）

この詩が書かれたのは一九三五（昭和一〇）年五月であり、ファシズムが社会を覆っていく時期であった。日本帝国の草莽の「微臣」としてファシズムの中に身を置いているが、「デモ倉」「プロ亀」のような無節操なものではなく、「野の人」として草莽に腰を据える覚悟を持っていることを主張する詩である。

介山の自己探求、すなわち「居場所」の模索は、途上で夭折した北村透谷や石川啄木の到達点を越えて、文字通りの「居場所」たるコミューンとともに、文学の中に自らの理想とする政治を表現する地点に達した。文学活動に留まらず、衆議院議員総選挙に立候補するなど、「政治と文学」の連携を彼なりに行為に現わそうとした。総選挙では落選して国政参加は果たせず、現実的には「政治か文学か」において文学に落ち着くことになったが、文学の枠組みの中で理想の国家を求めることにおいて、彼自身の「居場所」を構築し得たのである。

介山は明治末期に、物心両面の苦悩の果てに聖徳太子に至りついたことは前章で指摘した。彼は一九二七（昭和二）年に、『改造』に聖徳太子の時代を描いた「夢殿」の連載を始めたが、同年九月号の第五回に崇峻天皇暗殺事件を描いたために、不敬の理由をもって全文削除を命じられた。しかし、一九二九（昭和四）年に修正加筆して単行本として出版された。

彼が描く聖徳太子は現世を超越した覚者でありながら、為政者として人間世界に留まる存在であった。介山は飛鳥の貴公子に、太子にとっては「我等の有する煩悩とか、繋縛とか、苦痛とか、怨恨とかいうようなものは夢幻泡沫に過ぎない。我々の重しとするものは軽く、我々のおろそかに見る処に厳粛の世界を認めておいでになるにもかかわらず、この空の空、虚仮の虚仮たる世界をお見捨てにならない」（一五：六七）と語らせている。太子は人間の業に囚われ無明の世界をさまよう実相を空と見つつも、そのような人間世界に留まり極みまで愛し抜くのである。

それは菩薩の姿である。太子が住む夢殿は、「あこがれる事は、わたし達の自由としても、その処に行くのは許されない」（『夢殿』）〔一五：六九〕という、菩薩行が完成された悟りの世界であった。しかし、他方では、一切の人間苦を引き受けて現世に留まり続け政治を行うための拠り所でもあった。

介山はこの時期に至って聖徳太子を描くことによって、『大菩薩峠』における大乗的菩薩思想による政治観を明確にする意図であったと考えられる。[19]『大菩薩峠』の弁信を菩薩思想の主張者とすれば、「夢殿」の聖徳太子はその実践者であった。しかし、作品構成では、聖徳太子の言動を通して理想の政治を語ろうとしたが、介山の同時代の現実的課題を反映させることには関心を示さなかった。政治が無明を担い続けながら、利他行を行うものであることを示せば足りたのである。

「夢殿」の世界における政治は、現世の楽土としての国家を築くものでなければならなかった。このような精神構造が、結果的にファシズムを支えることになったのは確かである。また、その精神構造の中に、ニヒリズムと背中合わせの自己探求の一つの帰結点があることもまた確かである。

介山にとって、「居場所」たるべき世界は「夢殿」ではなく、文字通りの「草莽」であった。たとえ聖徳太子の「夢殿」の世界が安心立命の光明に満ち溢れた世界であっても、そこに籠ってしまうことは出家と同じで、政治から逃避することであった。心の世界である「夢殿」を菩薩行の根拠として、彼が確固たる歩みを進めるべき「居場所」こそが「草莽の微臣」としての生き方であった。

これが介山の自己探求の終着点であった。透谷、啄木と辿った自己探求もついに至らなかったが、介山がついに発見したのはムラ共同体を基礎にした反近代主義的な国家像であった。昭和戦前期の超国家主義運動の現実に比べて、きわめて牧歌的なイメージであったが、それが彼自身の内面的な安住の場としての幻想であったからである。それほどに、彼のニヒリズムが深かったのであろう。

注

（1）松本健一『中里介山』朝日新聞社、一九七八年、一六〇頁。
（2）鹿野政直『大正デモクラシーの底流――〝土俗〟的精神への回帰――』日本放送出版協会、一九七三年、一五八―一五九頁。
（3）同上書、一六一―一六二頁。
（4）松本前掲書、一八五頁。
（5）同上書、一八五頁。
（6）鹿野前掲書、一七九頁。
（7）松本前掲書、一八四頁。
（8）同上書、一八四頁。
（9）中村元『インド思想史〔第二版〕』岩波書店、一九六八年、六一頁。
（10）同上書、二二四頁。
（11）尾崎秀樹『修羅　明治の秋』新潮社、一九七三年、一九頁。
（12）橋本峰雄「『大菩薩峠』論」桑原武夫編『文学理論の研究』岩波書店、一九六七年。二五五頁。
（13）万峰『ファシズムの興亡　東アジアの中の日本歴史10』六興出版、一九八九年、二九頁以下。
（14）橋川文三（筒井清忠編）『昭和ナショナリズムの諸相』名古屋大学出版会、一九九四年、一〇六頁。
（15）尾崎前掲書、二一七頁。
（16）松本前掲書、二二五頁。
（17）同上書、二一八頁。
（18）同上書、二四九頁。
（19）尾崎秀樹は『夢殿』の連載中止処分の理由となった崇峻天皇暗殺事件の描写に、「間接法でしめした彼の大逆事件観をふくむ」と考えている（尾崎前掲書、一七七頁）。介山は大逆事件後の時代状況に屈折感を抱いていたが、『大菩薩峠』の世界観を展開させた時期から考えて、「世間虚仮、唯仏是真」とする聖徳太子が、なお現世に治者として留まろうとする姿勢を描こうとしたと考えられる。松本健一も『夢殿』に介山の「大逆事件の心理的影響」（松本前掲書、一四八頁）を認めるが、その前提に介山の仏教者としての聖徳太子への関心を重視する。

終章

一 「居場所」喪失と自己探求

筆者が本書の前提において、問題意識として関心を持ち続けたのは、人間存在の究極の根拠を喪失した時代に、実存の基底としての世界において自らの拠って立つべき場を構築するかということであった。人間にとっては、生きる限りは現世の地上を離れて歩むべき世界はなく、しかも、生きる道は世界において他者との関わりが必然的な公的領域のうちに軌跡を描くことになる。人が自らの生き方を探求するということは、アレント的な表現によれば、世界においていかに自己を現わすかを問うことになるのである。

この研究では、そのような生き方を「居場所」という観念で把握した。ここに言う「居場所」とは社会的な職業や地位を指すのではなく、そのような外見的活動の根拠ないしは存在理由となる生き方である。古風な表現をすれば、「経世の志」のような公的領域において生きる目的に裏づけられた志である。

生き方のさらなる根拠を掘り下げると、超越的・普遍的な価値に至る。序章で例示したように、石田梅岩の心学思想によれば、近世的身分階層における各職分は「居場所」としての意味を持ち、その根拠が「五倫の道」であった。吉田松陰においては、「聖賢の道」を根拠とする志士の生き方が「居場所」となった。

「居場所」の観念は究極的には「死に場所」でもあった。近世武士道においては、「武士道といふは死ぬことと見つけたり」(『葉隠』)というように、死生観を裏づけとする激越な忠誠意識が公共倫理を形成していた。これが武士階層にとって、理想的な「居場所」純化の論理であった。

価値の多元化した近代社会では、「居場所」も多様性を示すようになった。各人の「いかに生きるか」の問いに対しては、自らが答えを見出すべきなのである。合理主義的な思惟が発達し超越的・普遍的な価値が権威を失っても、公的領域は人間とともに存在し続け、近代人は「居場所」を自らの責任において自由に発見しなければならないのである。福澤諭吉の「一身独立して一国独立す」(『学問のすゝめ』)の原理においては、「一身独立」こそが「居場所」確立を意味することになるであろう。

「居場所」の確立が個人の自由意思に委ねられるということは、「居場所」喪失への自由をその裏に持つということでもある。価値の多元化と超越的・普遍的価値の権威低下の中で、近代人は確固たる根拠を欠いた存在不安とともに、公的領域から逃れて「私」の世界に籠る精神的境位が現われる。これが「居場所」喪失の状況である。丸山眞男の近代の個人析出の分析枠組みにおける「私化」・「原子化」がこれに相当するであろう。[1] この研究では、「居場所」についての混迷状況を、西洋哲学の概念を援用してニヒリズムと表現した。

近代人は生き方を模索する過程で、ニヒリズムと向き合い、あるいはニヒリズムの「誘惑」と闘いつつ、自らの「居場所」を見出さなければならない。この営みを、この研究では「自己探求」の観念で表現した。

自己探求とは、心理学的概念としてはアイデンティティの確立という意味で理解される。すなわち、自分とは何か、あるいはいかに生きるかのような諸問題に直面して、さまざまな苦悩や試行錯誤を経て自己理解に至る過程が自己探求である。心理学的意味での自己探求は青年期特有の現象と考えられるが、この研究では、青年期を超えて広く自らの生き方を模索する、不断の内面的な営みと捉えた。そのような理解の枠組みで、倫理的な生き方としての「居場所」を考えたのである

二　文学と政治思想

この研究においては、「居場所」喪失状況を起点として政治志向に向かった自己探求を、文学を対象として考察することを目指した。

政治と文学とは、ある意味では逆説的な関係にある。文学の中には、確かに思想の表現も含まれ、政治的事件やイデオロギーなどを取り上げることによって、人間の公共性の表現に迫ろうとするものもあることは否定できない。しかし、一方で、大衆文学に見られるようにエンターテインメントとしての軽さの目立つものが、読者のニーズに応じて量産されているのも事実である。現代では、文学は総じて非政治的なものであると認識されていると言ってよい。

筆者としては、文学の非政治性や娯楽性を承認した上で、雑多なエクリチュールの中から、「人間としての自分の根源的な意味を把握する行為」(大江健三郎)としての文学を掬い上げていこうとするものである。文学の社会的存在形態は、当然ながら時代の変化に対応して変遷した。日本文学に限定して考えた場合、古代にまで遡及することは避けるとしても、近世の戯作に代表されるような娯楽性の大きい文学が、読者階層の増加に対応して発展した。

戯作を非政治的・大衆娯楽的な文学とすれば、近世における思想性が高く、場合によっては政治的ともなった文学が聖賢の典籍を学ぶことであった。典籍の学びのために、文法学、修辞学、文献学などの知的武器が必要となるが、核心は典籍の精神を学び取ることにあった。それは、典籍を通じ聖賢と語る行為、すなわち「読む」ことともに、自己内での対話を、修辞をもって紡ぎ出す行為、すなわち「書く」という行為(エクリチュール)を含むものであった。

文学が多様な内容を含む言語表現であり、書き手と読み手に支えられて成立するものであることは、時代を超えて不変の性格である。しかし、近世と近代の間に差異があるとすれば、近世的意味での政治に関わる典籍の文学と、政治から疎外された戯作の文学が社会的に裁断されていることであった。それに対して、近代化は古典的な典籍も戯作もともに時代錯誤として否定したが、その結果として思想と文芸の棲み分けが成立し、文学自体が非政治的・娯楽的な色彩を持つと理解されるようになった。

しかし、人間としての生き方の意義を求める自己内対話が言説として紡ぎ出されるとき、その精神の語りの内容こそが意味を持っている。表現形式がまったく問題にならないとは言えないが、文学史の教科書的記述が詩や小説などのジャンル分類を立てること以上に、表現する内容の質によって、思想と娯楽との差異が生まれるのである。佐藤泰正は「文学と文芸とは違うんです。いま氾濫しているのは、みんな読み物であり、文芸に過ぎない。文学じゃない」と述べ、桶谷秀昭はそれに応じて、二葉亭四迷や透谷を例として、彼らが「「生きる動機」と「文学の動機」を一つのものとして考える、ということを貫いた」と評価する。(2)(3)

厳しい指摘であるが、「生きる動機」はいかに生きるかという根本的な問いかけと同じと言うことができる。この研究では文学の観念を「文芸」へと拡散させることを抑制しつつ、「居場所」喪失から始まった自己探求の苦闘が、究極的に「居場所」として国家を発見することになった文学を、政治思想史研究として取り上げた。「居場所」喪失の内面的葛藤そのものは個人的な行動であるが、「共通の人間としてのありよう」に向かうことより、ニヒリズムからの自己探求が政治思想の基礎となっていることを考察の基軸とした。

三　透谷・啄木・介山の思想史

この研究においては、北村透谷、石川啄木、中里介山という三人の文学活動が、「居場所」喪失からの自己探求が国家意識の形成に向かったことを考察の根本課題とした。

まず、透谷については、彼が青年期に自由民権運動に参加し挫折を体験して精神的暗黒に陥ったことは、「居場所」喪失というべき状況で、それが自己探求の起点となった。彼は挫折した経世の志を文学において再生することを目指したが、当時は個人の自己内対話を表現する近代文学は成立の途上にあった。彼の『楚囚之詩』が民権壮士との訣別を世界観として語ったことも、文学としての成功につながったわけではなかった。すなわち、文学の道に歩み出したことも、ただちに「居場所」の回復とはなるものではなかった。

透谷は山路愛山との、いわゆる文学人生相渉論争に踏み込むことになったが、それは功利主義的文学への批判に留まらず、彼自身の文学が功利主義を超えて時代の現実に相渉る可能性を問われることになった。それは、明治維新以来の国家的課題を担うべき文学を確立することであったが、彼にとっては精神の自由の実現こそが国家を支えるものとなるべきであった。

しかし、明治国家の現実は、藩閥政府が上からの立憲主義を確立するとともに、政党の動きを牽制しつつ日清戦争に向かっていた。強力に進行する現実の国家主義に対して、人間の内面的世界の絶対性を主張することは、観念的な自我の肥大化に逃避するロマン主義に傾斜するが、透谷の場合はその傾向の中で理想の国家観を求め続けた。しかし、日清戦争開戦直前に死去し、国家の発見に向かった自己探求は未完のままに終わった。

透谷の課題の継承者として、ロマン主義文学を考えるならば明星派文学や高山樗牛が指摘されるであろう。しかし、それは単なる文芸思潮を描くに留まるのみである。この研究で重視している実存的な苦悩を起点としつつ、透谷と同様に国家の問題に至り着くことになった文学的思想家として石川啄木を取り上げることにした。

啄木は経世の志を早い時期に持つことはなかったが、文学への夢が初めて挫折したときに「居場所」喪失を体験することになった。さらに、渋民村を去ることになる文字通りの故郷喪失と、生活上の困窮が重なって「居場所」喪失は一層深刻になったのである。

啄木の活動時期は日露戦争以前後の頃から明治末年までであった。日露戦争を経て「一等国」意識が高揚していたが、その一方で「煩悶」青年のような国家的価値から遠ざかる精神的傾向も存在した。軽薄な「一等国」意識も、永井荷風に示された「欧米心酔思想」も、啄木にとってはともに明治国家の現実の表層しか見ないものであった。

深刻なデラシネ状態を体験した彼にとっては、明治国家の存在は逃げることなく向き合う対象であった。それによって、見える現実が「時代閉塞」であったために、それを突き破ろうとする文学に彼の「居場所」は定まろうとした。啄木の国家を射程に入れようとした文学活動には実践が伴っていないが、経世の観念で捉えたいと思う。彼の社会主義思想への接近も、国家こそが至高の安住の場となるような政治を期待する故であったと思われる。それが、社会主義イデオロギーとどこまで折り合うことができるのかは、彼にとってはほとんど問題になっていなかったのではあるまいか。

しかし、理想的な国家を志向すべき思想的な文学は現実化することなく、啄木は現実的な安住の場所を得られることなく、貧困と病苦のうちに死去した。

啄木の死の年に改元されて始まった大正の時代は、文学にとっては、文芸の豊かな可能性を実現した時期であった。文化の大衆化とともに読者層も拡大したが、文学の固有の領域の確立は政治と文学との乖離を一層際立たせることになった。その中で、透谷から啄木へと流れてきた課題はどの方向に進んだのであろうか。

啄木の社会主義への親近性をもって、彼をプロレタリア文学の先駆者とする評価があったことは、第四章で指摘した通りである。しかし、そのような啄木の評価は、透谷を自由民権思想の文学転戦論で理解することと同じで、言説や行動の中からイデオロギーの破片的部分を拾い出して、結局はイデオロギー暴露に終わるようなもので、この研究ではそのような方法は取らなかった。

啄木の死後、大正デモクラシーの風潮の中で、政党政治が確立するとともに、選挙権も緩慢ながら拡大し、多様な社会運動が展開した。透谷の言う「国民の元気」が発揮され、啄木の願う「安寧福利」を保障する国家であったかどうかについては、明治国家は確実に変化していたが、必ずしも実現したとは言えないであろう。しかし、大正末期から昭和初期の段階で超国家主義運動の兆しが現われ、やがて政党政治は崩壊し軍国主義に傾斜することになる。軍国主義の段階では、確かに「国家の強権」は登場したが、啄木の望む国家ではなかったであろう。

大正・昭和期の国家転換期において、啄木の残した課題をめぐる文学として、この研究では中里介山を取り上げた。介山は啄木と同世代に属するが、介山も家庭的な事情から「居場所」喪失を体験することになった。そのことが、彼の社会主義への接近、さらに宗教思想への接近を進めることになった。文学における宗教的要素を重視することによって、介山の文学観に透谷との共通性を見る見解もある(4)。

介山の文学活動は啄木よりは遅かった。介山が啄木の課題を継承することを意図したわけではないが、彼らの歴史的環境のために、詩人と小説家との差はあったことを考慮外として、国家意識の形成に向かうことが共通している。

従って、この研究では啄木に続いて介山を取り上げたのである。

介山の文学活動は堅実であった。都新聞社に足を据え、小説の中に思想的課題を投げ込むスタイルを採った。大衆向きの小説を書いたことも、大正期における大衆文化の展開によって、文学活動での成功をもたらす要因となった。そのことが介山文学を大衆文学の嚆矢と見る見解の根拠となったのである。文学活動の安定性が彼の思想的営為を持続させることになったが、その一方で大衆文学作家と呼ばれることを嫌悪したのは皮肉なことであった。

彼は仏教的世界観を基礎に自由主義的国家と専制的国家を対比させつつ、それぞれに内在する人間の非知的な〈無明〉を抱え込んだ上で、楽土としての国家の実現を模索した。その彼方に描かれたユートピアは、農本主義的な「土」に根差した生き方を理想とする国家であった。彼は自らを日本帝国の「草莽の微臣」と位置づけつつ、『百姓弥之助の話』では「植民地」と称した「土」の思想による共同体の形成に尽力した。

しかし、介山の試みは彼自身の身辺に限られた素朴なユートピアに過ぎず、現実の日本帝国も農本主義に立脚しているわけではなかった。彼の「植民地」は思想形成の原点となった「土」喪失のニヒリズムを超克した結果としては、彼の「居場所」の発見となったのであるが、現実の日本帝国は幻視の楽土に過ぎず、帝国の指導者は菩薩行の実践者ではあり得なかった。

透谷から啄木を経て至り着いた「居場所」探しの道筋を辿ってみると、志士仁人的な生き方に「居場所」を定めて、安住の場となる国家の探求が真摯であればあるほど、楽土たるべき国家は虚空の虹のように、遠くに浮かんだ幻想、すなわち「幻視」の国家であった。その思想的展開過程は、近代日本における政治から疎外された文学青年たちが、自己探求を深めて政治に期待を抱きつつ至りついた地点を示していた。

注

（1） 丸山眞男「個人析出のさまざまなパターン――近代日本をケースとして――」『丸山眞男集』第九巻　岩波書店、一九九六年、三八五頁。
（2）北村透谷研究会編『北村透谷とは何か』笠間書院、二〇〇四年、二〇頁。第一章注二参照。
（3）同上書、二一頁。
（4）鈴木貞美「中里介山の仏教思想をめぐって」『現代日本と仏教Ⅲ　現代思想・文学と仏教――仏教を超えて』平凡社、二〇〇〇年、二六二頁以下。

や　行

ら・わ　行

な　行

は　行

ま　行

さ　行

た　行

や　行

ら・わ　行

事項索引

あ　行

か行

さ　行

た　行

な　行

は　行

ま　行

人名索引

北村透谷·石川啄木·中里介山は，本書の当該章の趣旨全体に関わるので，特に頁を挙げていない。

あ　行

か　行

■著者略歴

小寺正敏（こでら　まさとし）
1949年生まれ
神戸大学大学院法学研究科博士課程単位取得満期退学
大阪大学博士（国際公共政策）
現在，兵庫県立三木高等学校教諭
専門　日本政治思想史
著　書
『ナショナリズムの時代精神――幕末から冷戦後まで――』（共著：米原謙・長妻三佐男編，萌書房，2009年）
論　文
「『楚囚之詩』の政治的位相について――北村透谷における詩の政治学」『兵庫史学研究』第48号，2002年
「幻視の楽土――中里介山における民衆と国家」『季報唯物論研究』第117号，2011年

幻視の国家――透谷・啄木・介山、それぞれの〈居場所探し〉――

2014年5月10日　初版第1刷発行

著　者　小寺正敏
発行者　白石徳浩
発行所　有限会社　萌（きざす）書房
〒630-1242　奈良市大柳生町3619-1
TEL（0742）93-2234 / FAX 93-2235
[URL] http://www3.kcn.ne.jp/˜kizasu-s
振替　00940-7-53629

印刷·製本　シナノ パブリッシング プレス

ISBN978-4-86065-084-1